长谷川海太郎
HASEGAWA KAITARO

— 七曜文库

吉林出版集团有限责任公司

丹下左膳・日光东照宫

王耀振 译

图书在版编目(CIP)数据

丹下左膳·日光东照宫 /(日) 林不忘著；王耀振译. — 长春：吉林出版集团有限责任公司，2011.7
（七曜文库）
ISBN 978-7-5463-6068-3

Ⅰ.①丹… Ⅱ.①林… ②王… Ⅲ.①长篇小说—日本—现代 Ⅳ.①I313.45

中国版本图书馆CIP数据核字(2011)第143497号

丹下左膳·日光东照宫

作　者	[日]林不忘
译　者	王耀振
出品人	刘丛星
创　意	吉林出版集团·北京汉阅传播
策划编辑	塞纳河左岸
责任编辑	顾学云　陈　璞
封面设计	未　泯
开　本	655mm×960mm　1/16
印　张	22.5
版　次	2011年10月第1版
印　次	2017年1月第2次印刷

出　版	吉林出版集团有限责任公司
发　行	北京吉版图书有限责任公司
地　址	北京市宣武区椿树园15－18号底商A222
	邮编：100052
电　话	总编办：010－63109462－1104
	发行部：010－63104979
网　址	http://www.jlpg-bj.com/
印　刷	北京航天伟业印刷有限公司

ISBN　978-7-5463-6068-3　　　定价　52.80元

版权所有　侵权必究　　　投稿热线：010－63109462－1040

柳生对马守
伊贺部柳生城主，源三郎兄长。性格急躁，善智谋。

萩 乃
年十九岁，司马老先生之女。已许配给源三郎。

柳生源三郎
家喻户晓的「伊贺狂徒」。刀术超群，与左膳惺惺相惜。

愚 乐
浴场官，人称擦背先锋。神秘人物，与大冈忠相为友。

莲夫人
司马老先生之续弦，与峰丹波密谋。

小 安
精灵古怪，于江户寻找亲人。后认左膳为义父。

小美夜
作爷之后。与小安青梅竹马。父母不明。

手鼓与吉
伶人。以「手鼓」为艺名。《乾云坤龙》一书中亦有出场。

作阿弥
人称「作爷」，木雕手艺非凡。隐居于江户城一杂院之中。

一风宗匠
茶师，伊贺阅历百年。仙风道骨，一代宗师。

蒲生泰轩
武功超群，浪迹天涯。《乾云坤龙》一书中亦有出场。

大冈忠相
任越前守之职。泰轩好友。《乾云坤龙》一书中亦有出场。

吉 宗
八代将军吉宗之幼名。《乾云坤龙》一书中亦有出场。

峰丹波
司马道场武师，生性残暴。妄图霸占道场。

安积玄心斋
柳生之长老，心思缜密。跟随源三郎并尽心辅佐。

丹下左膳

独目独臂,亦正亦邪。

本书之主角。

- 003 土葬水葬
- 011 救命稻草
- 043 人间港湾
- 057 玉匣记
- 065 宇治茶乡
- 087 锄头节
- 095 相伴之旅
- 101 金甲虫
- 111 血雨腥风
- 117 心之黎明
- 129 席上三弦
- 145 深谋远虑
- 157 丛林白虎
- 173 山野四十里
- 185 垂头丧气
- 197 街头舞蹈
- 205 前来迎接的轿子
- 229 啄窗之鸟
- 237 便条
- 247 猫鼠相斗
- 255 人体支柱
- 269 母女二人行
- 285 艺术之心熊熊燃烧的阿修罗
- 293 竹筒
- 313 代为拜佛
- 323 生命的十字路
- 343 永久的疑问

日光东照宫

土葬 水葬

就在刹那间，袭上众人心头的，是被他们误杀后放到那片废墟中伪装成源三郎同伴的尸骸。

一

有这样不可思议之事。

当左膳赶到时，这里已经是一片被大火烧过的废墟了。他向一个商人模样打扮的男子问起了火灾的事情。

还有附近的百姓和生意人围着这片废墟，喋喋不休地吵嚷着。

在这片白须神社周围森林的边缘，有一条波光粼粼的寂静小河——三方子川，沿着小河上溯不远的一个小山坳里，坐落着一间小堆房。

从表面看来，这是附近农户在收获季节放置谷物一类东西的地方。

天空被染成了一片暗红色，凄厉的乌鸦叫声斜刺着穿破晚霞回荡在空中……

　　如同在等待夜幕降临一样，噗的一闪，那间茅草小屋里亮起了灯光。狭小的茅草屋里人影晃动，挪动着房间里的农具。

　　"如此便算大功告成，徒有蛮力而无大脑的伊贺狂徒之辈，恐怕还在三方子川冰冷的河水中瑟瑟发抖吧，啊哈哈哈。"

　　在这群人的正中央，晃动着巨大身躯，盘腿端坐在席子上的是司马道场的师范代①峰丹波。

　　"想来虽有些凄惨，但这正是所谓的敌我不两立啊。"

　　藏在丹波宽厚的肩膀之后不见身影的莲夫人②发出了如此一声感叹。

　　诡秘灯光里，不知是谁开口说道：

　　"呵呵，原来尊夫人在想那源三郎啊……"

　　莲夫人一脸无奈地冷笑着转向暗处说话声传来的方向。

　　"说什么呢，如果要说被杀，我宁愿死在伊贺狂徒的剑下，而尔等谁也敌不过那源三郎，无计可施只得用水坑……我只是想说源三郎想必正后悔不已呢。"

　　"确实如此。"

　　丹波冷笑一声看向众人，故作责备道：

　　"莲夫人只是从武士之道，表达一下对伊贺源三郎的同情罢了，休要多嘴。"

---

① 师傅代理。
② 已故的司马十方斋先生之续弦，于前作《百万两之壶》有详尽的交代。

"那个无法无天的丹下左膳居然也跳将出来,对我们而言实在是一箭双雕啊——"

众人交头接耳,纷纷说道。

"这样所有问题就都解决了。大概现在那二人正在洞穴中狼狈挣扎吧。"

一旁的莲夫人双手掩面,以冷峻的眼光看着众人。

"好啦,只待半夜封住洞口就万事大吉啦。"

"数百年后,江户城不断扩大到这一地带,翻地之时就会从往昔的三方子川河底刨出两具紧紧拥抱的白骨啦,啊哈哈哈。"

仔细看这些兴奋无比的人们,原来就是那些在废墟旁晃悠的农夫和商人们。他们都是由司马道场的弟子们乔装改扮而成,来窥探火灾情况的。

"好啦好啦,酒来了!"

随着一声大喊,进来了一个抱着好些酒壶的人。

二

进来的是刚才和左膳谈论火灾的那个商人。

此人买酒归来,进入屋里说道:

"好啦好啦!诸位诸位,我们举杯痛饮吧,然后就只等深夜到来了!"

他说话的腔调与其打扮极不相称,倒像是一名武士的口吻。

此人也是司马道场的一员。

此刻，众人围坐在散落在地上的酒壶周围，推杯换盏、欢声四起。

不知不觉间，天色渐暗。烛光里，一团人影纠缠在墙壁上。

就在刹那间，袭上众人心头的，是被他们误杀后放到那片废墟中伪装成源三郎同伴的尸骸。

旁边横躺在地上的是一只叫不上名字的茶壶，而真正的猴壶则早就落入峰丹波的手中，放置于自己家中了……

想到此，丹波喜上眉梢。殊不知，那只茶壶却早就被门之丞盗出，而门之丞又被斩杀。于是，茶壶到了左膳的手中——

而猴壶刚到左膳手中就被阿藤卖给了一个收破烂儿的。

现在谁也不知道这只茶壶的下落。

……而这些，峰丹波并不知晓。

如今计谋得以实现，不仅源三郎落入洞穴，并且丹下左膳这块绊脚石也飞蛾扑火、自投罗网了。这才叫一网打尽。

现在只待深夜人们熟睡之际，众人一起填了那个三尺之穴就万事大吉了。

然后将烧得面目全非的年轻武士的尸骸和茶壶分别伪装成源三郎和猴壶带回道场。

如此万事都已准备妥当。现在用白布包裹着的烧焦的尸体和被烧得黑糊糊的茶壶正安静地躺在这间小茅草屋的角落里。

在峰丹波看来，如此良宵美酒之时再无二日了。

在这间狭小的茅草屋里，诡异的烛光掩映着年轻武士们的怪谈狂笑……

丹波此刻正满脸通红、乐不可支。

在这一片欢愉中，唯独莲夫人表情凝重。虽说是为了夺取道场，但是一想到暗算了那样俊朗的男子，一种自责的念头总是在莲夫人脑中挥之不去。

正在这时，随着众人话音的起伏，就像随风飘来的一样，传来了异样的孩子的喊叫声：

"父……父亲！父亲！"

众人突然静将下来。

"还在叫着呢，这个小饿死鬼！"

随着不知是谁的切齿之声，小安那悲哀的呼喊声乘着夜风又飘将过来：

"父亲！您听到了吗？父亲！"

三

众人屏住呼吸仔细听着远处传来的小安的呼喊声。

"看起来伊贺的那帮人把那个孩子扔那儿就走了啊。"

"嗯，这孩子趴在左膳坠落的洞口那里，怎么都不肯走啊。可能那帮人也是实在拉不走，无奈自顾离去了吧。"

"恐怕是听到官府的人马上就要赶到，那帮人便闻风丧胆，逃之夭夭啦吧，啊哈哈哈。"

其实是高大之进和结城左京等道场护卫看到左膳落入了洞中之时，便拍手称快，撇下哭天喊地的小安不管，早早地各自折返回来了。

不过当这些从小堆房里出来的司马道场的弟子们从那些商人和老百姓口中听说官府的人就要赶到时，倒确实是吃惊非小。

另外他们做梦也没有想到，他们所寻找的主人——柳生源三郎也同左膳一样，落入了洞中。

"父亲！您快上来啊，父亲！"

小安仍然围着洞口不停地呼喊。

不觉间夕阳斜挂，黄昏临近。三方子川的河面泛起暗紫色的波光。

就像要把所有黑暗吸进去一样，洞穴直冲天空张着大口……不论怎么窥视，怎么呼喊，却怎么也等不来回答。

对于一个孩子，又能怎样呢。

"父亲！唉，我该怎么办啊。"

小安如同疯了一般，不停地用脚跺着地。

这时，天已经黑了。

"白须神社里的菩萨啊，您快显显灵，告诉我，我父亲究竟上哪里去了啊……"

这悲戚的哭啼声随夜风飘去，回荡在周围的树林中。

"这世上还有比我更不幸的人吗？不知生父生母是何人，仅知道遥远的伊贺是自己出生的地方，就这样来到江户——"

小安抱着膝盖，自言自语中不禁泪流满面。

"来到江户找生父生母，却杳无音讯。之后就碰到了这个乞丐武士，不承想刚认他做了义父，却将要被埋在这无底洞中，呜呜……除非我父亲有潜地的本领，要么就是没救了啊。"

就在小安正沉浸在悲伤中时，离此处不远的茅草屋里，在峰丹波的指示下，一伙人正开始准备着夜里的工作。

这伙人兵分两路。丹波和莲夫人让几个人抬着源三郎的假死尸，装作悲伤万分的样子，直接返回位于妻恋坡的司马道场。

其他人拿起屋中的农具，急匆匆地去掩埋洞穴。

救命稻草

眼前的洞穴,周围如同战场一般。就连卖糨糊的老太太也捡起半截儿木棍,在地上和弄着。与其说这是在帮忙,真不如说是在添乱。

一

"哪里有你这样的不孝之子,都这么大了,还没讨到老婆,虽说你是个捡破烂儿的,但也不能一直让为娘我和你同住在这个堆满破烂儿的屋子里啊。自己却满不在乎,每天酗酒,唉。"

灯光闪烁的窗纸下,响起了一名老婆婆的叹息声。

这是哪里?

这里就是浅草龙泉寺,江户有名的大杂院。

住在这个大杂院尽里面的是一个叫屑竹的捡破烂儿的。

刚才如连珠炮般斥责的就是屑竹的母亲——兼婆。

六张席子就能铺满的房间里,到处堆满了人所能想象得到的各种破烂儿。废纸、连抹布都不如的旧衣服、假发、引柴用的破桌子、破书柜……

破柜子里塞满了破袜子，旧木桶旁边立着一张旧木板。

房间里没有立身置足之处。

室内的所有物件儿上都刻着"旧"字。

脸上同样也刻着"旧"字的兼婆坐在一个长长的破火盆前，手里斜握着一个破烟袋。

"你去做个买卖吧，半路却喝得烂醉如泥，三四天也不回家。你这个败家的东西！就算你娘被老鼠叼去了，你也浑然不觉！"

再看屑竹。

就在仅有两张席子大小的空隙里，屑竹正仰面倒在地上，满嘴酒气地咕哝着。

就在两三天前，屑竹背起箩筐赶往驹形去卖破烂儿。这一去几天就没了踪影。今晚终于晃晃悠悠地回到了家。

这屑竹没有其他嗜好，也没有什么歪门邪道，就是年纪轻轻的嗜酒如命。

母亲如此生气也理所当然。

"可念着你回家了，却把我说的话当成耳旁风，倒头就睡……唉，好吧，今天一定问问泰轩先生，看看他有什么意见。"

说着兼婆站起身来，

"我这就去叫来泰轩先生，你可不许躲也不许逃啊。"

"哼！就算我想逃，也直不起腰啦。也不是我自吹，今晚我足足喝了三升！"

"唉，真是拿你没办法啊。母亲我都快成干柴了，自己却喝得烂醉如泥。"

兼婆愤然起身走到门口,刚跨出一只脚,却突然叫道:

"啊,疼死啦,疼死啦!"

听起来像是绊倒了。

"什么啊这是!是谁把这东西扔到这里!多危险!咦,是只茶壶啊。唉,也是个不值钱的破烂儿货啊。"

一脚把茶壶踢到一边,重新放好下水沟盖子,兼婆走出了家门。

二

这是同一个大杂院的作大爷的家。

如同守夜一般,从房间到门口摆满了木屐。

屋内泰轩居士端坐中央,周围挤满了男女老少。作大爷忙乎着给大家沏好了一壶由茶叶渣沏出的茶水。

发髻绾成蝴蝶结样子的小美夜正一脸困意地挨个儿给大家倒茶。

"咳咳,所以啊——"

泰轩先生依旧穿着那件肩头补丁摞补丁的长衫,领襟外翻露着胸毛,端坐在屋子中央。泰轩先生缓缓地回转身躯,看了看以挑担卖菜为营生的一位年轻男子。

"咳咳,所以啊——如果那个叫阿町的姑娘真的对你有意,不管那当铺家闲居的生活如何舒适,不管其父母如何阻拦,她都应该义无反顾地投奔你而来了。"

先生抬眼扫了一眼青年：

"阿町家中不至于太过窘困吧？"

"嗯，是的，其家原是开豆腐坊的，虽不算富裕，但也不至于窘困。"

"而阿町这姑娘却以帮助家计为借口，想去伊势屋的闲居做丫头伺候人啊。"

"哼！竟对我如此敷衍，弃我而去，实在可恶！"

青年不禁眼圈红润，用紧握拳头的手背拂去眼角的泪水。

"休要哭泣！依你所言，阿町这姑娘的秉性也就明了啦。这种女人，忘了也罢！"

"这，这，这怎能让我甘心。"

"糊涂！找个比阿町更好的姑娘给她看！赶紧挣钱才是！我若是你定照此行。"

"啊，先生若是我——"

青年突然挺身反问。泰轩先生面带微笑道：

"嗯，我若是你，定照此行啊。通过自己的努力，将来手握盖过伊势屋的财产，让那爱财之女后悔去吧。"

"好！"

青年切齿道。

"怎么说我也是江户人，忘她个一干二净，拼命赚钱……"

"嗯，你能这么想也不枉老夫的一番口舌啊。好啦，下一个！"

"那个……泰轩先生——"

怯生生开口问起的是坐在前排的一名红簪圆髻的女人。一个大杂院里罕见的妖艳女人。

大约一个月前,告别吉原妓馆,刚刚和离此几步之遥的木材铺家的儿子成婚。虽是妓女出身,此刻的新娘也面带羞涩。

"哦,原来是你啊。"

"那个,我原打算谨守妇道,好好持家的,怎奈不讨婆婆喜欢,每日苦涩难熬——"

泰轩先生泰然自若道:

"嗯,像你这样当然不讨婆婆喜欢。什么'原打算'!老夫听你这话也不痛快!"

如此,每到夜晚泰轩先生家便成了大杂院的议事堂。

三

木材铺家的新娘听罢此言立刻倒竖柳眉道:

"是啊,我就知道您会这么说。果然是年长的替年长的说话,泰轩先生您也是鬓角斑白了,也不问个青红皂白就一味袒护我那婆婆。"

"呵呵,你若这样想可不对啊。考虑到老人余生无几,偶尔说些无理之词也无可厚非啊。"

"但是,您可知我那婆婆说些什么吗?说我是妓女出身——"

"若想不被这么说,你就好好思量一下我说的话,不管你婆婆说什么,就当没听到,好好修行吧。这样用不了多久你自己也没有什么怨言啦。如此便可家庭和睦啦啊,哈哈哈。明白了吗?"

"我听婆婆那意思是想赶我回到妓院去啊!"

"你不是才从那里出来嘛。好啦,明日晚间叫你家男人过来!下一个!"

"先生!"

这时如同破锣般的说话声响起。只见一人手里拿着一条叠着的手巾一边擦着鼻子一边用膝盖蹭了过来。原来是一直坐在门口的泥瓦匠传次。

"今儿个晚上有件事一定要先生给我评评理。这个秃老头儿,真是把我给气死啦!哎哎,让我到前边,让我到前边!"

"哪里有这样粗野之辈!泰轩先生,我也有件事一定请您评断评断。"

毫不示弱地从旁边拦过来的是传次的邻居,一位独身的老爷爷。

"先生您也是晓得的,我生来就喜欢猫狗……"

实际也正是如此,这位平时以卖画本为生的老爷爷酷爱猫狗。只要是出去做买卖,这位老爷爷每次都要从街上捡些猫呀狗的回来,宁可自己不吃饭,也不让猫狗们饿着。

到现在其家中聚集着猫十六只、狗十二条,可谓场面壮观。

如此，猫狗爷爷成了这个大杂院的怪人。

"你倒是如愿了，可这对我们这些邻居来说简直就是灾难！半夜三更叫个不停、浑身恶臭到处乱窜，还有快下崽儿的弄得路上都是血。我都上这老爷子家里说了多少回啦！……"

"我在自家做自己喜欢的事情，凭什么被你们数落！"

"这叫什么话！只要你喜欢，就不管别人的感受了吗？！"

"好啦好啦，都住嘴吧！"

泰轩先生张开双臂，将二人隔开说道：

"这个事情嘛，还是需要多少体谅一下老人家的嘛。但是呢，作为邻里，即使是自己喜欢的，凡事还是要有个度的嘛……"

"泰轩先生！我有一事相求！"

门外传来兼婆的说话声。

四

"你这个老头儿！"就在泥瓦匠传次刚要斥责猫狗爷爷之时，"先生！烦劳先生到我家来趟吧。我那不争气的儿子又烂醉如泥啦。"

她一边喊着，一边扒开人群闯将进来。进来后兼婆一把抓住泰轩的手，二话不说就把先生拽了起来。

大总是由小而来。

俗话说得好：爬山也要从山脚开始爬。

要想改变日本的世风，首先必须从改变江户的人心开始。

并且在此之前要做的第一件事就是必须端正住在大杂院里的人们的习性。

泰轩先生这样想到。

如此，在这个泰轩先生所寄食的家中，每晚都被住在大杂院的人们填得满满的，都会响起大大小小的烦闷、不平、争论的聒噪声。

从婆媳斗嘴到出行建议、恋爱烦恼、生财之道，再到被丈夫抛弃的女人的叹息……应有尽有。

然后，泰轩先生就旁敲侧击地给予解决。

这仿佛就成了蒲生泰轩的职业一样。当然，是不收钱的。

但是，生性淳朴的人们感觉给先生带来了不少麻烦，时不时就会有人拿来煮好的芋头，或者送来自己缝制的补丁摞补丁的棉袍儿……或许这话说得有点早，泰轩先生平时手里总是拿着一只酒壶。这只酒壶最近从来没有空过，自然不是先生出钱买酒，大杂院中总会有人出于恭敬把这只酒壶装得满满的——

泰轩先生直到到了这个大杂院，才品尝到浓厚的人情味儿，这令他感觉到世界还未到终结之日。先生觉得这里隐藏着一股创造新时代的力量。

近些日子，不仅仅是大杂院的人们，各处仰慕先生的人们也纷纷赶来求教。什么人生苦闷、世事艰难、迷途点津，各种问题都聚集在大杂院泰轩先生这里来了。

自从先生来到此处，大杂院风貌突变。

仅从表象来说，道路上自此再无一片纸屑，以前笤帚扫过街道时，被污水溅得脏兮兮的立板也变干净了。想想过去的街道，简直恍如隔世。

以前大杂院里见面便怒目而视的人们，此刻见了面都要相互说几句：

"早上好。"

"今天真是个好天儿啊——要是有什么我能帮上忙的，您尽管说话啊。"

这就是品德熏陶。

不过此刻，泰轩先生正被兼婆紧紧地拽着赶往其住处。

五

"喝酒倒是无妨，但是饮酒之时想想你老母亲再饮。年纪轻轻，你这哪里是喝酒，简直快要被酒喝掉啦！成何体统！"

随着先生的一声大喝，屑竹翻身起来，披着的长衫耷拉着盖过膝盖翻卷着。

泰轩微笑着看了看兼婆，意思是：这样行了吧？

"真是给先生您添麻烦啦,谢谢谢谢。这样我这个泼儿子大概能够收收心了吧。真是承蒙关照……"

撂下嘴里絮絮叨叨的兼婆不管,先生自顾走到了门口。

"咦?……"

先生突然停下脚步,眼光停在了房间的一个角落。

"这不是只茶壶吗?"

一边说着,一边拿起来对着灯光仔细端详起来。然后沉吟道:"嗯……真是脏啊。这么脏的茶壶摆在这里可是有损大杂院的颜面啊。看着就让人不舒服。嗯,真是又破又脏啊。"

一边如此说,一边回头看看站在门框处的屑竹问道:"阿竹啊,我问你,你是从哪里弄到的这只茶壶?"

屑竹以为自己又要挨训,战战兢兢地说:

"啊……啊……这个,确实是太脏了,丢人了。"

"好啦好啦,不必道歉,你是从哪里捡到这只茶壶的?"

"不是捡来的。我在驹形的高丽公馆附近一条街道正喊着:'收破烂儿、收破烂儿'的时候,一个风韵妇人冲我招手:哎,收破烂儿的……"

"哎呀,不用你模仿人家说话!"

"啊,抱歉抱歉。然后那个女人就说:看着这只脏茶壶就不顺眼,你拿去吧,不用给钱——"

"驹形的高丽公馆?"

泰轩一瞬间神色凝重,若有所思,但是马上恢复笑容说道:

"是啊,也对,谁看了这脏兮兮的茶壶都觉得恶心哪。大杂院岂能容如此不洁之物。阿竹啊,我打算把这只茶壶拿去扔到后面的河里,你没什么意见吧?"

"呀,哪里有什么意见,先生请拿走,不管是打碎也好,扔掉也好……就是只脏茶壶罢了。"

阿竹把被先生所训的怨气全撒在了这只茶壶身上。

"那我就把这不洁之壶拿走啦。"

泰轩先生一边笑着,一边装作不情愿的样子拎着茶壶迈步走出了屑竹家的房间。

与此同时,先生的脸突然像变了个人一样紧张起来。

在从大杂院住户窗户里照出的微弱灯光下,泰轩捧着茶壶仔细端详起来。

"猴壶啊,终于到了老夫手上啦。你可知你给世上带来多大的灾难?嗯,你再也别想跑啦,啊哈哈哈。"

六

"现在日夜都有人琢磨着这只茶壶,这东西片刻也不能放在我这里。嗯,还是把它给他,让他也高兴高兴——。"

泰轩拎着茶壶往作大爷家里走。一边走着,一边暗自发愁该如何处置这只茶壶。

究竟要把这茶壶送给谁呢?

作大爷自前几日生病以来便行动不便了。虽如此说,但是还是能够干些家务的。

泰轩游移之中不觉来到大杂院的拐角处，抬眼看到一乘轿子停在那里。

"这就付钱给你，稍等一下嘛。"

这时传来了大人口气般的孩子的说话声。竟然是小安。

这孩子从轿子帘里探出小脑袋，刚要出来就一眼看见了走过来的泰轩先生。

"这不是小美夜和你这个吃闲饭的嘛。"小安吧嗒吧嗒地一溜小跑儿过来，喘着气说道："哎，叔父，您帮我付了轿子钱吧。还有，多多给足了他酒钱。"

泰轩先生仰首看着星空，不觉笑道："啊哈哈，也不知道你到底是个孩子还是个大人……你不是丹下左膳的小侍童吗？"

"嗯，我就是为了父亲左膳的事情来的。不管怎么说，吃闲饭的叔父，您先帮我付了轿子钱吧。"

但是如果泰轩先生有钱，那么左膳就有右臂了。看着眼前脸色煞白的小安，泰轩先生知道必有非同小可之事，于是就立刻找了大杂院里的人付了轿子钱。

那么这乘轿子是怎么回事儿呢？

原来小安方才突然想到住在小美夜家中的泰轩先生或许此时能帮上忙，就跃上刚好路过司马寮那片废墟的一顶轿子，一溜烟儿似的飞奔而来了。

小安在跳上轿子前抓了把石子儿揣到口袋里。然后拍拍胸脯又指着鼓鼓囊囊的口袋对轿夫说：

"钱有得是，也不会亏了你酒钱的！"

那轿夫虽然觉得夜晚一个孩子孤身一人甚是可疑，但还是将他抬了过来。

"叔父啊，刚才我正在父亲掉落的洞口徘徊，突然来了一群商人和百姓模样打扮的人，手里拿着锄头、铁锹，一把把我推到一边，就开始填埋洞穴。我慌忙坐着轿子逃了过来，大概那洞穴已经被埋了啊。叔父啊，父亲一直说您神通广大，求求您同我一道去救救我父亲吧。好不好，好不好？我给您作揖啦。"

一直低头盯着急得满脸通红、泪眼婆娑的小安的泰轩居士闻听此言忙问道："什么？左膳被活埋了？太可惜啦。那可是有用之才啊。好吧！不用担心，叔父这就去搭救。"

七

但是这茶壶该怎么处置呢？

蒲生泰轩单手托着猴壶沉思起来。一眼看到茶壶的小安突然狂叫道：

"这不是我和父亲拼死守护着的茶壶吗？！这是我父亲带来的，怎么会在这里！"

"嘘——小声点儿！这茶壶不是你那个茶壶。"

"怎么可能，分明是同一只。我记得可清楚了。"

"你要是再纠缠这只茶壶,我可不去救你父亲了啊。"

"哎,小安,原来是你啊。"闻声赶来的是小美夜,"小安!你可算回来了啊。"

"美夜!我可想念你啦!"小安兴奋地刚要上前去牵小美夜的手,马上被泰轩先生打断:"好啦好啦,你这个小安,现在哪里有工夫说这些!快去救你那被活埋的父亲吧……"

"啊,对啦对啦!小美夜,过后我有一肚子话要跟你慢慢说。快,叔父,咱们快走!"

"等一下!"

泰轩先生蹲在小美夜旁边说道:

"今晚小美夜也要派上用场喽。"

泰轩附耳跟小美夜低声说了几句,只见小美夜一张小脸立刻紧张起来,一个劲儿地点头。

片刻之后。

几个身影在大杂院的路口处分成左右一晃便消失在了江户漆黑的夜幕里。一路是由小安领着泰轩居士急匆匆赶往洞穴现场,另一路则只有小美夜一个瘦小的身影。

背着用大包袱卷儿卷起来的猴壶,提着和自己身高差不多大小的灯笼,小美夜孤身一人迈着小步蹒跚地走在路上。这还是她生来第一次离开家这么远,并且是在漆黑的夜晚。

两侧人家的大门紧闭,只有不时的犬吠声响起和嗖嗖的夜风吹来。想起刚才泰轩先生说的那件十万火急之事,小美夜把恐惧和孤寂也忘记了,只顾一路往前赶。猴壶压在美夜的小肩膀上,越发显得沉重起来。不知拐了几道弯儿,终于来到了樱田门(江户城内城门)的木门前。

值夜的守护看到美夜,不禁惊讶道:"咦,你这个小姑娘,是不是睡糊涂啦?背个大口袋上哪里去啊?"

手持六尺护身棒的另一人笑道:"多半是梦见在帮忙搬家吧。"

"才不是呢!"小美夜用稚嫩的声音认真地说道:"我去南边的官邸,快让我过去。"

八

"嘿!!笨熊!鸢由!!"

半夜大杂院里突然响起了炸雷般的吼叫,几乎能把山洞炸开的声音回荡在大杂院的各个角落。发出吼叫声的是住在大杂院入口处,经常充当调停人的石匠铺老板石金。

单看名字就知道是个不好惹的壮实汉。

正是凭着这个壮实劲儿,石金得到了大杂院人们的信任。可以说在这个大杂院里是仅次于泰轩先生的头号儿人物了。

这时的金石正怒冲冲地跳到街上怒吼着。

如同兵营里吹响了起床号一样,从大杂院的各家门口突然间齐刷刷地冒出一排脑袋。笨熊披着一件印花长衫,露着胸膛,鸢由仅穿着一件又短又小的汗衫,还有做小买卖的三吉,专门给人写祭文的半公,修伞的南部浪人细野殿,披着睡衣的孩童,睡眼惺忪的老板娘,就连受惊的猫狗也跳将出来了。一时间大杂院热闹非凡。刚刚入睡的人们在被石金的怒吼声惊醒后,一时不知发生了什么事情。

"这是跟谁啊?人呢?"

"你抱着一堆柴火干什么啊!"

"咦,不是吵架吧。"

"不是也没有敲警钟嘛,哪里来的火灾。"

"嗯,不是火灾,也不是吵架。"

矗立在大杂院入口处的石金对着挤满街道的人们高声说道:"咳哈,你们大伙儿都听着。这个大杂院现在住得如此舒适,有了什么困难马上就能得以化解,你们都明白这全凭谁的功劳?"

拥挤在街道上的大杂院的人们交头接耳。

"泰轩先生!"

鸢由话音未落,马上有人跟上道:"没错!泰轩先生可是我们的大恩人!""有了泰轩先生才有了大杂院的今天!"

众人齐声嚷嚷着。

"这就是了!"

话刚说到此处,不知是谁将旁边的垃圾箱推到石金脚下说道:"哎,站这上边说,这样听得清楚。"

石金踩在箱子上开始了演讲:"此刻我们的大恩人泰轩先生遇到了大麻烦,正赶往向岛去了。"

没想到在这半夜三更,大杂院里开起了居民大会。

"就在方才住在作大爷家旁边的,也是我们中一员的小安来找先生了。我只瞥见了先生一眼,但是看那脸色便知发生了大事儿。从先生与小安的话语中,我只隐约听到什么司马寮的大火废墟。想必那里发生了什么,先生已经赶往那里了。只要是这大杂院的人,只要是个江户人,我们能撇下先生不管吗?"

九

夜半的居民大会,站在垃圾箱上的石金"委员长"舌锋逼人:"咱们能有今天,全仗着泰轩先生!我建议马上出发去声援先生!大家说愿不愿意去啊?!"

"好!"众人的呼喊声未落,就听得惯以奇谈怪论闻名的笨熊大叫道:"嘿!石金这个年老昏聩的家伙、让人来气的蠢材!瞅着草鞋帮子胡扯些什么!"

就像这样,笨熊经常口吐些字典上都查不到的话。

"哼!这个石金休要胡言!哪里来的不愿意去的?!谁是那墙头草、不倒翁?!大家速速拿起木棒、顶门闩,砸死跟先生作对的家伙们!"

"对!没错!在泰轩先生的事情上,岂容不同声音!"

"石金你说话也要注意嘛!"

"好啦好啦,咱们这就出发!"

众人嚷嚷着如潮水涌动般。

"细野先生！"这时不知是谁冲着落魄的南部浪人叫道，"瘦死的骆驼比马大，好歹你也曾是个武士！木刀也罢，拎起来冲在前面嘛！"

"还用你说，只要是为了泰轩先生，我细野赴汤蹈火万死不辞！"只见细野先生把补丁撂补丁的衣襟往屁股里一掖，抬手操起一把刀夹在腋下，头也不回噔噔噔地跑将下去。

"喂！把那把刀送给先生啊！"

"想必对手都是些废物，不用客气，上去一刀宰了他们！"

"喂！卖菜的阿初，你拎个扁担准备干什么啊？"

"嘿！用它横扫了那帮家伙啊！"

"哎！卖糨糊的婆婆，你上了战场也是碍事儿，还是待在家里吧。"

"这说的是什么话。让我家儿子改邪归正的是谁啊，还不是多亏了泰轩先生。现在先生有事，我怎能眼睁睁看着不管呢？我虽年迈，扔颗石子儿的力气还是有的呀。阿弥陀佛、阿弥陀佛。"

就这样大杂院的人们，相互簇拥着出发了。

兜裆布、缠头布、破褂子、烧火棍……十八般兵刃。

这正是所谓的百鬼夜行……

"去助泰轩先生一臂之力！""小安，我们这就来！"吵嚷声响彻街道，剑指向岛。而石金、笨熊、鸢由、细野浪人，这四大天王煞有介事的冲锋在前。

十

"好了,护着这具烧焦的源三郎的假尸体和这个烧煳的茶壶,我们一行这就返回道场,然后把源三郎已死、猴壶也被烧毁的事情大肆宣扬一下。你们几个一会儿速速把那洞穴埋了。要干得干净利索!"

峰丹波令人用门板抬着被白布包裹着的死尸,拎着烧煳的假猴壶出发了。

如同葬礼一般,一行人围在莲夫人周围,在夜幕里肃穆庄重地往前赶,眼见着就要赶到废墟处了。

月黑风高。

就在一天前,这里还挺立着风雅别致的屋舍。而现在却满眼是东倒西歪的烧焦的树木、在灰烬与泥水中露出半截的榻榻米、散落的隔扇……惨不忍睹。一条正在废墟上找寻食物,却一无所获的瘦骨嶙峋的野狗更给这个月黑风高之夜增添了几分凄凉。

这时殿后的峰丹波止住庞大的身躯,向那些前去掩埋洞穴的弟子们下达了最后命令。

商人和老百姓打扮的道场弟子们手持农具,目送着葬礼一行离去。丹波与莲夫人则故作悲伤,深一脚浅一脚地赶往妻恋坡。

这时弟子们的领队结城左京上前一步喊道:"师范代大人,这里就交给我们了,大人不用担心。"

结城左京一边笑着一边接着说:"我们这就去掩埋,一会儿工夫就能完事儿,然后再追赶你们一行!"

"嗯,动作要快!大概河水已经浸满洞穴了吧。"

"那是自然,三方子川的河水肯定已经从河底渗满了洞穴。这会儿那二人想必已经喝得脑满肠肥啦!哈哈哈哈!"

"嗯,把他们就在此土葬了吧。伊贺狂徒和丹下左膳除非是借尸还魂,不然恐怕是再也不会出现啦!好啦,我们先行一步了。"

说罢,丹波一行便迈步准备离开。而莲夫人一想到源三郎就要变成地府之鬼,就觉得一阵心烦意乱。

"而今即使你想搭救源三郎也为时已晚了,顶多只能面对捞出来的一具死尸,双手合十祈求冥福啦……"峰丹波好似读懂了莲夫人的心思一样大声说道,"夫人!您是劳累了吗?快出发了,出发!"

十一

即便如此,莲夫人还是恋恋不舍。

"源三郎!源三郎!"

这声音听起来如此揪心。

莲夫人转身跑回,趴在洞口往下探望。丹波冲手下使了个眼色,众人冲上去架起莲夫人往回就走。

就这样在众人的簇拥下,一行迈开了步伐。

剩下掩埋洞穴的一伙人在诡异的夜风里伫立在废墟之上不禁都倒吸口冷气，紧张地互相望着。

"如此一掩埋，倒真成了坟墓了啊。是不是搬块儿石头做个标记啊。"

"等过些许年，在无名之冢上或许再标记个源三郎冢什么的……"

在夜晚潮湿的空气里，不知是谁这样故作安慰之语。

"别再废话了！赶紧行动啦。"

"嗯，说的是，别说没用的了。抓紧把这件事完成为善。"

"但是这洞穴洞口虽小，往下空间却甚是宽大，七八个人纵使到天亮也难以填平啊。"

"确实如此，不如先搬几块大石头，扔下去架在洞中央，然后再用土掩埋如何？"

众人拍手称善。于是结城左京领着两三个人四处找寻石头去了。

其他众人拿着锄头、铁锹围拢到了洞口。左膳掉落下去时铺在洞口的烧煳的薄木板碎片仍然散落在周围。从洞口望下去，一片沉沉黑色，深不见底。隐约间能听到洞底的潺潺水声，想必三方子川的河水已经完全渗透，下面已然成了水牢了。一想到左膳和源三郎此刻必定浑身浮肿，尸体夹在河水与土壁之间的情景，众人不禁打了个寒战。

从洞口处听不到一丝呻吟声。

这简直就是一座灌满污水的坟墓。

小安此刻也不见了身影。想到周围再没有他人，七八个人稍稍心安。若现在就开始掩埋倒也不会有事了。但是方才在茅草屋里灌了一肚子酒的这伙人被夜风一吹，全都头脑发涨，眼前发晕。

"呃——这活儿真叫人讨厌。"

随着不知是谁的一句话，众人扑通一声一齐围坐到了洞口。众人一边胡乱地用脚往洞中蹬土，一边都陷入了令人毛骨悚然的沉默中。只听得在周围寻找石头的结城左京他们发出窸窸窣窣的声音，但仍不见回来。

"喂！我说结城，找到石头了吗？"坐在洞口的一人喊了一句。

话音未落，黑暗中只听身后传来一声阴沉的回答。

"不用石头，用尔等的身躯掩埋岂不快哉！"

十二

随着这沉闷的一声，洞口的这伙人猛然惊醒，窜将起来回身在黑暗中四处搜寻。

"喂！结城兄，左京兄！莫开玩笑啊！"

起初他们还以为真是结城左京找石头在跟他们开玩笑。

"本来就是让人提心吊胆的活儿，不要再捉弄我们了。"

众人嘴上一边说着，一边自觉这话音不对。

"哼哼哼哼，都吓破胆了吧。一群鼠辈还来掩埋什么坟墓，啊哈哈哈。"

这时随着传来的炸雷般的说话声，一团漆黑的人影挡在了眼前。

洞口周围的众人做梦也没有想到半路会杀出个程咬金，还将信将疑地问道：

"休要玩笑！石头呢？！"

"掩埋了洞穴，抓紧回府了！结城兄！"

众人一边小声探问着，一边紧张地后退了几步。

本该膀阔腰圆的结城左京为何此刻换了装束？

众人正狐疑间，突然从眼前黑影的不远处传来一声孩子的叫喊："吃闲饭的叔父，就是这个洞穴，父亲就掉落在这里了！赶紧把这些坏蛋都赶跑了救我父亲上来啊！叔父！"

"啊？！那个小毛孩子？"

"嗯！就是方才围在洞口不住地哭天喊地的那个小子！"

众人异口同声地叫嚷起来，随即操起锄头、铁锹拉好了架势。

这时从那团漆黑身影旁边一个瘦小的身影跑到洞口大喊："父亲！父亲！您还安在？"

"嘿！结城兄！"

众人嘶声呼叫，想把同伴召集过来。

"不要石头啦！麻烦找上来啦！先把麻烦清理干净！"

"说什么？！麻烦？"黑暗中传来结城几人的呼应声。他们随即往回赶。

再看泰轩先生。先生在如此千钧一发之时，拿起挂在腰间那只在大杂院喝酒的酒壶，对着嘴咕咚一声喝下一口。先要壮胆……

"你们这帮家伙听着！那个独眼单臂的怪物丹卜左膳，在这世上虽是个不起眼儿的人物，但是对你们这帮鱼肉乡里、献媚德川的狗屁武士们却是恨之入骨。在这点上与老夫我志同道合，实在令人赞许。尔等功夫上斗不过，竟想出如此奸计，真是卑鄙至极！"

十三

未带武器过来是这些人最大的失策。

佩刀而来的只有结城左京等两三个人。其他商人和百姓扮相的众人由于只想着是为掩埋洞穴而来，肩头上扛着的都是锄头和铁锹。靠这些家把式如何抵抗得了眼前这个不速之客。

此刻众人脑海中闪过的一个共同念头就是：返回茅草屋，取回兵刃。

黑暗中的泰轩先生肩背破布袋，身穿补丁夹袄，脚蹬无跟草鞋，腰悬酒壶。暗夜里并不能看到先生一副怪相的众人稍微恢复了些底气。

结城左京上前一步开口道："我们乃是这片被烧之家的主人，是来收拾后事的。虽不知您是何方神圣，若是前来寻衅滋事，我们可也不会客气。"

"半夜三更收拾后事，真是闻所未闻。若是为了掩埋洞穴，老夫倒是愿助一臂之力。"

左京回首道："此人由我来对付，余者这就去掩埋洞穴！"

"叔父，吃闲饭的叔父！赶快拉我父亲上来啊。纵使有双臂尚且困难，父亲单臂更难爬上来啊！说不定都没命了啊，叔父！"

众人手持锄头、铁锹朝着围在洞口的小安冲将过去："嘿！小毛孩，速速躲开！"

只见泰轩先生抡起腰间酒壶，"咣"的一声正中一人的脑门。

"哎哟！这是何物？奇硬无比，好大的拳头！"只听被击中的家伙抱着脑袋大叫道。

这时结城左京挥刀冲着泰轩先生砍将下来。只见先生只微微一闪，结城左京便扑了个空。看对方快如闪电，结城知道对手非等闲之辈。

"喂！此人非一人能敌，快去取刀剑来！"

众人纷纷扔下锄头、铁锹，扭头就往茅草屋方向跑。

左京挥刀刚拉开架势，试图挡住泰轩好等待众人回来。

就在此刻，只听得不远处人声鼎沸，脚步声震得大地山响。

岂止左京，泰轩与小安也吃惊非小，急忙回转身躯向后张望。

"先生！先生！"传来的是笨熊的声音。

"呀！大杂院来人啦！大家倾巢而出帮助先生来了！"小安激动地跳起来喊道，"喂！石金大叔！鸢由大哥！啊，还有细野先生！"

"出了什么事？！泰轩先生！"

"此人我来对付，余者这就去挖开洞穴！"泰轩先生用方才左京的口吻说道。一旁的小安急忙向众人解释："嘿！我父亲现在被埋在洞中，地上放着锄头和铁锹，大家快帮帮我啊！"

十四

这场面真是不可思议。

从浅草龙泉寺街道上赶来的大杂院人们，从披着破烂汗衫的老爷爷，到缠着厚布片的英俊小伙儿，再到怀抱棉罩衣裹着的婴儿的妇人，还有身着皱皱巴巴睡衣、睡衣角掖在屁股里的老太太——如同农民起义一般。众人一拥而上，捡起地上横七竖八的锄头、铁锹，不由分说就开始沿着洞口往下挖。

"我父亲就埋在下面，快！快挖！"小安围着洞口边跳边叫嚷着。

小安的父亲？

这时大杂院的人们才感觉到奇怪。小安在卷入猴壶纷争之前，一直寄居于大杂院，夏天叫卖凉粉儿，冬天兜售甜酒。对于小安的身世，大杂院的人们都是知晓的——

我的父亲啊，你去了哪里？……这个声音曾经从早到晚都能在大杂院听到，大家听得耳朵都差不多生了茧子。那时候大家都知道小安是没有父母的。

大家都只知道小安出生于遥远的伊贺，为了找寻自己未曾谋面的亲生父母，这才历经千辛万苦来到江户。此刻听到小安叫嚷着说自己的父亲被埋在下面，众人先是吃惊，随后都替小安高兴起来。

"呦！原来小安找到生父了啊！"

"加把劲儿，快把小安父亲救上来。"

越是穷人越是有感情。正所谓同病相怜，一看到别人遇难，马上就能联想到自己悲惨的身世。男女老少们更加卖力地往下挖。在大杂院经常为一些鸡毛蒜皮小事而吵架的人们，此刻爆发出如此淳朴真挚的感情，小安不禁感动地泪眼婆娑。

"谢谢啦，你们就是我的恩人，我今后一定会报答的。"喜极而泣的小安不停地自言自语。

眼前的洞穴，周围如同战场一般。就连卖糨糊的老太太也捡起半截儿木棍，在地上和弄着。与其说这是在帮忙，真不如说是在添乱。

突然，"咚咕隆咚、咚咕隆咚"的敲鼓声从身后传来。原来卖煎饼的老板娘把法会上使用的锣鼓也带了过来。仿佛要借助法力来加速挖掘一样。

咚咕隆咚、咚咕隆咚……真是如佛教法会般热闹。

担任指挥官的还是石金、南部浪人细野先生。笨熊、鸢由、左官三人干得尤其卖力。只见三人挥舞锄头、洋镐，一顿猛刨，眼见着挖下去了。

转眼间泥土满身，但众人丝毫没有懈怠。一旁的女人和孩子们将刨出来的土石运到一边。夜半的土木工程就此展开。

话说泰轩先生。

再看对面，泰轩正抵挡着结城左京，以及取刀返回的七八个人。先生一边与这伙人打斗周旋着，一边满口酒气地吟起诗来：

"李白一斗诗百篇……"

十五

"李白一斗诗百篇，自称臣是酒中仙……"

泰轩镇定自若，打斗中竟然吟起了杜甫的《饮中八仙歌》。先生把那根从房顶烧落下来的木梁挥舞地呼呼作响、风雨不透，对方难以靠近。

泰轩先生看似酩酊大醉，又似优哉游哉，又似不知所措。其实这是先生自创的独家功夫。当大杂院的众人第一次亲眼目睹泰轩先生一直深藏不露的绝技，不禁停下手来纷纷说道：

"耍弄碗口粗的木梁，好生了得！这样谁也难以近前啊！"

"给这伙无能武士们长长见识！"

"哎！别在那儿呆看了，快快刨土！快！"

此刻的道场弟子们直吓得呆若木鸡。本来泰轩一人就绰绰有余了，却又如同百鬼夜行般，不知从哪里突然间冒出一伙破衣烂衫的家伙。结城左京一行眼见着洞穴被挖开，只急得火烧火燎。

这也难怪，照这样挖下去，一会儿工夫柳生源三郎和丹下左膳就要蹦出来了。

山中无老虎，猴子称大王。此时凶悍无比的老虎，并且是两只，有可能马上回来了。

如果挖出来的是两具死尸倒也罢了。但是万一伊贺狂徒和有不死之身的左膳活过来……

"莫要只盯着这老匹夫！"左京大声喊道："快，快去洞口把那群人轰走！"

在左京的一声提醒下，有两三个道场弟子正欲挥刀转向洞口的人们。

"哪里走！"泰轩先生一声大喝，挥起大棒挡住去路，道场弟子们无论如何也靠近不得洞穴。

"哼！原来只是乌合之众。"

就在先生的冷笑声还未消去之际，只听见人群中有人大叫："呀！有水了，挖到水了！"

"挖到水脉了！"

只见水从挖开的洞穴底部一股股地冒出来。

"这可不妙！这洞穴必定与三方子川的河底相通！"

铁锹、锄头到此算是派不上用场了，众人一筹莫展。看着水如泉涌，小安不禁更为焦躁不安："父亲！父亲！快些借助浮力上来啊，父亲！"

"嘿！愣着干什么！快解腰带啊！"这时石金的破锣嗓子吼了起来。

十六

闻听洞穴中有水冒出,结城左京一伙吓得更是魂飞魄散。不好!在这样拖延下去,性命难保矣!

"风紧!撤!"

这哪里是撤退,简直是溃散。

"看来只有追上先行的峰丹波一行搬救兵了。"一伙人来不及确定源三郎与左膳是死是活,一边暗自嘀咕,一边抽刀转身一哄而散。

泰轩先生丢掉手中的木棒,飞身两步来到洞口问道:"水上来了?"

"正是。"

先生定睛一看,果不其然,夜间虽不能看仔细,却也能隐约看到赤红的浊水透过泥土如潮水般一股股地向上涌动着。这时的洞穴已成深井。

惊诧之间,水已漫过人们的脚踝。

"这可如何是好!小安父亲凶多吉少啊!"

"吃闲饭的叔父快想想办法救我父亲上来啊!不然我潜下去找找看吧!"

"休要胡言。水势如此之大,莫说是你,就算是水性再好的人恐怕也难潜下去。"泰轩先生一边说着一边往四下看着。

只见指挥官石金正忙着解腰带。

石金解下腰带后冲着众人大喊道:"嘿!快解啊!"

大杂院的人们先把随身的手巾、布条接到了一起,但是长度实在有限。无奈之下,众人只得解下了腰带。

绳索就这样接起来了。

这真是救命稻草。

"还要拴上挂钩之类的东西啊!"

众人在没过脚踝的水中一阵手忙脚乱。这时不知是谁从废墟中找来了一个木桶铁箍。但还是不够重量,绳子还是沉不下去。

"绑上些重物!"

众人找来块石头绑在了铁箍上。接着大伙小心地将绳子放下去,忐忑不安地等待着。

"有什么动静吗?"

五六个壮汉手持绳子的一端焦急地等待着。

"变沉了!挂上什么了!"

"拉上来!快拉上来!"

说话中众人拉上来定睛观看,只见一大块石头挂在铁箍上。

水仍然不住地往上翻涌着。哪里有丹下左膳、柳生源三郎的影子。

人间港湾

> 如同沧海一粟般的小美夜从茫茫人海之中,突然出现在背着猴壶、正弯弓射鸟的大冈越前守大人眼前。这也是这个人间港湾里涌动的暗潮的惊人之作。

一

"大人!"

门外传来伊吹大作的声音。

樱田门外,南町武官大冈越前守的宅院里内书房依然灯光摇曳。

此时的他仍未睡去。摇曳烛光之下,越前守正俯首阅读黑漆桌案上摆放着的卷宗。

房间里不时响起翻阅卷宗的声音,这是越前守每晚的必做之事。

"大作啊。何事?"生着宽下巴,向来带着柔和笑容的越前守抬头朝着隔扇方向问去,"还未睡去啊。我不是已经告诉你不用管我了嘛。呵呵,你要是陪我可要到很晚喽。"

随着大冈忠相的笑声,微微发胖的膝盖也在颤动。一旁的烛光也随着轻轻摇曳着，光影也随之晃动了几下。

就在这时，隔扇的门被轻轻拉开一条缝隙，伊吹大作探进了脑袋："禀报大人，方才有一个七八岁模样的姑娘被重内、作三郎拦住了。"

忠相的眼睛如同假眼一般，从中看不出任何变化。这双眼睛里是从来不会流露出任何感情的。在这个相当于江户的港湾里充当领航员角色的忠相是修炼得道了。坐卧住行，一切都在此府邸之内。得以如此修炼的忠相，外部的东西可以映入其眼中，但是内心世界却从来不会写在眼睛里。这是一双令人恐怖的眼睛，就连天一坊[①]也被其识破了。

此刻这双眼睛正直勾勾地盯着大作问道："嗯？一个姑娘？"

"正是，这个小姑娘深更半夜孤身一人来到樱田门外，甚是可疑。被盘问时口口声声说急切要见大人。重内与作三郎怕是什么大事，特意将其安排在了一间房中。"

"急切要见我？"

"正是，不过这小姑娘只说立刻要见大人，再问其他却抽泣起来。"

沉思片刻之后，忠相问道："是何模样的姑娘？"

"像是穷苦人家的——背着个大箱子，说是茶壶什么的……"

"茶壶？"忠相的声音中掠过一丝惊诧，但瞬间就恢复了平静，"为何不早说？"

---

① 德川吉宗的私生子。

"啊？"

"为何不早说茶壶的事呢？带到院中。"

大作明显感到意外，不禁问道："这，大人要亲自见这姑娘？"

"说了令你领过来的嘛。"

忠相回转身躯，一边听着身后大作的脚步声离去，一边自言自语道："这便是泰轩派来的人了。"

说罢，就像忘了此事一样，眼睛再次投向桌案之上的卷宗。

这时庭院中传来二三人的脚步声。

"大人，领过来了。"

大作的话声未落，一个小姑娘的抽泣声便响了起来。

二

被带过来的就是累得筋疲力尽的小美夜。

身负泰轩先生之命，为了自己所倾心的小安——

当小美夜被告知要背着这个装着沉重茶壶的箱子，赶到远处樱田门的守护府去见令人生畏的守护大人时，直吓得体如筛糠。

小美夜一时不知所措，就问作大爷该如何是好，作大爷告诉她这是为了泰轩叔父和小安，无论如何都是要去的。

于是小美夜背后背着装有沉重茶壶的箱子，前面提着和自己差不多一样高的灯笼，一边步履蹒跚地走路，一边如同念咒语一般,嘴里不住地说着:"这是为了泰轩叔父和小安……"

这一念,本来身单体弱的小美夜竟然力量倍增。

渐渐懂事的小美夜只知道龙泉寺有个大杂院,至于樱田门,那简直就像是东土大唐亦或者天竺国般遥不可及。

小美夜第一次知道江户城居然有如此幽静之所,幽静得如同死亡之街。白色的长围墙上银杏树探出脑袋、按摩师的笛声不时响起、夜晚的乌冬面小贩沿街叫卖。

在路人不断指引下,好不容易来到樱田门附近。只见黑暗中高大的房屋在小美夜眼前一字排开,这时突然从左右窜出两人挥棒挡住了去路。

"站住!哪里去?!"

这二人是越前守手下的作三郎和重内,看着小美夜可疑才拦住了去路。

此刻的小美夜却丝毫不畏惧,挺胸说道:

"我啊,是去南边守护大人那里的。二位叔父可知道守护大人家居何处?"

"我们倒是被盘问起来了啊!真是奇了怪了。我说小姑娘,这里就是守府所在。"

"哦,那你们当中谁是守护大人?你吗?还是你呢?"

"这话我等可受用不起呦。守护大人岂能如我等一般掖着裤裙,手持六尺木棒,顶着夜风戳在这里哦。真是个天真的姑娘啊。"

闻听此言,小美夜好像一下子失去了方向,不禁双手拭目,吧嗒吧嗒地流起眼泪来。重内、作三郎见状不禁心生怜意,将美夜安置于一间房内,随后向伊吹大作禀明了缘由。

却说小美夜脑子里一味地想着这茶壶是万万不能被人抢去的,所以一边用两只小手死命地抱住箱子,一边抽泣,抽泣中又时而抬起小脑袋怅然若失地四处张望。当被安置到房间里时突然抬高嗓门叫道:"这样我就能见到守护大人了吧。真是太好了。快快出现啊。"

在大作、重内、作三郎的簇拥下,小美夜不免有些许紧张。
"为何反倒成了罪人?"
小美夜心中暗想:我还能见到作爷爷吗?
就这样美夜一边想着,一边踉跄着走向庭院的深处……

三

高大的书斋出现在了眼前。

当看到一个厚实的身影无声地射在窗棂纸上时,坐在庭院里的小美夜突然间惊吓得颤抖起来。

这个平日里抓捕强盗、杀人犯的守护大人该是何等威严之人啊!

但这个念头刚刚扫过,小美夜听到的却是一个异常亲切和蔼的声音:"汝等三人退下吧。"

围在小美夜身边的大作、重内、作三郎三人听到此言便悄无声息地消失在庭院的黑暗中了。

虽然对这三名武士不怀好感，但真正到了独自一人面对守护大人时，小美夜却又从莫名的恐惧中突然觉得不愿让三人离去了。

"三位叔父，不要走啊！留在这里！"小美夜一边带着哭腔喊着，一边欲转身追去。

"呵呵，有何可惧？来，坐于廊下，给我看看那茶壶如何？"

迎着灯光抬眼望去，只见一脸柔和的笑容里，一双眼角带有鱼尾纹的眼睛正看着自己。这真的就是南边的守护大人？

小美夜一边如此揣测着，一边怯怯地说道："那个，那个，我，我是从浅草的大杂院来的。"

说罢，小美夜顿了顿，抱着茶壶与越前守并排坐下。

虽然隔着窗棂纸，但在小美夜的走动下，屋内昏暗的烛光还是略微晃动了一下。忠相笑容满面地单手托着茶壶，单手小心翼翼地剥开包裹："嗯，把你从大杂院派过来的想必是蒲生泰轩……泰轩叔父吧？"

"是的，大人也晓得啊。是先生让我把茶壶交给大人的。"

"嗯嗯，很好，很好。"忠相抚摸着小美夜的脑袋说道："小小年纪半夜三更将茶壶送来，真是了不起啊！"

说话中，忠相轻轻地撤去包裹、解开捆着箱子的细绳、小心地取出茶壶，一边伸手去揭壶盖，一边问道："你叫什么名字啊？"

"我是和作大爷住在一起的小美夜。"

揭开壶盖,忠相向里窥视了一番。

但是由于是隔着窗户,难辨清晰。壶底似乎有一淡红色的纸片,异或空无一物。

忠相想着过后再仔细查看就轻轻地合上了壶盖,然后接着问道:"嗯,小美夜,这个名字甚是可爱嘛。"

"嗯!大家都这么说!"

"我该奖赏些什么给你呢。泰轩先生将你派来送给我如此精致之壶,我一定要送你个好东西才是啊。"

小美夜一听到有奖赏,立刻两眼放亮追问道:

"真的?那我要什么都可以吗?"

四

忠相微微一笑说道:"不必追问,谎言是使人成为盗贼的开端。我的职责就是如何使世上没有盗贼啊,明白了吗?"

小美夜一边在廊下踱着小碎步,一边不停地点着小脑袋。

越前守微笑着继续说道:"干这个营生的人会说谎话吗?"

"嗯,说的是呀,那不管我说什么,都会给我吗?"

"那是当然,我听听你要什么。"

"好,那我可就说了。"

"说说看。"

"嗯……"

小美夜开始思索起来。

"我有个好朋友叫小安,是对我特别好,特别有趣的哥哥。他是个孤儿。"

话刚说到一半,小美夜便有些哽咽。越前守见状关心地问道:"然后呢?那个孤儿小安怎么了?"

小美夜抬起泪眼继续说道:"我不需要任何东西。不需要玩偶、和服。只是能否帮助我找到小安的生父生母?"

一心替小安着想的纯真心灵……虽然是个孩子,但纯真的内心却流露在了眉宇间。忠相一边如此想着,一边一眼不眨地望着小美夜说道,"嗯,好。身为守护,我接受你的请求。不用多久一定帮你找到小安的父母。"

"那多谢啦!叔父。"小美夜的话语声中更多了几分哽咽,"要是小安知道了该有多高兴啊!"

这时,忠相招手叫来伊吹大作,然后令其派一顶轿子将小美夜送回了大杂院。

这个越前守次日便令人将小美夜说过不需要的玩偶、漂亮和服作为礼物送到了作大爷杂乱的家中了。小美夜自然是喜不自禁。

这是后话暂且不提。

送走了小美夜,忠相脸色突然变得严肃起来。

"泰轩果然值得信赖。言必行,行必果。这猴壶被无数人紧盯着,虽不知其是如何得手的,但也必定是颇费了番周折啊。"

忠相抱着茶壶，独自静静地返回了房间，拉近烛台，取下壶盖，仔细端详起来。

这个茶壶中应该是放着标明百万甚至千万两金银所埋之处的地图。现在柳生一藩的性命正悬在这一张秘图之上。这世上依然是充满了欲望的旋涡。

越前守揭开壶盖向内探望。

壶内空空如也！

忠相把蜡烛拉近壶口，又仔细观看。

却仍然是空空如也。猛然间，忠相仰首大笑：

"哈哈哈哈，原来如此。"

原本静如止水的一张脸此刻绽开了花。

五

垂柳倒影的河面上不断映出往来变幻的云朵。小河蜿蜒着伸向远处直到天际。

三方子川的下游宛如水乡。

在鸡鸣声中天光见亮，周围看到的是三四间茅草屋子。

那是摆渡人和捕鱼人的住所。

其中一间茅草屋屋檐倾斜，前院里放着渔网，屋后种着庄稼，看似一个半农半渔的家庭。

"感觉怎么样了啊，这位客官，醒过来了吗？"

只见未生火的炉子旁一位嘴里叼着大扁烟袋，正悠闲地吐着烟圈儿的渔翁老爷爷，也就是此家的主人回头朝着屋中开口问道。

"嗯……"屋内传来了呻吟声，"这是何处？"

老渔翁觉得是谁起来了，急忙起身往里望了一下。这是位看似冷淡而实际热心肠的老人。

"怎么样了？觉得好点了吗？"

这真是令人难以置信。坐在屋内地板上的是披着渔翁家补丁摞补丁的衣服，正一脸惊诧，以那只独眼四下张望，嘴里还不停地自言自语的丹下左膳。

"我只记得那河底突然脱落，我就很幸运地由砸下的水流顺势从洞穴中推出来漂到河面上了。"

这时一脸诧异的左膳眼睛落在了旁边地板上仍是脸色苍白、如同死人般沉沉睡去的柳牛源三郎。

"噢，你也被救上来了啊。"

这真是奇迹。

眼见着水位不断上涨，从胸口到脖子。如果要说唯一的活路，那就只有掉落下来时的洞口了。然而洞口又高又窄，实在是插翅难逃。这样下去只能是被活埋在这里了。

左膳与源三郎已经抱着必死的决心了。地面上隐约传来了小安无助的呼救声，但是凭着小安却毫无得救的希望。

头顶上水流湍急。

就在二人万念俱灰之际，就好像要宣告他们的死期一样，河底突然破裂坠落下来，而且来势凶猛。

随着沙石与河水坠落时溅起的浪涌，左膳被无意间推进了河流中。左膳顺势用单臂夹住了源三郎的身躯。

原本以为死期到来，却是峰回路转，柳暗花明。

纵然河水湍急，左膳也未曾松手，始终紧紧地夹着源三郎。恰巧打鱼的老大爷六兵卫夜晚前来垂钓，刚好看到沉浮于水浪之中的二人，就叫来了近处的人们划船将二人救了上来。

被救上来时，左膳与源三郎二人都已失去意识。六兵卫看看二人，一个是独眼单臂的浪人模样，一个是看似颇有来头的俊朗武士，再看看自己的鱼竿，感觉今晚真是钓到了大鱼。六兵卫将他们运回家中，先给二人换了衣服，然后放躺下，一直看了一晚上。接着就是天光大亮。

"你那同伴还未恢复意识啊。唉，我这里虽是破败之所，但也请稍作停留，恢复恢复体力吧！"

"啊，坏了坏了！猴壶、猴壶！"

左膳突然觉醒过来狂啸道。

六

潮涨潮落。

从海港岸上往下看，只见潮水袭来又退去，随着潮水的起伏，水面的杂物也随之上下波动。

断了带的木屐、断臂的玩偶、破旧的木桶等等。这些虽都是些人们日常所用之物，在这里却增加了几分哀愁。

也不知这港湾里的潮水将带来什么。

大江户就是人间港湾。就像人海与港湾之中潮涨潮落一样，在这个大江户里，同样是暗潮涌动。

如同沧海一粟般的小美夜从茫茫人海之中，突然出现在背着猴壶、正弯弓射鸟的大冈越前守大人眼前。这也是这个人间港湾里涌动的暗潮的惊人之作。

自然此时的小美夜做梦也想不到，自己背过的那个脏兮兮的旧茶壶里竟隐藏着以伊贺武士为首成千上百狰狞可怕的大人们所拼死争夺的百万财宝秘密。小美夜就如同一枚钱币乘坐着掉了漆的木屐随着波浪漂到了海石之上。

而三方子川的渔夫六兵卫的"渔网"里，此刻却"捕到"了一位独眼单臂的干瘦浪人和一位白净的武士。

这真是罕见的猎物。

这同样可以说是这个蕴涵着不可预测能量的人间港湾的神鬼之作。

这个人间港湾，不论风吹雨打，总是或明或暗地翻卷着波浪，将一个个漫无边际的命运拍在岸边的石头上。这就是江户八百零八街中涌动着的暗潮的不可思议之处。

千代田①的护城河无论多深、城墙何其高耸，都难挡这个人间港湾的暗潮。

庭院中的松涛之声、江户城中响彻云霄的喧闹声就如同汹涌的潮水一样传入耳中。这里是外城与内城的分界线——锭口②。

外侧是处理政务之所在。内侧为将军的住所。

而处于中间的锭口可谓是重要关口。所有事情都由此处往来传达。无论何人都不许从此处通行。

虽说是无论何人，但是也有一人例外。就是千代田的老家臣——愚乐老人。

这个人见人怕的愚乐老人就住在穿过锭口廊下左侧的一间屋子里。

此刻的愚乐老人正趴着读着什么书。

刚到掌灯时分。

这场景真叫一个滑稽。这位老人身高不足三尺、如同七八岁孩子般的瘦小身体，只有从脸上布满的皱纹才能看出是位老人。背上耸立着巨大的肉瘤。此刻老人正趴在屋子正中央，一边用两脚不停地交替着"啪嗒啪嗒"地击打着榻榻米，一边目不转睛地装模作样地读着一本汉书。

在这宅中有如此不守规矩的读书姿态的，除了愚乐老人

---

① 皇城。
② 江户时代幕府与大名官邸的内外分界线。

就再无二人了。

这场景就像是长着怪异模样的小海龟，被潮水推上平坦的沙滩正晒着太阳一样。

突然屋外走廊下传来窸窸窣窣的脚步声，而后门扉被轻轻拉开，探进来一个女佣。

"南边的守护大人说有急事求见。"

玉　匣

「或许打开盖子，一股白烟冒出，只瞬间便变成了愚乐般的老人啊。」——我吉宗

一

　　夜晚时分，闻听大冈越前守有要事急着与自己见面，愚乐老人霍地站了起来。

　　霍地站了起来——听起来好似老人个子很高一样。实际上身高三尺的愚乐老人不论是躺着是立着都无大异。

　　猴壶！缺耳猴壶！

　　一个念头突兀地闯入脑海，但是老人仍静如止水地对女佣说道："领进来吧。"

　　言毕，老人蹒跚着走到屋角，从衣柜中取出件和服外罩披上了。

　　这件葵纹外罩乃是主人恩赐之物，愚乐老人逢客必穿此外罩。

　　此刻的老人正以孩子般瘦小的身体披着肥大的罩衫、一

脸严肃正襟危坐地等着客人的到来。

"老人家可是在这里吗？"

随着越前守半带微笑的话语声，门扉被无声地拉开，身材厚实匀称的忠相带着一股夜色进得屋来。老人的眼睛急不可待地向这个晚间的来客手上望去，但是忠相却是两手空空。

正当愚乐老人难掩失望之色时，只听见忠相回首说道：

"大作，把东西放下，你留在原地等候吧。"

原来伊吹大作跟随而来了。大作应声轻轻地将箱子顺势推入室内，俯身向愚乐老人行礼后便退下了。

越前守忠相把茶壶拉近，静静地坐到了愚乐老人面前，面带微笑地看着老人。

愚乐老人用狐疑的眼光看着忠相。"是那个东西吗？越州大人。"

"啊，正是。"

"如何得手的？"

"那个泰轩一旦接手，就没有办不到的哦。"

愚乐老人像是从心眼里表示赞同一样，不住地点着头。

"嗯，想必那个泰轩是用了浑身解数才得到这个茶壶吧。"

"这个嘛，是其派了个小姑娘送来的，详情就不得而知了。"

边说着，忠相边欲动手解开茶壶外面的包裹，却被愚乐老人伸手制止住了。

"这茶壶你已打开看过？"

"嗯，实在是想一睹为快啊。"

"然后呢，可有图纸？那个标示财宝去向的图纸呢？"

越前守重新把包袱包好，盯着不断逼问自己的愚乐老人的脸："没在里面。"

"没在里面？——没在里面的话……"

"问题就在这里。老人家，不在茶壶里面的话……"

"如果要是有就是有，没有就是没有了呗。"

"嗯，最初我也是这么想的啊。"

"等一下！"愚乐老人伸出大手止住了越前守下面的话，然后一拍大腿大笑道，"哈哈哈，原来如此，原来如此。"

二

夜已深，当班的贴身侍卫都已经退到外间。上房的吉宗此刻正欲沉沉睡去。

不经意间稍远处的房间里传来了争吵之声。

"快快通报给将军！"

"不行！不能通报！"

最初吉宗将军只是如同听瑟瑟风声一样朦胧地听着，但是这争吵声不见停下，于是自己就从睡意中完全被唤醒了。

虽没有到打扰自己睡觉的程度，但是听着这争吵声，吉宗仍是觉得心烦，于是就摇响了铃铛。

贴身侍卫慌忙拖着睡裙进来叩首问道："有何吩咐？"

"嗯，听着是愚乐的声音啊。"

"惊扰了将军休息，请将军恕罪。愚乐老人与南町大冈越前守二人执意求见将军。如此深夜时分，间濑日向守卫回绝了二人。"

"什么？愚乐与越前守二人执意求见？……猴壶？莫非是那缺耳猴壶？"

哈哈，终于来啦。吉宗心中一边乐着，一边闪开睡袍起身披上白底葵纹的长衫说道："不必阻拦，告诉间濑让二人进来便是。"

侍卫一听便知必有大事，眼睛一转就匆忙退下了。

片刻之后，愚乐老人狂傲的声音传了过来。

"哼！说过的嘛，将军知道了是必定要我们进去的！你们这些毫无见识的东西只会碍事！"老人气势汹汹地一直嘟囔到将军房间附近，可见愚乐真是着急了。

端坐于上房的吉宗将门扉左右分开，一直看着愚乐走了过来。看着身高不抵门扉拉手高的愚乐老人和体态浑厚、堂堂仪表的越前守忠相来到门前，双脚搓地进得上房，德川第八代将军只觉得妙不可言，不禁扑哧一声笑了出来："呵呵，愚乐，你怀中抱的那是何物？"

愚乐老人像是要托不住那个大箱子了一样，一下子放在眼前，然后一屁股坐下了："嘿嘿嘿，伊贺猴壶终于到了大冈越前守的手中……"

越前守忠相坐在老人身旁开口说道："深夜时分，多有讨扰，实在是无礼之至。承蒙恩准才得以拜见将军，感激不尽。

在下给将军请安。"

与忠相的诚惶诚恐不同,愚乐老人去掉所有礼节,单刀直入地说道:

"将军可以问问这茶壶是如何到越前守手上的。"

"噢,呵呵,是那个藏着宝藏所在的猴壶啊,是哪一个?"

吉宗终于转入了正题。愚乐老人如同苦战出了成果一样松了口气。

三

吉宗有些急不可待地问道:"愚乐、越前守,你们二人是不是已经打开看过了?"

"正是。"越前守急忙俯首回答,"但壶中并无图纸。"

愚乐老人像刚被浇了水一样满头大汗,往前蹭了几步,忙不迭地插话说道:"将军,这岂不是怪事。里面空空如也。"

吉宗双手叉于胸前,闭目沉思片刻后说道:"嗯。没有的话就说明所谓柳生所埋的财宝只不过是个传言。不,只不过是故意放出来的话罢了。"

愚乐老人媚笑着说道:"将军,容我一言。"

"嗯?说吧。"

"一般而言,纸片之类的放进茶壶,会放在何处呢?"

"什么话,不在壶中会在何处?"

"正是啊,方才已禀告将军了,里面是空的。"

"这么说一开始就是空的喽。"

"正是,将军说到点子上了。我等也是如此考虑的。请将军再思量思量。"

"噢。明白了!哈哈哈,明白了!"吉宗两眼一亮,一边用力一拍大腿一边说道,"莫非是两层底不成?"

越前守和愚乐老人互相看了一眼,没有说话。

一时间屋内陷入了一片沉默,这是深夜里如锥刺耳般的死寂。贴身侍卫早已被打发得远远的了。现在这个寝室内只有第八代德川将军吉宗、天不怕地不怕的愚乐老人、南町大冈忠相三人。

黑底金丝图案的烛台灯光将三人的身影合成一团浓重的黑影映射在窗棂纸上。

区区一个越前守即使有再大的事情,也不可能有机会与将军在夜间如此促膝而谈。但是今天就是个例外。正史之中虽无记载,此刻三人确实是严肃非常。

在愚乐老人的眼神传递下,越前守心领神会,解开包袱,取出了一个古色古香的小箱子。

接下来从箱子里闪现出来的就是被红绳子系着的千真万确的猴壶。

眼前这个不知给世上带了多少的惊涛骇浪的猴壶,此刻正若无其事地静静地端坐着。这才叫大物件,既令人憎恶,又让人爱不释手。从来就是只受人叩首,不向人低头的第八代德川将军此刻面对猴壶也不由得低下头来。

吉宗伸手拉近猴壶，细致地端详起来。

"果真是做工精细啊。端正凛然，气质非凡。好物，好物啊！"吉宗如同欣赏古董般不停地赞叹道。

四

"或许打开盖子，一股白烟冒出，我吉宗只瞬间便变成了愚乐般的老人啊。"

此刻的八代将军兴致勃勃，一边打趣一边乐呵呵地看着愚乐，伸手就打开了壶盖。

确实是空空如也。

连一股白烟也不见。

令人失望的茶壶。吉宗将茶壶倒持，就像在市场上买桶一样，一边伸手砰砰砰地拍打壶底，一边侧耳倾听。

"将军，这壶底可有什么机关？"

"嗯。这着实是奇怪。"吉宗说罢把茶壶放回地上。"若是这茶壶之中没有什么秘图，那柳生所埋宝藏之事也就甚是可疑了。"

"这个……也有可能。"

"什么可能！柳生虽为一方武士，但拥有先人的大量财产，我们不能放置不管，一定要得到手。说这些话的是谁啊！还不是你愚乐！"

"呃……这个……将军所言极是。"

"哼！费了千辛万苦得来了猴壶，打开却是空空如也。愚乐，这可都是你的责任！"

满心期待的吉宗看着空空如也的茶壶难掩失望，不禁迁怒于愚乐。将军、大名中任性恣意者向来居多。

而愚乐老人却一脸平静："将军手中还拿着壶盖呢。"

八代将军刚刚意识到盖子还依然攥在自己手中。

"盖子，盖子怎么了？"

吉宗低头看着手中的盖子问道。

众所周知，茶壶盖子一般都是用木头雕刻而成，外层用纸张一层层包裹着。

"有何奇怪？不就是个普通的茶壶盖子吗？"

说罢，吉宗随手砰的一声就将盖子甩了出去。壶盖在地上画出一条美丽的弧线，倒在了越前守的膝下。

忠相把壶盖捡在手里，战战兢兢地张口说道：

"每年到了新茶季节，诸藩都会将茶壶送到宇治茶匠那里。那里的茶匠声望都很高，会将各诸侯送来的茶壶摆到相应的茶棚内用来展示，这个时候……"

一段茶壶的故事就此展开。

幽静的内院里弥漫着幽幽的夜色。越前守波澜不惊的声音激起了一串又一串波纹。吉宗和愚乐正无比紧张地侧耳倾听着。

宇治茶乡

如今若是这壶盖中找不到秘图的踪影,愚乐老人也就只剩愚不能乐了。

一

越前守接着娓娓道来。

"众所周知,茶壶虽有多种烧法,但在茶匠那里,却不分俸禄高低、官职大小,只按照茶壶的好坏来排顺序。即使是再大的藩主,其茶壶若不是什么名品,也不会被放在上位。相反,即使是小藩主,若是名器,也会被置于上位。这也就是宇治茶匠的独到之处。哎呀,在将军面前肆无忌惮地卖弄些将军都已知晓的事情,实在是失礼。"

忠相正欲叩首谢罪,却被愚乐老人伸手制止。

与此同时吉宗微笑着点头说道:"凡事都有个经纬,不妨不妨,继续讲下去。"

"然后呢?"

在吉宗的催促之下,忠相接着说道:"于是各大名为了争夺茶壶的位置，在购买茶壶上毫不吝啬、一掷千金。如斯，直到新茶下来，众多茶壶都会摆在那里。"

"也就是说柳生藩主每年也将这个猴壶送到宇治茶匠那里灌装新茶？"

在将军的追问下，越前守回答道："正如将军所言。在茶匠的茶棚中，猴壶一直独占鳌头。柳生藩主俸禄虽少，但凭借着这只茶壶却始终排在首位。就连御三家①等大名均排在其后。"

"确实是只名壶，这也难怪。"

"如此名贵茶壶，柳生怎舍得让其弟源三郎带着去江户的司马十方斋的道场呢。真是百思不得其解。"愚乐老人一边摇头一边自言自语道。

"嗯，这或许是对马守想让其弟尽早问世成名的迫切心情之写照吧。其弟源三郎虽然剑术高超，但却是一介莽夫。作为兄长一定是想让源三郎入得江户这个世界里见见世面吧。这且不表。再说在宇治等新茶下来，茶匠将各大名的茶壶灌满之后，就会盖上盖子，然后在盖子上贴上纸条封住壶口。"

"这个我也知道。"

"啊，失礼失礼。之后封好口的茶壶被送回各藩。茶师启封给各个藩主献茶。这个就叫做启封茶事，是一年当中颇为费事的仪式之一。"

---

① 江户时代的尾张德川家、纪伊德川家、常陆德川家。

性急的愚乐老人晃动着膝盖和背上的肉瘤，往前蹭了蹭，不耐烦地问道："哎，你方才说的我都听明白了。但是有一事不明，这个猴壶若是每年都送到宇治灌装新茶，里面的秘图恐怕早被人发现了。那金银财宝早被谁挖去了也未可知。将军您说是也不是？"

"你说的也不是没有可能。也可能这秘图一开始就不在茶壶中，茶壶归茶壶，会不会在茶壶的其他地方。"

吉宗话刚至此，就被愚乐横抢过去："厉害！真不愧是天下的八代将军！这样越前守与愚乐应当首先找到这个地方。"

二

回到前文。

当越前守打开壶盖发现壶中并没有秘图时，惊诧与失望之余，像是想起了什么一样突然仰首大笑："哈哈哈哈，原来如此。"

而后，愚乐老人在自己房间里看到空空如也的茶壶同样像是想起了什么一样也是恍然大悟："哈哈哈哈，原来如此。"

愚者同愚，智者同智。

既然前者二人都貌似看透了些什么，看来对那张秘图的下落过于悲观还是为时过早。秘图应该就藏在这茶壶的什么地方。

可见初代柳生藩主是何等的睿智。

稍作考虑的八代将军吉宗忽然嘴角翘起露出了笑容:"哈哈哈哈,原来如此。"

这语调与前者二人一般不二。

言毕,吉宗托起茶壶垂眼看去:"嗯,原来在这里啊,在这个盖子里啊。"

"将军明断。"

越前守与愚乐老人一起伏地叩首道。忠相将脸几乎贴在地面上继续说道:"在宇治灌装完新茶后所贴的封条在启封时只是将边缘切开,封条本身原封不动地留在壶盖上。如此年复一年,封条就不断地累积在茶壶壶盖之上。将军!正如您慧眼所见,在下推断这秘图就藏在封条之中。"

"原来如此,看来你颇费了番脑筋啊。"急不可待地想取出那张秘图的吉宗面带兴奋地说道,"可有什么启封之物?!"

不待家童出现,吉宗便叱喝道:"来人!快去寻找些锋利之物!刀片也可,速速拿来!"

片刻之后,家童拿来了一把薄刃。吉宗将刀片与壶盖塞给愚乐老人命令道:"愚乐你向来手脚利索,刮干净来看!"

这真是责任重如泰山。

壶盖上的封条经年累月,现在已经完全结成了硬块。而且这封条并非是简单刮掉就能了事的,必须用刀片由上至下一层一层地按顺序刮掉才行。愚乐老人这下感到有些棘手了。

因为这是初代柳生所留秘密，想必是在底层，若稍有不慎秘图遭到毁坏，之前所有的心血也就化为泡影了。然而，日光东照宫的修缮工程迫在眉睫，若有迟误柳生藩将永无翻身之可能了。想到这些，手持刀片指向封条的老人额头上渗出了细细的汗珠。

三

虽平素鲜有紧张，愚乐老人此刻手持刀片的手却不停地颤抖起来。

这也难怪。

以贫穷和剑术高明闻名天下的柳生藩暗藏着莫大的财宝。把这个消息透露给吉宗，又建议将日光东照宫的修缮工程派给柳生对马守的正是这将军庭院里的"大管家"愚乐老人。如今若是这壶盖中找不到秘图的踪影，愚乐老人也就只剩愚不能乐了。

怎奈，鬼知道这封条是经历了几十年还是上百年，层层细密，且粘连在一起，奈何刮得下来、刮得干净？

哪怕是刀尖伤到了丝毫也就前功尽弃了。

从上至下一层一层刮下去的老人那布满皱纹的额头上汗珠一颗颗闪亮着。一旁目不转睛地盯着的八代将军吉宗和大冈越前守不由得手中也捏出了汗来。

此时围着茶壶、手握天下的三贤人屏气凝神、内心汹涌澎湃。

猴壶此刻成了焦点之物。

"这封条……现在看来……真是……够坚固的。"

愚乐老人一边刮着一边一字一句地说着。此刻其所有注意力全部倾注在了刀尖之上。

"这封条封住的世事浮华……真是如磐石般坚硬啊！"愚乐像是想要打破室内僵硬的空气一样，半开玩笑地说道。然而这句打趣却丝毫没有缓解紧张的气氛。

封条一层层被剥落，眼见着就要到达柳生时代了。在糨糊与封条纸之间渐渐地出现了虫子啃过的痕迹。与此同时，三人屏气凝神死死地盯着壶盖，屋内的空气一时间凝固了……这气氛紧张得简直就要爆炸。

就在这时，

"啊！"的一声愚乐老人尖叫起来。随即老人便甩飞了刀片。

"找到了！找到了！将军大人！越州，看！是不是写有字迹？看！这下面的纸上是有字迹！"

"哪里哪里？！哈哈！果真露出了墨迹！"

"老人家，快！快些剥下上面这层封条！"

"不得损坏丝毫！"

"晓得晓得。这可是千钧一发之刻啊。"

愚乐老人用指甲轻轻地挑着纸端，小心翼翼地开始刮了起来。随着上面一层封条被一点点刮掉，出现在人们眼前的是写有文字和画有图案的一张旧纸！

猴壶的秘密正要大白于天下。成百上千的财宝就要水落石出！

老人的手终于停下了。六只眼睛刷地凝固在了一点。

片刻之后吉宗打破死寂，开口念道："平素□□心骄□……"

四

"平素□□心骄□费如汤水、□□还无□□黄金。如此立于后世□□□事之秋用、左记之所□□金八□□两埋置也……"

读至此，八代将军抬起头看了看正探着脑袋的愚乐和越前守说道："已有多处被虫噬过，不能立刻读解。必须在空缺处逐个填字方可判明原意。"

话音未落，一旁的愚乐老人却独自念了起来。

"平素若有心骄者费如汤水、似有还无乃谓黄金。如此立于后世一朝有事之秋用、左记之所乃有金。接下来就不明白了，是八百万两还是八千万两，或者是八十五两呢？嗯，无论如何，总之是宗大财宝！"

"然后呢，所埋之所呢？"忠相追问道。

八代将军举起这张陈旧的纸张对着灯光边看边说："武藏国……这可如何是好，之后的文字都被虫子啃掉了啊。"

余者二人闻听此言不禁愕然，从左右双双探过脑袋来茫然地问道：

"这可是关键之处啊！好不容易到了这一步，最要紧之处却被虫子吃掉，真是。"

"那图可能看得明白？"

那串字迹之下，虽画有简图一幅，但却被虫子吃得更加面目全非，已经完全看不出画的是什么了。

吉宗手指定格在简图上线路消失的地方说道："能读懂的地方都不起什么大作用。能看到只是整张图的一小部分啊……看，从图上这个山中十字小路往右手望去有两株杉木……后边的就再也看不清楚了啊。哦，后边还能隐约看到从长了苔藓的巨石向左走。"

"山中的十字小路、路边的两株杉木、生了苔藓的巨石……也不知是武藏国的何处，这可叫人从何下手！"

在愚乐老人一脸黯然的话语中越前守向前蹭了蹭说道："有一点可以肯定的是确有藏宝一事啊。不然这猴壶不会引起如此波澜啊！"

愚乐老人一脸忧虑地说道："柳生该如何应对呢？"

吉宗忙追问："如何应对是何意？"

"我是在想面对迫在眉睫的日光东照宫的巨额修缮费用……柳生把希望全部寄托在了这只猴壶身上。而仅凭一个武藏国的线索，真是如同云端神话啊。困于如此窘境，他柳生藩主为何不挥剑反世呢？"

"将军！"

越前守忠相叉手正色道：

"为了搭救柳生，也为了日光东照宫修缮一事万无一失，我有一计献上。"

"嗯,这都是为了东照宫中的菩萨啊。"愚乐老人在一旁添言道。

吉宗稍作迟疑之后说道:"不必一一细表。依照你们的方案着手做吧。"

"依在下之意,准备日光东照宫修缮所用之充足金银。"

"埋于一处。"

"将所埋之所画为图纸,封于此壶,之后若无其事地将茶壶送回柳生手中。"

就这样在这间寝室内三人密谋着。

五

"但是,将军。"愚乐老人像是想起了什么一样,"让我看一眼刚才那张秘图。"

"再怎么看还不是一样嘛。"将军有些不耐烦地把图纸递给愚乐老人。

"嗯。万万未曾料到搅得天下不得安宁的这只猴壶里所隐藏的答案竟然如此简单。越前守是如何看待这个虫噬现象的?"

"如果说是人为所致,那就应用线香细细地烧出痕迹,然后巧妙地挖出细洞来。可这实在让人难以置信哪。"

"嗯,看不透,看不透啊。"

一边说着愚乐老人将那与自己身体极不相称的大长手臂

抱在胸前思量起来："如此看来，初代柳生藩主在如何隐藏这笔财宝上可谓是费尽心机啊。是否可以推测这猴壶除了这只，还有其他一只或者两只？"

"嗯，也未可知啊！"

八代将军吉宗终于从沉思中醒来。

"将如此重要的线索置于一只茶壶之中，若万一丢失或者被盗岂不不可挽回？狡兔三窟，就像战国武士都有两三个替身一样，这茶壶说不准也有两三只，其中只有一只当中所置图纸是真的。这种情况完全有可能啊。"

三人这样分析来分析去，好像眼前的这只茶壶已经真假难辨了。

那么当初入赘的伊贺狂徒柳生源三郎从自家带来的那只茶壶到底是真是假？若那只茶壶不是真的，那莫非真品还留在柳生家中？

在三人陷入短暂沉默的间隙里，城中暗夜的诡秘静寂像巨石一般压了过来。

"茶壶的真伪暂且不提。眼前却真是到了柳生的生死关头。在下以为而今之急务就是要将东照宫修缮之充足银两悄然地授予柳生啊。"

越前守的一句话提醒了吉宗与愚乐。

"嗯，说的是啊。就依方才所定之计策速速着手吧。"

确如越前守所言，日光东照宫的修缮期限迫近，眼下当务之急就是要如何搭救柳生，使其顺利完工。

原本担心柳生藩所暗藏的财宝在某一日成为叛乱之源，所以为了防患于未然，才想出了将需花费巨款的日光东照宫修缮工程派给柳生藩，使其吐出所藏之金银这样一个计策。

而今事情发展却完全颠倒过来了。

现在却到了将军必须拿出自己的金银来搭救柳生藩的地步了。

就才叫哑巴吃黄连有苦说不出。

但是这笔银两若是以公务名义给了柳生，不仅柳生颜面无存，其他诸侯也会颇有微词。

愚乐老人击掌示意，家童闻声进来。

"笔墨纸砚伺候！再拿一根线香来！"

六

两三日后的一个黎明。

麻布林念寺前，柳生的宅院。

宅院一个角落里是名为尚兵馆的道场。特意率领一队人马从伊贺赶来的高大之进正居于其内昏睡。

——真是令人惊诧万分。

春眠不觉晓。正在梦境游历的高大之进肚子上突然被人踹了两脚。

"啊？！何人？！"

鱼跃而起的高大之进睁眼观看，原来是一位年轻伊贺武士惊慌地闯将进来顺势地一脚绊在了自己的小腹之上。

"这是作甚？"

"不妙不妙！真是匪夷所思！方才我早起在庭院当中……"

原来这位年轻弟子原本是个雷打不动的贪睡鬼，偏偏今天起了个大早来舞枪弄棒，想体验一下一天之计在于晨的感觉。

"我于庭院之中练功，猛然间抬头看到庭院里那棵松树之上挂着一个物件。师兄你猜那是何物？"

"不会是神仙的羽衣吧？"

这时在周围睡着的弟子们也都睡眼蒙眬地凑了过来。

"不会是吊死鬼儿吧？"

"说什么晦气话！"

这位年轻武士兴致勃勃地说道："比神仙羽衣可要珍贵百倍。师兄，猴壶！猴壶正吊在松树上呢！被风一吹还来回晃悠呢！"

"做什么白日梦！"

"睡糊涂了吧你。大白天说什么胡话！"

"猴壶怎可能悬挂于松树之上！"

"若是不信，自己出去看看便知！"

众人将信将疑地吵嚷着跟随这位年轻武士蜂拥至庭院抬眼观看。这一看，以高大之进为首的尚兵馆众人都大吃一惊。

庭院角落里，一棵江户老家臣田丸主水正引以为豪的松树。

树梢之上一个如褐色西瓜一样悬挂着的正是猴壶。千真万确。

高大之进呆然伫立。

"吾等梦寐以求的猴壶怎么会……不是幻觉吧？"

之进一边自言自语着，一边揉着眼睛仔细观瞧着。

至今为了这只猴壶，不知有多少人命丧黄泉，就连少主人伊贺的源三郎也下落不明，丹下左膳也拼死相争。而今这个处于旋涡中心的猴壶却正悠闲地在微风中晃悠着。尚兵馆的众人一时间哑口无言了。

七

"嗯，真是讽刺啊，这个茶壶。"一边沉吟，高大之进一边走近松树下面一边抬起头盯着茶壶，"踏破铁鞋无觅处，得来全不费工夫。且说这是谁干的？"

周围的伊贺武士们大眼瞪小眼，谁也回答不上来。

茶壶被一条破绳绑在树梢之上。这场景真叫一个诡异。

"莫非昨夜晚间有谁偷偷……"

"但这茶壶若真是那猴壶,那么那人对我们也绝无歹意啊。"

这些身强体壮的年轻武士们你一言我一语地谈论着。但大家都怕其中有什么机关，谁也不敢贸然去摘。

"摘下来！"

在高大之进的一声令下，其中一名武士提心吊胆地毛腰向上一蹿便将茶壶取了下来，然后慌忙地甩在了草地上。

"谁去把壶盖打开！"

这次却无一人应声。

"会不会一旦打开一股妖气便腾空而起，妖气之中现出狰狞的面孔，随即张口吃了我们？"

"世事险恶，其中安装了炸弹也未可知。"

在众人的臆测中，一名勇敢的武士单膝跪在草地上，试探着伸手碰了碰壶盖。

"休要磨蹭！"

随着不知是谁的一声大喝，众人纷纷后退一步，手握刀柄。众人都深信这壶中必定有什么神灵，都紧张万分。

那名武士小心翼翼地一点一点地挪开了盖子，没有妖气冒出，也没有任何机关。武士又拿起盖子仔细看了看，也没看出任何蹊跷。武士悬着的一颗心这才放下，缓缓地将眼睛凑近壶口向内窥视。

"咦？空空如也？"

"怪哉怪哉！送一只空壶到这里——要说是恶作剧也实在是失之常理。必定有什么来头！"

看到壶中空无一物，众人又开始交头接耳吵嚷起来。

"暂且送到老家臣那里吧。"

高大之进抓住壶口，拎着壶横穿过庭院走向田丸主水正的房间。

一人捡起地上的壶盖喊道：

"师兄！盖子。"

"要什么壶盖！扔掉！"

"可是……"

武士紧随而至。

"这本来就是茶壶上的物件。"

"嗯。好吧，拿过来吧。"

一脸不耐烦的高大之进伸手接过，接着随手便将那只贴着厚厚封条的壶盖揣进了怀中，仍然单手提着茶壶，大踏步来到了主水正的房门外。

"老人家还在休息吗？"

"说什么混账话！年迈者谁人贪睡？！方才庭院之中吵嚷些什么？莫非挖出了金子不成？"

八

这位老家臣最近也是满脑子的藏宝之事，一听到什么风吹草动，马上就会想到是不是挖出了金银。这真是异想天开。

"打扰了。"高大之进跨过高高的台阶，打开了卧榻的门扉。

这是间卧榻兼书斋的房间。

柳生家的老家臣田丸主水正将玳瑁框的眼镜推上额头，从卷宗里抬头回首看了看进来的高大之进。

"那是何物？怎么拿了个脏兮兮的物件到我书斋？啊！"

话刚至此，二度望向茶壶的瞬间，主水正不禁大吃一惊。

梦寐以求的猴壶。主水正就像是皮影跳舞一样，双手在空中不断地画着弧线，颤颤巍巍地想站起来。

"这，这茶壶……终于搞到手了啊！真有你的，真有你的，高大之进！"

"老人家少安毋躁，听我细细道来。不知是何人昨夜晚间潜入庭院将这一茶壶悬挂在了松树之上。方才被人发现，这才引起一阵骚乱。"

"噢！壶中可有……"

"老人家莫着急，这壶中空无一物啊。"

"什么?！空无一物。"先是一惊的田丸主水正稍作迟疑，随即颔首微笑道："哈哈哈，原来如此！"

一边念叨着同越前守、愚乐、吉宗相同话语的田丸老人一边将眼睛定格在高大之进身上。

"盖子呢？可有壶盖？"

看着猛然间追问的老家臣，高大之进不禁也有些慌乱。

"盖子……这个……盖子怕是方才给扔掉了吧。"

"什、什么！把盖子扔了?！混账！快去给我捡回来！"

是！——欲鞠躬退出的高大之进突然感觉到怀中有一硬物。高大之进这才想起来自己刚才把茶壶壶盖揣进了怀中。

"想起来了，在这里呢！方才随手揣进了怀中，慌乱中给忘记了。请老人家恕罪。"

"不必啰唆！快快拿给我看！"

高大之进心中暗道：如此脏兮兮的茶壶盖子有何要紧的?

这老家臣也实在是年老昏聩了吧。

一边取出壶盖递给老家臣，高大之进一边说道："里边空空如也，要是真的连个盖子也没了，那这茶壶才真叫一个一无是处了呢。方才实在是失礼。"

主水正迫不及待地一把夺过递过来的圆壶盖，目不转睛地看了起来。

"嗯，不错。必定是藏在这经年累月的封条之下。藏于此处谁人能够识破？之进哪，我们得救了啊。把旁边我的那把小刀刃拿来。我这就从这壶盖中取出初代柳生藩主所留的藏宝秘图。嘿！还不快去拿？磨蹭些什么！"

九

田丸主水正一边手持高大之进取来的刀片小心翼翼地刮着封条，一边问道："之进，仪作呢？"

仪作全名若党仪作。

"在的，方才刚刚出得庭院，唤其进来？"

"不必，让其做好出门准备即可。"

"老人家要派其到哪里去吗？"

"藏宝之所即可明了。想让仪作去通报一声啊。"

"但是，还没……"

嗯？主水正猛然间迟疑了一下。这壶盖上的封条怎么看似最近被人动过？但这迟疑转瞬即逝。就在接下来的一刹那，主水正惊叫道："有啦！终于出来啦！"

欣喜若狂的主水正颤抖着双手将一张纸片递到了高大之进的眼前。

高大之进定睛一看，原来是一张被虫子啃得面目全非的写有文字和画有图案的纸。

这张图纸就是之前所述的愚乐老人在一张旧封条上用薄墨模仿书写，然后用线香烧成虫噬假象而制作成的。

"平素□□心骄□……"

此处字迹如原物一般不二。做工巧妙，真的是瞒天过海。愚乐老人实在是绘制得天衣无缝。在千代田将军手下营生的愚乐老人自有奇才在身。

这样一来日光东照宫的修缮工程就由修缮方出资变成了将军自掏腰包了。这可是闻所未闻的事情。正如前文所表，吉宗、愚乐、大冈越前守三人考虑到柳生难以承受费用之重，所以才想出了这条计策。

而此刻被蒙在鼓里的主水正一字一句地读着这些被虫子噬过的文字。这些凌乱的文字自然是难解，不过这地图倒是熟悉。

在这张地图之下写着的一行文字赫然入目：武藏国江户麻布林念寺前柳生藩府邸。

嗯？主水正不禁失声叫道。这地图所画之处实在是再熟悉不过了!庭院一隅之假山脚下为藏宝之所?!主水正与高大之进面面相觑,呆若木鸡。

终于高大之进开口说道:

"老人家,这宅院自初代柳生藩主起是否一直有人居住?"

主水正静默不语。片刻之后主水正猛然说道:

"此物并非真正的猴壶!"

"啊?不是真正的……但是老人家,如此陈旧的封条之上明明写着藏宝之所,并且还在宅院一隅。"

"之进,快快准备车辆。我这就前往城中去见愚乐老人。"

十

两小时之后。

千代田城中一室内,促膝相对而坐的愚乐老人和柳生藩的老家臣田丸主水正二人。

"哈哈,实在是可喜可贺啊——猴壶如此轻而易举地到手,藏宝之所也就水落石出了啊!真是大喜啊,大喜!"

主水正微笑着看着喜不自禁的愚乐老人说道:"只是那藏宝之所就在林念寺前宅院一隅。嘿嘿嘿嘿。"

愚乐老人听后稍作迟疑。

"嗯,如此近地,岂不方便?若是在奥州深山或是九州等偏僻之所岂不花费诸多差旅银两?"

"所言极是。"

"若是在偏远之所，花费的人工及差旅银两恐怕也抵得上挖出的财宝了吧。"

"所言极是。"

"先人果真是深思熟虑啊。藏宝之时把这些全都考虑进去了啊。呀，说来这本是先祖之财宝啊。"

"容我一言。有一可疑之处。"

像是怕被点破一样，愚乐老人突然大声盖过对方话头说道："应当立即去那庭院一隅挖宝才是！"

"且慢！容在下先向愚乐老人道声谢意。"

"谢意？谢我作甚？——嗯……明明是在自家庭院嘛。想挖就挖嘛。不必如此惊慌。"

"但是确有一可疑之处。"主水正仍然紧追不舍。

可恶！这柳生藩怎么养了这么个难缠的老东西！还不快快承了这份情去挖财宝去！——愚乐老人一边心中暗暗地骂道，一边不情愿地接过话茬："可疑？……什么可疑之处？"

"嘿嘿嘿嘿，实在是抱歉啊。"

在主水正一连串的道歉之下，反倒让愚乐老人摸不着头脑了。主水正此刻眼珠一转，头一歪，似有难言之隐一般说道：

"实际上……宅院搬迁到林念寺才是前年的事情……"

啊！——智者千虑，必有一失。愚乐老人如何也未曾料到如此情况。慌乱中老人掩住狼狈，故作镇定地说道："哦，原来如此啊。"

"之前那里乃是京极左中大人的府邸。我家先人派人潜入他家府邸暗藏财宝。这真是太过笨拙了呀！"

不欣然领受，却刨根问底，这个柳生藩的老头子真是顽固不知通融！——愚乐老人反驳道："这样说来，昔日那附近当是荒野一片吧。"

十一

愚乐老人与主水正之间展开了一场漫长的拉锯战……

在僵持之中愚乐老人不得已将事情原委和盘托出，似乎说服了眼前这个顽固不化的柳生藩老家臣。

愚乐老人满脸笑容地把脸凑近合掌伏地的主水正面前说道："所以啊，朝廷并非是想毁了柳生藩，将军本意只是想把猴壶中暗藏的财宝的几分之一，不，或许是几十分之一用于日光东照宫的修缮之上。当然啦，这些都要以找到藏宝之所在为前提。"

虽然愚乐老人所说的不是什么令人感激涕零的话，但是主水正还是故作感激不尽状地白首伏地、静静地听着。

愚乐老人接着说道："然而，猴壶却节外生枝，现今的这个茶壶也难辨真伪啊。"

"嗯，至于这猴壶，我等柳生藩众人也为之伤透脑筋。"

"嗯，那是自然啊。人为财死、鸟为食亡，古今皆如此啊！将军闻听你等如此困境，便欲借助朝廷之力找到猴壶。将军将此重任委托于老朽，怎奈老朽身单力薄，于是便联合大冈越前守，找了个街巷豪杰。恕我不能透露此人姓名，但此人却是十分卖力啊。"

"如此深明大义，就连我家主人也望尘莫及啊，实在是感激不尽。"

"我还有一事要请教老先生，这柳生藩的猴壶究竟有几个？"

"啊？"主水正一脸迷惑地抬起头说道，"要说有几只——只有一只啊。其他的都是赝品。"

"这个我也知晓。只是这三两个赝品是否也在柳生藩传承了下来？"

"这个就无从知晓了。关于猴壶的详情，只有问问柳生藩茶匠的一代宗师方可明了。我所说的只是自己的臆断罢了。"

"说的是。前些日子到手的那只茶壶，看外观必是猴壶真品无疑。将军、越州与老朽三人刮下封条找到了一张图纸，虽然乍看不出什么怪异，但是仔细辨别其中的文字与图案的虫噬现象便疑窦丛生啊。——如此若是一直没有猴壶的下落，对柳生藩主来说也是件棘手之事啊。嗯，猴壶的事情先放一放，如今为了应急，日光东照宫的修缮费用暂且使用将军的私房钱。你回去就去庭院角落里挖金去吧。然后你再在庭院中兴奋地叫上几嗓子就可以啦！啊哈哈哈哈！"

锄头节

一日与吉正闲逛于麻布林念寺前的柳生宅院。忽闻庭院之中人声鼎沸、与吉扒着墙头偷眼观瞧，只见青竹铺地、稻草绳悬着，正在进行锄头节？

一

"诸位敬听、诸位敬听！我家主人将财宝埋于此处，感恩苍天护佑至今。"

这话听起来实在蹩脚——

即使是这蹩脚话，也是田丸主水正昨晚苦思冥想一晚上，想白了一缕头发才想出来的。这就是主水正的即席祝词。

以高大之进为首的尚兵馆的年轻武士们今天都穿着整齐的礼服一字排开站立两旁。

地点就是麻布林念寺前的柳生对马守的宅院。

在供奉着五谷之神的假山脚下。

今天并不是五谷之神的什么祭祀之日，但是在祠堂之后的庭院角落里正在召开一个如同庆祝节日般的声势浩大的仪式。

这个节日就是——"锄头节"。

辞别愚乐老人，主水正匆匆折返宅院，然后悄然来到猴壶所示之所观看，果然地上有些许新鲜土壤散落，正是昨晚有人在此挖穴埋宝所留痕迹。

原来正是愚乐老人派手下五六人昨夜晚间潜入柳生宅院在此处理了修缮所需银两，然后又将加工过的茶壶悬挂到了松树枝上。

现在的主水正心如明镜般知道众人心生狐疑，但是此刻必须一口咬定先祖藏宝之所就是此地，必须毫不含糊地宣称这就是真正的猴壶。

"这件事一定要等待藩主回府，要藩主亲自动手的。在此之前谁也不准靠近这个角落！要昼夜巡查！"

直到前年还是他人府邸的院落里怎会突然间冒出猴壶所暗藏的财宝？众人百思不得其解。在疑惑中众人都一脸木然，如同化作了五谷之神的随从侍卫了一般。

即便明明知道其中有鬼，大家还要像庆祝真的发现了财宝一样如此整齐列队。因此众人都是一副莫名其妙的面孔。

庭院的这一角落瞬间成了一片圣地。

此刻的"圣地"青竹铺地、稻草绳①悬挂、崭新的锄头叉在土里立于正中央、锄头把儿上系着铜钱、周围环绕着应时的海产与山货。狭小的角落里此刻塞得满满当当。

---

① 表示禁止入内之意。

田丸主水正此刻上前一步，口里仍然不住地念叨着。

这时一位年轻武士扯了一下旁边的衣襟。

"喂，你是怎么看的？"

"真没想到会来这一手啊。"

"如此雕虫小技用来骗谁啊。"

听到这些谈话的高大之进回首喝道：

"休要胡言！给我闭嘴！"

终于喧闹的仪式结束，正想接下来进入大客厅喝酒祝贺，已经准备停当的若党仪作身披斗篷、分开人群威风凛凛地走近主水正。

"老人家，我这就赶往伊贺——"

"嗯！快些出发吧！路上要多加小心！"

二

今天东海道上飞奔着的是新干线特快列车"燕"。即使已经是风驰电掣般了，但还是有人觉得不够快。美国的二十世纪快速、伦敦至巴黎的金箭列车、伦敦至爱丁堡的"飞驰苏格兰人"等是眼下世界顶级的快速列车。

人类的贪欲是没有止境的。也正是这种贪欲推动了世界的进步。

据说在出门全靠双脚的时代，走路疾如风者众多。

走如风是需要修炼的。

脚下功夫了得的人全凭脚尖踩地，即使走路走得草鞋鞋尖破了，脚后跟也不带一丝尘土。

走路疾如风者在走路时屏息凝神、目不斜视，仿佛周围的风景全融入自身一般，与自然浑为一体疾步向前。

有这样一些传言。

有人可以手端盛满水的茶碗走上一天的路，也不见一滴水洒出。可见身体平衡保持到了何种程度。

还有人在走路时可以保持胸口贴着的一张纸不掉落。

当然还有些更加离奇的，说是一人走过，身后立刻带起一股旋风，直刮得砖瓦飞舞。——这自是有些夸张。

辞别林念寺宅院，柳生家的若党仪作孤身一人离开江户赶往伊贺。

仪作肩上背着一件奇特的行李。

一个包袱里包裹着的就是那松树枝上悬挂的猴壶赝品。

把茶壶背过去的目的之一是作为通报时的物证。

同时也是为了向那些盯着猴壶的人们宣扬一下猴壶已经在这里了。那些不明真相的家伙们肯定会紧随而至。

从品川到大森海滨，一路上满眼是种植紫菜用的柴木。这是江户特产。

告别这些特产也就意味着将要离开江户了。

旅途匆匆，来不及欣赏路边风景。六乡之水缓缓流淌，在河口处的芦苇丛外白帆影影绰绰。

终于来到了夹于神奈川、狩野川两川之间的南北走向的一个狭长城镇。在一处面对大海、风景别致的地方，茶坊林立。这如同歌川广重（江户末期的浮世绘师）的浮世绘所画风景一般不二。

"进来歇歇脚吧！坐下吃口饭再走啦。"

"有刚烧好的鲜鱼，客官要不进来尝尝？"

路边餐馆的老板娘们立在门口招呼着客人。仪作这时才感觉到口渴难耐，一屁股坐在被海风吹得有些风化的石头台阶上。

"这晌午可真是够热的啊。"

仪作伸手擦了擦额头的汗珠。

"客官进来歇歇脚吧。"

在揽客女老板的甜美声音中仪作迈步走进一家店里，随即身后便跟进了一位男子。

这是一位身穿夹衣，撩着后衣襟，面露狂妄的男子。

三

原来是久未谋面的手鼓与吉。

与吉面对着真假难辨的猴壶同样是一头雾水。

更令人焦急的是那位丹下大侠同伊贺狂徒一起已经被活

埋在了废墟之下。

还听说随后赶来的泰轩与大杂院的众人一通猛挖，但挖出来的除了水还是水。

而不知少主人源三郎去向的以玄心斋、谷大八为首的伊贺武士们此刻依然若无其事地在妻恋坡的司马道场等待着少主人的归来。在他们眼里的源三郎根本不会中什么奸计，必定会安全返回的。

此刻这些等待着源三郎归来的武士们正与同在一室的峰丹波一伙怒目而视。

不知真正茶壶下落的手鼓与吉此刻彷徨不知去向。

突兀之间，与吉试探着到了尺蠖横町上的阿藤姐姐的庭院，一看门口却挂着出租房屋的牌子。

深感惊诧的与吉不露声色地向近邻询问了起来。

"嗯。已经是多日前的事情了，那一日只见阿藤行色匆匆地出门了，之后就没见回来。想必已经不在江户了吧。"

之后的手鼓与吉四处奔走，打探消息。

小安依靠着泰轩先生寄居在大杂院的作大爷家中，与小美夜四人过着世外桃源般的生活。

"这个泰轩拉拢着小安到底要演一出什么好戏呢。"

与吉百思不得其解。

"我还是不要去招惹那个泰轩和那个破烂儿小安为妙啊。"

束手无策的与吉每日里一边强装笑脸地迎合着丹波，一边思量着下一步该怎么办。

一日与吉正闲逛于麻布林念寺前的柳生宅院。忽闻庭院之中人声鼎沸。与吉扒着墙头偷眼观瞧，只见青竹铺地、稻草绳悬着，正在进行锄头节？

心觉蹊跷的与吉折返报告给了峰丹波。

真不愧是谋略过人的家伙。峰丹波沉思片刻之后说道：

"与吉，速速准备草鞋。"

"让在下去何处？"

"嗯。今日之内从那林念寺的宅院中必定有人出发赶往柳生藩通风报信。与吉你当紧随其后，暗中观察。源三郎之兄长对马守若是出手对我们将大大不利。"

来不及与众人辞别，与吉便匆匆赶往了东海道。

相伴之旅

> 「啊呀呀，不用这样说嘛。我又不会拿着溜掉。从现在起我就是少爷的仆人，还是让我这仆人来拿行李吧。」
> 不容分说，与吉拿起包袱站了起来。

一

笔直的街道。

身影晃动、行色匆匆的一人身背茶壶正穿过六乡之川准备投宿于川崎。与吉一眼便看出此人正是若党仪作。

吃过假猴壶苦头的与吉此刻也难以断定仪作所背的茶壶是真是假。

但无论如何时隔多日又一次碰到猴壶，也算是幸运之至了。众星捧月般守护着的往往是赝品，而此刻若党独自一人偷偷摸摸背着的茶壶却越发让人觉得可疑。

与吉立于道路当中，右手伸在左手袖筒里，歪着头苦思冥想。

猛然间与吉抽出别在腰间的手巾，呼的一声蒙到了脑袋上。这扮相实在是莫名其妙。

前面的若党依然脚下如飞。

原本与吉认为既然是柳生藩的急使,怎么着也要有个五人十人的坐着轿子一起通过东海道五十三驿站。

与吉原打算躲在一个茶坊里,即使憋着尿也不能放过这行队伍,待到队伍经过,自己暗中跟上去就是了。所以与吉早早地就出了门。

但是无论与吉怎么回首张望,不要说不见什么轿子,连个人影都不见。

与吉正觉奇怪,猛然间看见一人身背茶壶的身影穿过六乡之川。

仪作行如疾风,与吉也是有名的神行太保。

这神行太保的与吉虽然身体大不如前,但一晚上跑个数十里还是不在话下的。

……紧追不舍,终于来到了神奈川的歇脚茶坊。

"客官进来歇歇脚吧。"

"净说些什么!什么歇歇脚,我还有急事要办。快快倒茶来!"

与吉顺着声音望去,只见茶坊厅堂内的角落里,若党正端着茶杯喝茶,旁边放着内装茶壶的包袱。

与吉见状不禁喜上眉梢。

"哈哈哈,这窗口的海风吹着真是舒服啊!实在是冒昧,不知能不能坐在旁边啊?"

一边在仪作旁边坐下,与吉一边口中不断地念叨:"那就是安房上总①的群山吧？啊，如诗如画般的风景啊。这海，不论什么时候看上去总是让人心旷神怡啊。"

与吉一边自言自语，一边装作陶醉于大海景致的样子。这时，与吉拿起身旁仪作喝了半截的茶碗拿到嘴边。仪作不禁一惊说道："啊，这可是我的茶杯。"

"哦，抱歉抱歉。实在是失礼。但是正因为是您喝过的茶水，我才不觉丝毫肮脏的。"

"说些什么莫名其妙的话！你的茶碗不就在那里嘛！"

二

"原来如此，原来不必争抢的，我的茶碗就在这里摆着呢啊，哈哈哈哈……"

此刻的与吉有些装疯卖傻。

咕咚一声咽下一口茶水，与吉开始演戏。

凭着三寸不烂之舌，与吉不知迷惑了多少人。在这点上手鼓与吉可谓是天才。

不谙世事的仪作眼见着就被绕了进去。

"旅途有伴，世界有情嘛！"与吉说着一些陈词滥调，"我说老板娘啊，银子放在这里了。把这位年轻武士的也算上！"

与吉说着往桌子上的罐子里扔了几两银子。

---

① 旧国名。

仪作一惊，忙不迭地说道："使不得使不得，萍水相逢。"

与吉拍了拍脑门："不要见外，不要见外！就算是交个朋友嘛！嘿嘿嘿嘿，也算是为了感谢你那茶水的盛情啊！"

不待对方发话，与吉接着大声嚷道："呀！我真是对眼前这气质非凡的武士羡慕不已啊！不禁令我想起了自己的年少时光。我这样的卑微之人能与少爷同道而行真是幸甚幸甚！哈哈哈哈……"

与吉先行起身离座，顺手就去取包袱："让我这卑微之人给少爷拿行李吧。"

仪作见状直吓得魂飞魄散："此乃我家主人之要紧东西，休要乱碰！"

在与吉左一句少爷，右一句武士的谄媚中，若党仪作不禁有些飘飘然。方才的这句命令之语立刻把仪作的那种在谄媚中露出的自大飘然充分地表现了出来。

谁不喜欢听好听的呢？这是人的通病。

识破仪作内心的与吉接着说道："啊呀呀，不用这样说嘛。我又不会拿着溜掉。从现在起我就是少爷的仆人，还是让我这仆人来拿行李吧。"

不容分说，与吉拿起包袱站了起来。仪作却是无可奈何。

要说仪作为何不强行阻拦？

作为一个家仆的仪作，身边突然多了仆人，虽觉些许突兀，但倒也觉得十分享受。

"你这人真是有趣。那我们就出发吧。"

说着二人一前一后出了茶坊。

同船过渡，前生因缘。

与吉如随从般跟在仪作身后，心里想起这句话不禁心中暗笑。

仪作不敢放松警惕，时刻注意着身边的与吉。

"啊呀！看！那是什么！"

与吉猛然间抬手指向前方。

"什么?！看见什么了？"

仪作停步跷脚往前方望去。同时与吉转身就往回跑了去。

金甲箱

> 山口达马与青砥伊织——听名字二人似乎一表人才。二人弯腰欲抬起金甲箱,未曾料到沉重无比。二人不由得面露惊异,一时间呆若木鸡。

一

自那以后过了数日,也或者是数十日?总归时至今日也未见柳生源三郎的踪影。峰丹波众人都认为这位仁兄早已淹死在三方子川中了。

"这世上还有比我更可怜之人吗?眼见着心仪之人惨死而不能相救。"只有莲夫人在独自黯然神伤,"但也正是由于那源三郎太过固执才落得个如此下场啊。"

莲夫人把自己关在房间陷入了一片沉思之中。

令人不可思议的是,从伊贺随同源三郎入赘而来的安积玄心斋、谷大八等人也住在这个宅院里。

他们明明知道杀害自己主人的就是住在同一宅院的峰丹波与莲夫人等人,此刻却无动于衷。仿佛源三郎与他们几人毫不相干一样，依然朝起晚寝。

从涩江之寮的火灾现场返回妻恋坡道场的这伙人一直担心伊贺的这些武士们挥刀劈来，随时准备迎敌的峰丹波众人等了几日不见任何动静也就放松了警惕。

"看来所谓的柳生刀派，也不过是一两个高手领了一帮乌合之众罢了吧！"

"说的是。那柳生对马守与源三郎功夫确实了得，余者都是些胆小如鼠之辈啊！明明晓得是我等害了其主人，也不敢前来报仇雪恨，却每日里悠闲自得，真是懦弱之辈！"

"诸位！不如一起起哄嘲笑他们一番如何？"

其中好事的五六个人一起走到门厅口冲着庭院狂笑起来：啊哈哈哈哈！啊哈哈哈哈……真是如闹剧一般。

这司马道场的宅院虽然占据了妻恋坡整个一带，但面积并不算大。隔着一些草木的那栋房子便是伊贺武士们所在之所。此刻这里一片静寂，连一丝声音都没有。

安积玄心斋挥手制止了义愤填膺的众年轻武士们。

"慢！且慢！现在还为时尚早。我家主人即刻回来也未可知。等主人回来后再定夺。若是主人下令，纵然是刀山火海，我等也万死不辞！先沉住气！"

源三郎一定能回来——玄心斋对此深信不疑。

在已故的司马十方斋老先生的恳切希望之下，经柳生对马守点头，随同源三郎一同前来入赘的柳生藩众人不曾想卷入了这个旋涡之中，至今源三郎仍然下落不明。

就这样这些伊贺武士们一边期盼着源三郎的归来，一边对着道场的峰丹波一伙人暗气暗憋。

二

"近来身体如何？"

峰丹波依靠在外侧门框上问道。在这个硕大的身躯的依靠之下，门框像要立即发出吱呀声响一样。不管怎样，表面上仍然是夫人与臣子的关系。此刻的峰丹波单膝跪地推开门扉，以素日严肃的表情进入了莲夫人的房间。

侍女们早就被打发得远远的了。

身披一件薄薄的披风、斜靠在床头的莲夫人一声叹息，随即抬起赤红的脸颊，面带忧郁地说道："已经说过多次了，梦寝不安啊，丹波。"

"夫人缘何还在……"无论眼睛嘴巴都比普通人大一倍的丹波满脸微笑，"不知莲夫人要思念那个毛头小子到何时啊——呵呵呵呵。在下实在是觉得胸闷难耐啊。去对面，萩乃小姐思念那源三郎直思念得哭哭啼啼。到这边，莲夫人也是为那源三郎牵肠挂肚。真真叫人不快。"

边说着峰丹波边靠近一步。

"整日愁眉不展怎么能行呢。遵照已故司马老当家的意思，把萩乃小姐赏赐给那个源三郎，然后我们灰溜溜地走开？——既然不能咽下这口气，那使用些手段做掉对手也是无奈之举的嘛。夫人哪，来，到庭院中散散步，换一下心情！"

莲夫人并不答话。可能是头痛的缘故，一边不停地用纤细的手指按压着太阳穴，一边眉头紧皱。

丹波一时也陷入了沉默。片刻之后，丹波双膝跪倒，爬着向前两步说道："夫人，有一事相求。"

"嗯？又有事相求？呵呵呵，你峰丹波所求之事都是些阴谋诡计。"

"我们这叫同舟共济嘛，还需要相互扶持的嘛。哈哈哈哈。"

从嗓子眼里冒出冷笑声的峰丹波两眼猛地露出凶光，随即压低声音说道："从时隔多日毫无音讯来看，已经不用担心柳生源三郎能够活着回来了。如此在下今日之内就打算宣布继承已故老当家之位，接管了道场。"

因为是已经策划好的事情，所以莲夫人未感到丝毫惊诧。原本也是莲夫人自己策划的阴谋。如若不是因为思念源三郎，此刻听到多年来的愿望在今日即将实现该是如何欢呼雀跃啊。而讽刺的是莲夫人至今仍然对前来与司马十方斋前妻之女——萩乃成婚的源三郎念念不忘。

"嗯，也只有如此了。"

"都到现在了，夫人怎能如此消沉呢！"峰丹波不禁有些不悦。

眼见着这个司马道场连同莲夫人就要得手。自然比起莲夫人，道场才是峰丹波的真正目的所在。但是要想成为道场掌门人，必须要娶过莲夫人才能算名正言顺。所以此刻的峰丹波看到莲夫人如此消沉，不禁有些焦急。

"该出手时莫犹豫！在下与夫人可是一荣俱荣、一损俱损！"丹波上前逼问道。

三

这是一个沉闷的初夏午后。从妻恋坡的山脚下，远远地传来了秧苗叫卖的声音。

对莲夫人而言，对这个司马道场既有依恋不舍之意，加之对峰丹波并不生厌，所以对峰丹波此刻的提议并不反对。

说话间即刻准备峰丹波继承道场一事。一切准备停当，按现在钟点说已经是晚上七点了。道场正面摆着十方斋老先生的牌位，牌位前放着老先生生前至爱之木剑。

作为司马道场的成规，遇到什么正式的事情一定要供奉起家传之金甲箱，然后在其前面举行仪式。

在接纳新弟子入道场时，用现在话讲在举行诸如宣誓仪式时，一定要供奉这个金甲箱。

接受道场秘诀之人在众弟子前展示时也要在这个箱前。今日因为要举行掌门交接仪式，所以两三个弟子来到库房取金甲箱。"你抬着那头，虽是空的，但如此要紧之物，还是要小心为上。"

"是啊，喂，青木，你也搭个手。"

"好嘞。这峰师兄今日终于达成了心愿啊。想来那伊贺狂徒可谓可怜哪。不仅原本入赘之事也泡汤了，猴壶也被人偷走了，起码能在老先生灵前露个面也好啊。"

"是啊！这结局也太凄惨啦。虽说是娶了萩乃小姐，不要说什么婚宴，连个面都没见着哦。更惨的是领来一帮人，结果自己却中了峰师兄的圈套落入了洞穴之中，真是命运凄惨的家伙啊。"

"想来萩乃小姐也同样是够凄惨的哦。终日以泪洗面，眼睛都快哭瞎了啊。"

"一想到今夜也要把萩乃小姐叫到仪式上就觉得叫人可怜啊！"

"好啦好啦！以后再说这些，先要把仪式所用之物准备停当才是。峰师兄等着呢。端好那头啊，山口。"

"嗯，好嘞。咦？这是怎么回事？！"

"嗯？真是奇怪，明明……是空的，怎么会这么重呢？"

山口达马与青砥伊织——听名字二人似乎一表人才。二人弯腰欲抬起金甲箱，未料到沉重无比。二人不由得面露惊异，一时间呆若木鸡。

头发稀疏得近乎秃顶的稍稍年长的青木三左卫门上前说道："有那么重吗？也可能里面放了一些琐碎工具，但也不至于那么沉重啊。来，让我来搭个手。"

"一二……"

三人喊着号子，费了九牛二虎之力终于抬起了金甲箱。

青木三左卫门、山口达马、青砥伊织三人只认为箱子内或许放着盔甲之类的物件，并不觉奇怪。就这样三人摇动着身躯将箱子抬到了道场中央。

四

宽敞的道场中央草席铺地。

正面高悬写有已故司马老先生的真迹之匾。在匾额之下就是那鹤发童颜、手摇铁扇、不怒自威的老先生曾经端坐过的高台。

而现在金甲箱正放置于这个高台之上——

费了九牛二虎之力才把箱子抬过来的青木三左卫门、山口达马、青砥伊织并未对箱子产生什么怀疑。

筑紫郡一代名人司马家中少不了刀枪剑戟之物。三人只是简单地认为什么兵器被谁放进了箱子。

身处别院的源三郎手下的伊贺武士们还在焦急地等待着少主的归来。为了避免不必要的麻烦，峰丹波打算在他们不知不觉中结束了交接仪式。待自己接过老先生的亲笔匾额，掌控了曾经是司马十方斋天下的道场，再将柳生藩来的一伙人赶出去不迟。

身披武士服的道场弟子们默默地走入道场，沿着墙壁左右一字排开。正面的高台上一列蜡烛正随风摇曳。众人面前也排列着不多不少一百支蜡烛。武士们的脸掩映在夜光与烛光之中，如梦境一般。

峰丹波面朝金甲箱，背对众人端坐中央。

莲夫人衣袖下摆、垂首低眉坐在一旁。

这时只听到轻微的脚步声从入口处传来，众人不禁侧目望去。

来的是泪眼婆娑的萩乃小姐。

平素里清澈明媚的双眸此刻透露出无比的忧郁。此刻萩乃正被左右两名侍女搀扶着宛若身患重病一般缓步走来。

待萩乃小姐落座之后，"咳咳……"

只听见结城左京——这个填埋洞穴的领队清了清嗓子从座位上站起来，弯着腰快速来到丹波身旁从怀里拿出一卷文书。

这文书上书写的必定是丹波日思夜想之事——左京接着朗声宣读起来。

"自先师司马十方斋故去以来，道场后继之人未定。如此拖延下去若传至朝廷耳中必对我道场不利。"

文书上所写的皆是些冠冕堂皇之词。如此峰丹波便可名正言顺地在众弟子的一致推举下荣登宝座，还落得个拯救道场于危难之时的美名。

"……宣读完毕。道场总管结城左京……"

随后左京用犀利的眼神扫视众人。

"诸位！关于峰先生荣登掌门一事，谁可有异议？"

众人纷纷低头不语。忽然，"有异议！"

一个微弱的声音不知从何处飘来……

五

有异议！——虽然这一声细小微弱，却在空气中引起了巨大的震颤。众人听得真真切切，不禁身子都微微一颤，放于膝盖上的双手不由得抓紧了衣角。

尤为吃惊的当属丹波、莲夫人与左京三人——只听见结城左京手持的文书沙沙作响。

此刻的道场陷入了一片死寂，安静得即使是掉落地上一根针也能听得真真切切。

嘴唇煞白的左京此刻以颤抖的声音又问了一遍："关于峰先生荣登掌门一事，谁可有异议？"

"有！我不服！我不承认！"

这声音是从哪里传来的？地底下？这声音听起来像是从阴曹地府传来的幽怨之声。

在众弟子惊得欲起身站立之时，金甲箱的盖子被从里面推开了。

莲夫人见状直吓得跌坐于地上，双手拄地，惊恐万分。萩乃也惊吓得紧紧抓住身旁侍女的手，以一双恐惧的眼睛四下张望着。

"何人？！"

峰丹波大喝一声。随着他挺腰起立，手握腰间的刀柄，"封住出入口！"

丹波一声喝令。无论此人是谁，他此时都要立斩其于此地，绝不让其走出道场半步。

"啊哈哈哈哈，这出戏演得真叫有趣。屈身于如此狭小的箱子里，最近我左膳也实在是太憋屈了。"

随着说话声，一个身披白衣、傲骨英风、半人半鬼的身影从金甲箱中霍地挺身站起。丹波瞥眼看见这身影，不禁大吃一惊。

只见此人发髻散乱、脸色煞白、双颊深陷，右眼眉至脸颊间赫然如一条虫子般爬着一道伤痕，且右眼窝如同牡蛎被挖去了肉身一般大大地张着嘴巴！——正是多日未见的丹下左膳！

道场在瞬间的哗然中立即又陷入了一片死寂之中。如同一棵枯树之上披了件白衣一般，左膳甩动着空空荡荡的右边衣袖一阵冷笑。

"封住出口？今晚一个不剩全都送儿孙们上西天！也让尔等看看极乐世界是何模样！"

左膳仰天怪笑，随即拖着细长的如同女服般的长衫，跨步出了箱子。

"哼哼哼哼……还不快快洗干净了脖颈前来送死！莫非一定要让大爷亲自动手宰了尔等不成！"

众人直吓得体如筛糠，只有丹波一人静静地端坐着。

莫不是吓得一屁股坐下的吧。

血雨腥风

左膳切齿冷笑道:"好好好,这就让尔等在濡燕刀下血肉横飞!"

虽然一直目不斜视紧盯着濡燕刀尖,但是说话间左膳猛然一抖手……

一

"峰丹波小儿!"左膳如鬼哭狼嚎般大叫道,"妖女拿命来!"

左膳冲着瘫坐在一旁的莲夫人咬牙切齿地喝道:"丹波小儿与这妖女乃一丘之貉。"

忽然左膳降低了嗓门。

"说来甚是有趣,我与那伊贺源三郎本无丝毫瓜葛。但这人世间实在是因缘巧合,况且我丹下左膳也是讲义气之人,看着尔等胡作非为岂能袖手旁观!"

一边一字一句地说着,左膳一边步步逼近峰丹波。

为何这个恶煞会突然出现在金甲箱中?

愕然失措的丹波疑窦丛生、百思不得其解,只觉得眼前的丹下左膳如同肋生双翅,不知从何处驾云而至。

而在这个千钧一发之际,不容丹波多想。

在自己正欲接手道场,荣登掌门宝座之际,却突然间被这个半路杀出的程咬金打乱了美梦,功亏一篑的丹波此刻惊得失声不语。

在半脸刀痕、龇牙咧嘴的左膳的步步紧逼下,刚才像被噎着了的丹波猛然醒过来大叫道:

"休,休得无礼!你们愣着做甚?!快上!上!"

紧接着丹波自己也挺身起立。随着丹波的起立,身上披着的长袍衣袖忽地一声被撩起一个漂亮的弧线,这弧线如同刀锋一般划过。

随即丹波抽刀而出,院中立刻打起一道闪电——这就是司马道场的独门刀法。这刀光如同劈开一道水柱一般,闪亮之后恢复了平静。

与此同时,方才呆若木鸡的众弟子们全都醒过神来,各挥刀枪棍棒围住了左膳。

且说萩乃与莲夫人呢?此时已不见二人的踪影。二人在两三个弟子与侍女的扶持下顺着廊下已经远远地逃离了此处。

这时司马道场的众人只听到左膳一阵冷笑。

"哼哼哼……尔等若是一丘之貉,我与源三郎就是并肩之虎。虽本与我左膳毫不相干,但我左膳最看重'义气'二字。今日就代替源三郎来取丹波小儿项上人头!"

说话间,左膳已经剑锋向下,拉好了架势。

二

这世上真有不知天高地厚之辈。

还真有那么两三个不知死活的年轻武士把眼前瘦骨嶙峋、单眼独臂的左膳看成了一只病猫。

从没有尝过左膳剑法厉害的这两三个武士狂妄地叫嚷着。

"也不自己撒泡尿照照镜子看看自己长什么模样,竟敢单枪匹马夜闯司马道场,真是活腻味了吧!"

"原以为从金甲箱中跳出个什么世外高人,原来竟是个如干柴般的恶鬼!"

这两三人实在是不知天有多高,地有多厚。他们拔刀蜂拥而上,分前后左右围住了左膳。

左膳切齿冷笑道:"好好好,这就让尔等在濡燕刀下血肉横飞!"

虽然一直目不斜视紧盯着濡燕刀尖,但是说话间左膳猛然一抖手……

只听见其中一人一声惨叫便单膝跪地。再看,鲜血已经染红了那年轻武士的半条腿。

紧接着其他几人也纷纷倒地,顿时血流成河。

很久都没有大开杀戒的濡燕刀此刻挥舞在左膳的独臂之上。忽然左膳手臂又是轻轻一摆,只见濡燕刀刀光一闪,一人便被斜着劈为两半。在一声惨叫中,只见那人手中的大刀腾空飞起，如流星般扎在了墙壁上。

这一切都发生在转瞬之间，看的众人直吓得瑟瑟发抖。

"屋中狭小，屋外较量！"

峰丹波果然是机灵果断，飞速来到众人身后欲抽身跳到庭院之中。怎奈方才在自己的命令之下，出口已经被众弟子堵得严严实实，一时间出也出不去。

左膳此刻如一团白色旋风，舞动手中的濡燕刀上下翻飞。

瞬间又有几人倒下。

且说方才被眼前场景吓得魂飞魄散的萩乃小姐落荒而逃，刚刚来到房门前正欲推开门扉，却听见身后一阵急促的脚步声。萩乃回身一看不要紧，却看见浑身是血的左膳一路追了过来。

"方才我只听得你就是萩乃吧？在下来也！"

听口吻左膳像是迷恋上了萩乃一样。

丹下左膳用嘴叼住濡燕刀，单臂一把抱住瑟瑟发抖的萩乃，然后一脚踢开窗户，越过院墙，身形一晃便消失在树丛中。

三

左膳口中叼着的不是被五月细雨滋润过的濡燕，而是淌着鲜血的长刃。

弯月藏云。山林中树影绰绰，夜色中似有烟云浮动。

这是一个诡秘之夜。

吓得半死过去的萩乃恍惚间感觉到从左膳口中叼着的濡燕刀上不时滴落几滴冰冷的鲜血在自己脖子上。

萩乃欲开口问些什么,一睁眼却看见白晃晃的濡燕刀横在自己眼前,只感觉到口中叼着大刀的左膳呼呼喘着的粗气洒在自己脸上、脖子上。

"你就是那位斩杀了门之丞的浪人武士吧?为何今夜又潜入了金甲箱中?——你把我掳去做甚?"

一边说着萩乃一边拼命挣扎。挣扎间衣领也开了,发髻也散了,一时间衣冠不整。萩乃一阵挣扎却毫无效果,挣扎下一双玉脚展露于夜色之下,显得格外凄美。

萩乃见左膳并不答话更觉恐怖,猛然间大声嚷道:"救命啊!有人施暴啦!"

左膳见状用紧紧抱住萩乃胸口的单手一把捂住了萩乃的嘴巴。

回首望去,左膳只见灯光晃动的道场一片混乱。此刻的道场十几具尸首横七竖八地散落在地面,众人惊恐得忘记了追赶左膳,有的吓得瘫软在地,有的吓得呆若木鸡。

腋下夹着萩乃的左膳脚下生风,踩着土墙在夜色中飞速前行。

在离开妻恋坡的半路,也就是在司马道场庭院的正下方有一片空地。此处乃是下人居住之所。这里都是些东倒西歪、破败不堪的房子。夜色下，三两棵古树影影绰绰地立在周围。断壁残垣下虫鸣声不绝于耳。

左膳夹着萩乃飞身来到这片空地。找了一个角落，左膳放下萩乃伸左手从口中拿下濡燕刀在自己的衣角上蹭了几蹭说道："萩乃小姐莫要惊慌。在下刚才渡过断桥，是来迎接小姐来的。"

如同牡丹花瓣柔声落地一般，萩乃蜷缩在地上一动不动，一声不发。

看着眼前如花似玉的萩乃，左膳不禁有些意乱情迷。若论闯荡江湖，左膳凭着手中的利刃濡燕刀可打遍天下。而此刻面对如此场景，左膳却是有些不知所措。

现在萩乃就躺在自己的脚下，只消一伸手就是自己的女人了。

左膳深吸一口气，独自说道："莫要哭泣。你不是想见到那源三郎吗？我这就带你去见你那日思夜想的源三郎。"

心之黎明

> 我是察觉到萩乃思念心切,才多事把其领将过来的。你源三郎若是稍稍体谅到了些许萩乃的一片深情,也不能道出如此不知情理之词!

一

泪眼婆娑的萩乃抬起头疑惑地看着左膳。夜色下煞白脸色的左膳怕自己实在禁不住那凄美眼眸的诱惑,只得痛苦地避开萩乃投向自己的眼神说道:

"不必惊讶。真没想到不光是丹波之流,连你也认为源三郎死去了。即使整个江户人都认为源三郎不在人世间了,你萩乃也不应当放弃啊。"

萩乃闻听此言不禁激动万分欲扶地而起:"那,那这么说源三郎平安无事?——他现在人在何处?"

萩乃此刻满脸的喜色在左膳的那只充满嫉妒的独眼里看来是那样的刺目。

左膳一脸苦笑地说道:"嗯。我就是想着把你和源三郎二人凑在一起,所以才潜入道场救你出来的啊。那源三郎也……"

"那源三郎也怎样？"

"哦，我想那源三郎也在苦苦思念你吧。不过这只是在下的推测。那家伙是个把话藏在肚子里的人，谁也摸不透这个伊贺粗野之辈的想法啊。"

"啊……"

"好啦，起来吧。虽有些远，但是有我带路。跟着我走吧。"

萩乃站起拍了拍裙子上的尘土，正欲跟随左膳离开，就在这时只听得传来了说话声。

"嗯？那个单眼独臂的怪物逃到何处去了。"

"决不能让其逃脱！"

"哼！若被俺撞见，定将其一刀两断——"

只见司马道场的年轻武士们提着灯笼，一边四下照着发现没有左膳的踪影，一边壮着胆子装着一副威武的样子向这边走过来。

左膳藏于黑暗处，待一行人走过去之后才领着萩乃离开了妻恋坡。说来也巧，途中二人恰巧碰见两顶轿子路过，于是二人一闪身钻进了轿子——

二人的去向暂且不表。

与此同时，再说三方子川下游的渔翁六兵卫家中。

只见六兵卫的家有六张席子大小，席子上放着被烟熏得黑糊糊的棉被、破烂的窗纸、黝黑的柱子。在席子正中央如病人般蒙头横卧着的正是柳生源三郎。

昔日里威风凛凛的伊贺武士此刻显得病恹恹的，没有了丝毫的生气。源三郎似乎是在洞穴中臭水灌得太多了，现在身体极其虚弱。从被救起到现在一直卧床不起。

在一旁守护着的就是那个骨瘦如柴的"恶鬼"左膳。原来外表凶煞的左膳竟有如此善良之心。

守护源三郎的除了左膳，还有老渔翁的女儿——阿露。

"嗯，现在感觉好些了吗？……"

六兵卫之女阿露此刻靠近过来问道。

手提一盏破灯笼、身披皱皱巴巴的棉上衣、腰系麻绳，看打扮实在是寒酸之至的阿露却天生一副俊俏脸蛋！若是稍加打扮走在江户街道之上，必定引来无数眼光。再看那双眸！此刻阿露的眼睛里流露出的似水柔情到底是怎么一回事呢？

二

年龄在十七八岁的阿露此刻面带桃花地把灯拉近，把身子蹭近枕头边说道："到吃药的时间了。"

"嗯。"

伏地而卧的源三郎把凌乱的头发理了理说道："真是麻烦姑娘了。我与左膳被你们父女救起就已经是感激不尽了。虽然左膳不久便痊愈了，但是我却久久不能康复，实在是给你们添麻烦了。"

看着痛苦翻身的源三郎，阿露不禁紧缩双眉靠近说道：

"如不介意，我给你按按脚背如何？不用如此焦急，还要安生养病为好。"

"这次真是叫我体会到了人间冷暖啊。那个左膳，本来是与我素不相干，却告诉我说不看到我完全康复绝不离开半步。阿露你也看到了，左膳照顾我可谓是无微不至啊。这次我算是知道了什么叫'义气'二字啊。"

或许是由于源三郎嘴上一直挂着左膳的缘故，阿露这位姑娘稍显不快。

"哦，是吗。"

姑娘只回应了这么一句便低头不语了。源三郎立刻有所察觉。

"哈哈哈哈。当然啦，不仅仅是左膳，六兵卫老人，还有最为疼人的阿露都让我铭刻肺腑啊。"

"这话说得实在是见外——"阿露仍然有些不快地说道，"净说些客套话……我看这病还是不要好起来了，你就这么一直躺着吧。"

"这话听着奇怪，怎么会希望我一直病着呢——"

"只有你一直病着，才能一直待在我家这个狭小的房间里，我也才能一直在身边照顾你啊。若是病好了，你就该回到你那舒适的府邸，被夫人、侍女们围在中间了。"

说罢阿露立即羞得面红耳赤，把脸扭到一边不敢正视源三郎。源三郎更是疑惑不解，自己并未告之自己是伊贺的柳生源三郎，不知这姑娘从何而知自己的身份的。

"这话从何而来。我可不是什么富贵之人,我与左膳一样都是一介武夫而已。"

"即便如此本姑娘也担心啊。听说那江户城里美女如云。"

"但像阿露如此标致之人却是不多啊。"

虽然源三郎是无意之中说的这句话,但此话一出口,听起来源三郎倒像是一位情场高手了。

阿露闻听此言不禁更加害羞,心跳不禁急速加快:"看,净说这些。"

阿露双手捂住脸颊,从指缝中偷看着源三郎。就在这时,门扉突然被人打开。

"源三,给你带礼物来了。"

被左膳单手一把拉进来推坐在地的就是萩乃。

随后左膳也一屁股坐了下来。阿露见状像是被弹射了出去一样,一溜烟地逃出了房间。

三

被左膳一把拉进来的萩乃用眼角余光扫见一女子急匆匆地走出了房间,但在时隔多日未见的源三郎面前也不便多问,只是礼节性地打招呼:"多日未见,三郎一向可好?这些时日萩乃甚是思念三郎。"

好容易一个女人离去,源三郎刚刚松了一口气,不料又来了个女子。

源三郎翻着眼睛瞅瞅身旁坐着的左膳。

"这究竟是怎么一回事，左膳？"

"啊哈哈，不用顾忌我的存在。莫要客气，该拥抱就拥抱，该拉手就拉手。你若嫌我这个怪物碍眼，那我即刻就从眼前消失。啊哈哈哈哈……"

豪爽的大笑之下隐藏着的是切身的哀愁。源三郎与萩乃自然是难以察觉。胸中的思念之情如烈火般熊熊燃烧的萩乃此刻看见朝思暮想的心上人死而复生，自然欣喜若狂。而目睹到此情景的左膳心中却如翻江倒海般苦闷。

剑魔左膳的恋情是无人知晓的。殊不知骨瘦如柴的左膳除了腰间佩带的濡燕刀之外，还有一心上人。

此刻的源三郎仍然对萩乃如何会出现在此处疑惑不解。

左膳分别看了一眼萩乃与源三郎："我于今日早晨背着你源三郎不知道，离开此地去了趟妻恋坡司马道场。到了道场发现那里在喧闹中正要举行什么仪式，于是我就藏在了一个什么金甲箱中。结果你猜后来怎样？后来发生的事情可是你源三郎未曾体验过的啊。后来啊，我竟被他们抬着抬到了掌门人的接班仪式上了。原来那峰丹波正想接管道场呢。"

萩乃接过话茬说道："正是如此。那丹波企图继承了十方斋二世之名，与我那后娘莲夫人二人一手遮天。为此才想把我的……"

话到嘴边的萩乃不由得如同夕阳照射下的红叶般满脸绯红。

"为此才想把我的——原本应该成为我夫君的源三郎置于

死地。还将我也软禁起来了。"

这时，左膳突然笑呵呵地一边"铛铛"地敲着拿在手中的大刀刀鞘，一边说道：

"濡燕刀可是立了大功啊。只可惜漏掉了丹波小儿啊。"

说罢左膳顿了顿，接着又像突然想起了什么一样说道："嗯，这样我将萩乃与源三郎你们二人凑在一起后我的任务也就算是完成了。在下就告辞了。"

左膳用濡燕刀拄地刚要起身离去，却被源三郎慌忙拦住。

"且慢！你撇下萩乃与我二人——实在叫我为难啊。"

四

左膳弯着腰说道：

"与心仪之人独处一室内有何为难？哈哈哈哈……"

"非也，非也……其实……"

源三郎一时间不知道说些什么才好。

左膳转过脑袋看了看面红耳赤的萩乃。由于左膳只剩一只眼睛，所以不把整个脑袋转过来就看不到萩乃。

可怜兮兮的丹下左膳一脸苦笑地说道："无论如何我在此处都是多余之人啊。在被萩乃嫉恨之前我还是识趣地离开为好啊。"

"说哪里话……"

萩乃终于开口说道。此刻的萩乃面对着眼前的大恩人左膳,胸中不由得生起一阵感激之情。眼前的左膳虽然相貌怪异,却有一颗体恤他人之心!萩乃抬眼看着左膳,一脸感激地说道:"千言万语难以表达我对左膳的感激之情。三郎,没有左膳,我萩乃也难以与三郎重逢。三郎应该感恩于左膳才是啊。"

源三郎听后又是一脸迷惑:"我未曾让左膳领你过来啊。"

"什么!你这个源三郎!谁是为了你才做了这些啊?!我是察觉到萩乃思念心切,才多事把其领过来的。你源三郎若是稍稍体谅到了些许萩乃的一片深情,也不能道出如此不知情理之词!"

左膳霍地站起来,一边将濡燕刀还鞘,一边将单臂揣在怀中甩下一句:"源三郎,有一女子对你如此眷恋,你当好好珍惜才是……"

然后头也不回地迈步就走。

源三郎不知什么时候靠坐起来用微弱的声音说道:"但是……你若离去,仅剩我与萩乃二人……左膳,求你了再在此待些时日。"

"我在此做甚?我在这里岂不碍眼?你可知萩乃对你是何等的思恋?我说源三郎,你还是好好养病,等痊愈了想想如何夺回道场吧。那时我丹下左膳会现身的。啊哈哈哈哈。"

"萩乃,快,快拦住左膳。"

源三郎看着萩乃。

"我之所以能得救全凭了左膳搭救。左膳将我从三方子川中救起,又将我安置在老渔翁六兵卫家中。左膳乃是我的救命恩人。萩乃,快,快谢谢左膳。"

萩乃双手合十俯身致谢道:"大恩不言谢。源三郎也好,萩乃也好,将铭记左膳的大恩大德!"

左膳低头看着感激涕零的萩乃说道:

"呵呵,有萩乃的这句话我左膳也就知足了。看到你们重逢团聚,在下也是痛快异常啊。"

"多谢……"

"哈哈哈哈。源三郎你要好生珍惜啊。在下告辞了。"

"左,左膳欲赶往何处?"

"何处?在下也无从知晓。你还是问问我腰间的濡燕刀吧。"

五

黎明时分。

黎明前的暗夜中,左膳、源三郎、萩乃三人各有所思。

而此刻还有一人正陷入了一片沉思之中。

在隔壁的窗台之下,将刚才三人的对话一五一十地全部听于耳中的阿露不禁伤心地抽泣起来。原来先于自己,心上人源三郎早已有了如此貌美如花的女子。想到此处,阿露的心不禁如暗夜般沉重起来。

话说萩乃面对眼前对自己的一片深情毫无反应的源三郎也是如同迷路的羔羊一般,心中一阵冷寂。无论是面对萩乃也好阿露也罢，只要是一女子，这源三郎最初都会哄得其开心无比，之后便抛在一旁听之任之了。

面对如此令女人着迷的源三郎，萩乃与阿露难以自持也是能够理解的了。

而丹下左膳在自己同样喜欢的女人与友情之间左右权衡，最终选择的不仅仅是对此女子断念，而且是牺牲自我的感情成全了二人！其心中的苦涩可想而知。

暗夜中四人各有所思。

"嗨……我还傻愣在此处做甚。难道我丹下左膳心生嫉妒了不成？"

左膳苦笑一下接着说道："源三郎，即使如何穷困潦倒也应好好珍惜萩乃才是啊。"

看来源三郎是实在挽留不住了。

病恹恹的源三郎单膝跪地正欲追出去，却见腰间悬挂佩刀的丹下左膳三晃两晃便消失在了庭院中，淹没在一片暗夜之中了。

"真是多管闲事之人！把一个大家闺秀领到此处，真是不识相！令人厌恶！"此刻阿露正独自躲在窗户下一边咬碎银牙一边埋头抽泣。自然阿露的心境无人知晓。

话说在黎明的黑暗中消失的丹下左膳，又会在何时何处挥舞着濡燕刀现身呢？

此话暂且不表。

此刻屋内就只剩下了伊贺狂徒源三郎与萩乃二人。

虽说是指定之婚,为了这个婚姻自己又与丹波、莲夫人等人结下了梁子,但是此刻面对坐在自己对面的萩乃,源三郎仍然觉得十分害羞。

况且对方是名大家闺秀,这更增添了源三郎的紧张情绪。

"咳咳,那个……眼看夏天就要来了啊。"

源三郎打破了沉默。

席上三弦

> 阿藤身披龙纹长衫，手提一把可三层折叠的三弦琴，怀揣内装尺蠖虫的笼子，就这样离开了江户城。

一

萩乃抬起那张美艳无比的脸庞疑惑地看着源三郎。

"没，没什么，我是说……原来萩乃这些日子一直在思念在下啊。"

此刻的源三郎言不由衷地说出了这句撩人心扉的话语。

火上浇油。其实源三郎原本是可以不说这句话的——但已经风流成性的源三郎挡不住自己的嘴巴。

终于见到自己日思夜想的人的萩乃此刻忘记了害羞，又往前蹭了几步说道："原本我还真以为三郎你出了什么事情呢。虽然有你兄长对马守允诺的婚约在先，但是峰丹波与我那继母却要合谋篡夺道场，听起来实在叫人胆战心寒。此后便听说三郎被掩埋到了一洞穴之中，萩乃当时真是肝肠寸断、万念俱灰。"

"我伊贺源三郎是不会那样简单地死去的。"

萩乃听后释然地一笑说道:"三郎有挚交好友相助,真是谢天谢地。今后三郎于我同样是……"

"挚交好友?"

"……挚交好友乃是丹下左膳……"

"嗯,是啊。我源三郎这次对左膳真是感恩戴德啊。其不仅是我的救命恩人,而且还在今晚把丹波欲篡夺道场的阴谋给打碎了啊。"

"还有……"萩乃吞吞吐吐地接着说道,"我能被带到三郎眼前是我前所为料之幸事。我于道场屋内突然被人横揽出去的一刹那直吓得魂不附体。"

黎明夜色掩映下,屋内的源三郎明明并不思念眼前的萩乃,此刻却装作一副爱恋不舍的样子与对面的秋乃促膝而谈。三方子川的水流如同伴奏一般潺潺地流过房前。这个风流成性的柳生源三郎无论面对哪个女子都是一副爱怜有加的表情。这是源三郎的惯用伎俩。

毫不知情的萩乃此刻只觉得自己的一生都将托付给眼前的这个源三郎了。

人的心境真是捉摸不透。左膳为萩乃倾心不已,而秋乃却像着了魔一般爱恋着源三郎。

再加上从方才开始一直在窗户底下偷听的六兵卫之女阿露。虽然未听得十分仔细,但二人对话的梗概还是全部进入了阿露的耳朵。

原来二人有婚约——听到此处的阿露擦干红红的眼睛霍然站起。站起来的阿露看了看正在熟睡之中的父亲六兵卫，然后悄然出了房门。

话说这意乱情迷的阿露要去何处？

二

手鼓与吉扭头就跑。

此刻一表人才的若党仪作即使想抽刀截断与吉也已然来不及了。可见与吉身形之快。

与吉也是极其聪明，背上背着的装有茶壶的包袱此刻就如同一张盾牌贴在自己身后，即使若党仪作从背后砍来也不必担心。

时近中午，神奈川旅店街外不远处的道路一边是灌木丛，灌木丛中不停鸣叫着的不知名的鸟群此刻在人声的惊吓之下突然之间停止了鸣叫，周围陷入了一片沉寂。

道路另一半是悬崖峭壁。崖下是一望无际的农田，远处散乱的锄头在日光的照射下闪烁着刺目的光亮。

若党仪作看着眼前的情景惊呆了。

仪作着实未料到这个用花言巧语把茶壶骗到手的年轻俊俏男子冷不防地会从自己眼皮底下溜走。一时间若党仪作来不及反应。

在突发事件面前人们往往是不知所措的。比如在火灾发生时，一些人明明知道自己马上就要被火海吞没，却站在那里不知道逃跑。事后大家都会对这样的人发起如此感慨："那人真是了不起。真是沉着冷静。纵使火苗逼近却也毫不惊慌。真是气度非凡哪。"

而本人在众人的夸奖中也往往不知如何回答。殊不知那不是沉着冷静，而是被惊吓得不知所措了。

在事出突然之下，人的大脑瞬间痉挛，表现出来的常常就是干张嘴说不出话。这就是大脑思维与动作不相协调了。而在旁人眼里看起来那人的不知所措却成了镇定自若。

说了一些题外话。

此刻的若党仪作瞬间目瞪口呆。

"嗯？……"

仪作无声地张着嘴巴，呆立在原处。

而与吉与此同时也同样有些惊慌失措。明明若党仪作并未追赶，与吉竟然听见了急促的脚步声，一边尖叫着一边疾步如飞钻入灌木丛逃之夭夭。

与吉背着包袱在灌木丛中像无头苍蝇一样东闯西撞。突然从两三棵栗子树下传来了弹奏"尺蠖虫"的三弦曲调声。

与吉三步并作两步跑到栗子树底下一屁股坐了下来：

"啊！姐姐啊。天底下竟有如此巧合之事。原以为已经不在人世间的阿藤姐姐怎么出现在了此处？嘿嘿嘿，你家主人丹下恐怕还不知道吧？"

三

给人以小鸟飞过天际般优美感觉的三弦曲调声。

头上戴着斗笠，斗笠的红绳子系在白皙的脖颈之上，手上戴着背套，双脚没于草丛中，发髻高盘的阿藤此刻抬起饱经风霜的双眼疲惫地看了看与吉，然后一脸惊讶地歪着脑袋问道："嗯？你这人说起话来毫不见外，你倒是哪一位？"

为了怕被仪作发现，与吉卸下背上的包袱夹在双腿中间，蹲在草丛里直着上半身说道："啊？姐姐莫非忘记了我不成？真是无情啊，无情……"

说着与吉做出以手拭目状，以伤心的语调接着说道："又不是十年二十年未见——前些日子我还去驹形高丽公馆旁的街道想去找寻姐姐来着，没承想宅院上竟然挂着出租的牌子。"

"对面这位公子所说的在下一点都听不明白啊。我是江户人不假，但我所居住之地与什么驹形毫不相干，我所住之所虽是在江户，不过也是极其偏远之地的四谷啊。"

"……姐姐啊，不可玩笑啊。与吉就在眼前，姐姐怎能装作不认识呢。"

与吉此刻一边担心着仪作发现自己，一边压低声音耐心地解释着。

"姐姐莫不是想让我说认错了人了不成？不论上看下看左看右看，你就是阿藤姐姐无疑啊。原来阿藤姐姐怀里揣着尺蠖虫，如此四处游逛呢。……这话从何说起呢？"

如此，无论与吉如何费尽了口舌，对面的阿藤姐姐却仍然是一脸茫然地望着与吉。

话至此需要交代一个插曲。

轿子外随从的武士嘴里正说个不停，而轿子中的一风宗匠却是一脸茫然，眼睛直勾勾地盯着前方一动不动。

"我至今还是觉得江户那边传过来的消息不可靠。也不知府中留守的老家臣田丸主水正、搜索队长高大之进他们整天在干些什么。我估摸着那猴壶是很难找到了。这下日光东照宫的修缮可如何是好啊。"

一路疲惫不堪的武士高股在无聊中说完这句有一搭无一搭的话之后突然像意识到了什么一样说道：

"哦，我差点忘记了。一风宗匠只能执笔书写不能张口说话。刚才我是自言自语啊。哈哈哈……"

柳生藩的一代茶师，可谓藩中一宝一风宗匠百岁有余，正随着轿子的颠簸晃悠着。

这乘轿子前面是另一乘轿子。轿子中端坐着的就是伊贺藩主——柳生对马守。

这一行刚刚从柳生庄园中出来。

柳生对马守终于登场了。

这一行此刻正途经东海道的大矶赶赴江户城。

四

延台寺内有一虎子石。

据传言曾我十郎①在此虎子石旁休息时，工藤佑经②所派之人朝着十郎射了一支暗箭，幸运的是这支暗箭未射中十郎却射在了虎子石上。

十郎因此幸免于难，据说至今这块石头上还有一处箭伤。

提起大矶，那乃是曾我兄弟的天下。

以西行法师③而闻名的鹬立泽④流经的一座山丘之上耸立着一棵欲飘欲舞的老松树。

老松树不远处便是西行堂。轿子当中的对马守一边用手指点着，一边催促着队伍快速前行。

队伍的左手是郁郁葱葱的高丽寺山。

据说这附近的海岸在高丽人移居此地之后被称为高粱之原。

在渡过了花水川后，队伍慢慢临近了平冢⑤。

---

① 镰仓初期的武士，伊豆贵族河津佑泰之子。
② 镰仓初期的武士。
③ 平安时代末期至镰仓时代初期的武士、僧侣、诗人。
④ 溪流名称。
⑤ 今神奈川县南部相扑川河口右岸一城市。

左等右等也未能等到从江户传来猴壶消息的柳生藩主不免有些按捺不住。此刻的猴壶所藏之财宝可以说是柳生能用来修缮日光东照宫的唯一财政来源了。柳生藩上下为了这个茶壶自然是日夜不安。

但是至今茶壶依然下落不明，而日光东照宫的修缮期限迫在眉睫。一向沉着冷静的对马守终于有些坐不住，所以才起身赶往江户。

"去江户之路仅此东海道一条道路。你们沿途一定要留意从江户方向来的行人，我总感觉主水正已经派人出来了。"

这一路之上，对马守丝毫不敢马虎，不停地叮嘱着手下。

虽然天上不会掉下馅饼来，但是随着队伍一步步临近江户，对马守越来越预感到会有什么猴壶的捷报传来。

百岁有余的一风宗匠这次也可以说是最后一次抛头露面了。毕竟是年过百岁的老人了，能坐着轿子颠簸至此已非易事。

在猴壶赝品已经出现了两三只之多，作为唯一能亲眼鉴定柳生藩代代相传的猴壶真伪的人，一风宗匠这次不论如何都要亲赴江户。

只要自己亲赴江户，事情总能拨云见日，如此考虑的对马守同时也在担心着源三郎同司马道场之间的恩怨。

剑法盖世无双的源三郎之兄长柳生对马守此刻心烦意乱。

此时道旁不时地能看到拄着拐杖一步步赶往平冢大山阿夫利神社参拜的白衣道人。

地跨藤泽①的大富、大阪两座城镇中有一座由谥号"一遍上人"的四世吞海和尚开山而造的游行寺。寺院之后有一小栗堂。小栗堂中流传着人人尽知的小栗判官照手姬的传说。

户冢程之谷②。

旅店门口在平日里一般都会站立着招徕顾客的妇人。此处大小旅店鳞次栉比。

而在此时刻,道路两旁跪满了迎接大名柳生对马守的百姓。

柳生对马守与一风宗匠一行停在了这些人的前面。

五

一间宽敞的房间内墙壁上左右挂着两幅画,烛光掩映下身着花纹长衫盘腿端坐、正举杯喝茶休息的正是剑法盖世的对马守。

一行人今夜就住在了程之谷。

对马守正欲休息,忽闻贴身侍卫进来禀告。说是江户府邸的老家臣田丸主水正所遣之人若党仪作风风火火地赶来要紧急求见。

常理而言,若党是很难亲自面见藩主的。

但此刻事出紧急,又恰逢在旅途之上,对马守便吩咐道:

---

① 河流名称。
② 地名。

"将那仪作带将进来——"

此刻若党仪作手中正拎着斗篷,一脸颓废。仪作在离开神奈川旅店不久稍不留神被人骗走了至关重要的猴壶之后,虽然追赶了与吉一阵子,那与吉却突然像钻进了地缝一样无影无踪了。

仪作这下子慌了神。期盼着能在路上撞见与吉的仪作在无奈中继续前行,在黄昏时分不知不觉走到了程之谷。

忽闻今夜要有什么大名住宿于此地,仪作便躲在道边偷眼观瞧。

在那个年代,上层人士出行时队伍前面都要高高地竖起一块牌子。仪作抬眼向队伍前的牌子望去,只见上书:柳生对马守。

仪作有些不敢相信自己的眼睛,不禁揉揉眼睛仔细又看了一遍。没错,真是未料到柳生藩主会亲自赶赴江户。

自知闯下大祸的仪作心想若是到了伊贺自己肯定难逃死罪,即使折返江户,主水正也不会饶过自己。

正在此时却巧遇藩主。自觉好歹都是死路一条的仪作打定主意要即刻见到藩主说明一切。

在贴身卫士的引领下,仪作心怀忐忑地跪到了对马守的面前。旁边的三两名护卫看到发髻散乱、衣衫褴褛、眼睛血红、嘴唇干裂的仪作有些吃惊地问道:"你果真是田丸老先生派来的若党吗?"

或许这三两名护卫将仪作看成了刺客也未可知。

仪作顾不及回答,也忘记了恐惧,跪爬到藩主脚下,双手伏地。

"藩主恕罪!在下奉田丸老先生之命,在赶往伊贺途中由于不慎,所带茶壶被人夺去。"

"对你所言之事我一无所知。什么茶壶不茶壶,休要惊慌。"

此刻对马守表现得却是异常的镇定。

六

此刻的对马守毫不惊慌,只是接着怒斥仪作道:"休得胡言!主水正怎会让你若党一人背个真品出门!那种假货被人偷了也无妨!且说主水正都说了些什么?!"

原以为自己会被推出斩首的仪作听到藩主如此一问,先是一愣,然后一拍脑袋恍然大悟。

"啊,想起来了。田丸主水正让在下告诉藩主猴壶所藏之宝已经在麻布林念寺前的府邸院中找到。在我离开府邸之时,主水正将那庭院一隅围了起来不让任何人接近,说是要等待藩主到来。"

在座众人闻听仪作所言都陷入了沉默。就连藩主对马守闻听此言也是颜色大变。

"什么?财宝找到了?!"对马守将信将疑地看了看左右

的贴身侍卫们。

侍卫们此刻面带喜色。而对马守毕竟是一藩之主，虽心中暗喜却仍不露声色。

"庭院一隅？具体会是哪个角落呢？"

左右的侍卫并未听到对马守这一声轻轻的自言自语。对马守立刻感觉到其中必有什么蹊跷，但在众人面前仍然表现得镇定自若。

"然后主水正就令你出得江户前来迎接于我了？"

"正是。主水正老先生正是令在下前来迎接藩主。"

"嗯，我们一行已到程之谷，江户已是近在咫尺。进了江户也就快看到日光东照宫了。"

只要见到了老家臣田丸，一切都会明了的。对马守隐约预感到其中必有朝廷之手在暗中操作。

藏宝有了下落。本来是件令人欢欣鼓舞的事情，而稍稍稳定下来的对马守却渐渐沉下了脸色，双手不停地颤抖起来。这是对马守暴怒的前兆。左右的侍卫们都不解藩主缘何突然来了脾气。

"哼！德川那些尔虞我诈之辈！"

闻听藩主口出此言，众人不禁大惊失色。对马守猛然站将起来问道："一风宗匠是否安寝？速带我去宗匠房间！"

与此同时，程之谷前的大路上伴随着清寂的三弦声传来了轻盈的歌声。

尺蠖虫

尺蠖虫

从头至脚

取尺拿命……

且说方才与吉虽费尽了口舌，但是对面的阿藤还是假装糊涂不认识自己。

之后与吉与阿藤二人结伴而行来到了程之谷。一路之上阿藤不住地弹着三弦，口中不停地念叨着"尺蠖虫"。

与吉像是突然意识到了什么一样高声唱道："莫动手，动手即受伤。"

"嘘。"

阿藤立刻制止了与吉，拿起拨子继续弹着三弦琴。

七

发髻高盘的阿藤心中生起一股怨恨。

阿藤未曾料到自己朝思暮想的左膳在寻找猴壶的途中迷恋上了道场小姐。虽然与左膳居同一屋檐之下，但左膳对自己的一往情深却不闻不问。

加之自那日早上脸色大变的小安急匆匆出门后便音讯皆无。

想到这些阿藤一阵胸闷。

"我真是太傻了！怎能如此喜欢一个除了砍砍杀杀再一无是处的左膳呢？！莫非是因缘注定不成？"

阿藤一声苦笑，不由得怒火冲上心头。心中郁闷难耐的阿藤把自己独自关在家中无处泄愤，随手抓起茶碗就摔碎在了地上。然而独自生闷气又能有什么用呢，阿藤一气之下拿起猴壶出门喊住了一个收破烂儿的，也不要分文就把茶壶甩了出去。

随后阿藤将写着房屋出租的牌子挂在门口就离开了。

阿藤所住之街道因为住着能让尺蠖虫跳舞的奇异女艺人而被人称为尺蠖横町。而最初的女艺人已不复存在。

阿藤身披龙纹长衫，手提一把可三层折叠的三弦琴，怀揣内装尺蠖虫的笼子，就这样离开了江户城。

据说人若是从头顶被尺蠖虫钻到脚底就会一命呜呼。虽说这只是传言，但此刻的阿藤却对此深信不疑。

平素里的阿藤只是悠闲地弹着三弦琴，看着随着琴声拱起又放平身躯的尺蠖虫消磨时间。原本这只是一种小买卖罢了，而此刻的阿藤却臆想着这尺蠖虫能真正钻进谁的脑袋里让其死掉。

就这样阿藤带着这个"致命武器"出门了。

阿藤先是到了木曾街道逗留了一阵，在那里没待多久就又独自一人踏上了旅途。

阿藤一边走在东海道上，一边脑海里浮现出来的仍然是左膳。

"究竟发生了什么事情啊，那个小安至今杳无音信。这孩子曾经跟随我挨家挨户兜售过尺蠖虫的。多么可爱的一个孩子啊。"

在神奈川的道路旁正陷于一片追忆的阿藤在无意中却撞到了与吉。此刻已经决心与红尘决裂的阿藤故意装出了和与吉陌不相识的样子，想让与吉赶快消失。而与吉却如地痞流氓般死缠不放。无奈之下阿藤只得和与吉结伴而行。

这二人组合真叫一个奇妙。

不知不觉中二人相伴来到了夜幕掩盖下的程之谷。

书接前文。

与吉像是突然想起了什么一样突然高声唱起了伊贺柳生之歌。阿藤急忙制止了与吉的歌声然后说道：

"往那边去。"

深谋远虑

就在对马守刚刚双手伏地准备学狗爬的一瞬间,廊下的治太夫情急之下一把拉开了房门。

"藩主!方才外面街道之上……"

一

"啊,这不是柳生对马守吗?!"

路过对马守停泊之所的与吉一眼就认出了柳生对马守。

自从与吉从仪作手中抢来了猴壶便一心想着回到江户城。城中峰丹波正焦急地等待着。

与吉试图说服阿藤一起返回江户,而性情执拗的阿藤岂能听得进去。与吉欲独自一人返回江户,又担心身上带着惹眼的猴壶,万一有个闪失。

与吉转念一想莫不如跟着阿藤扮作同行旅游之人,还能掩人耳目保得平安,待到阿藤心情好转之时再劝其回归江户不迟。

如此与吉便一边哼着小曲,一边同阿藤来到了程之谷。

当与吉得知从伊贺赶来的对马守一行也住宿于此地时,

他做梦也未想到被自己蒙骗的若党仪作已经先自己一步到达了此处。与吉以为仪作早就灰溜溜地返回江户了。

与吉想到狼狈不堪的仪作便有些得意扬扬，不由自主地抬高音调揶揄地唱道："莫动手，动手即受伤，伊贺狂徒们……"

这话听起来实在刺耳。

"快快住嘴！若是惹怒了伊贺武士们，还有你我好果子吃吗？"阿藤一边告诫着，一边制止了与吉。

但为时已晚。

"嘿！前边的二人，留步！"

"嗯？说的是我们吗？"

与吉止步回首望去，只见一位怒气冲冲的武士走了过来。

阿藤掐了一把与吉的大腿低声说道："告诉你了不要惹是生非，看，你这不等于是捅了马蜂窝了吗？"

武士一脸怒气地走了过来："方才你说什么？谁是莽夫？！"

在这位武士的高声喝问下，又有五六个年轻武士赶了过来。

这时与吉感觉到旁边房屋窗沿处正有一人站在那里望着自己。与吉用眼角余光一瞥，不禁大惊失色，这不是已经早就返回江户的若党仪作吗？！

若党仪作听见人声嘈杂，便不由得站在窗户口往外张望了一下。这一看不要紧，却看到那个欺骗自己的缠人精正站在一个手持三弦琴的女子身旁。

仪作一声大叫："嘿！快抓住此人！莫让其逃掉！"

说着仪作撒腿就往外跑。听到仪作呼喊的两三个武士不由分说上去一把就按住了发髻高盘的阿藤。仪作见状心生焦急。

"不是那个女的,那个男的,抓住那个男的!"

这些年轻武士们在听到抓人后的第一反应还是本能地集中在了女人身上。

就在这个空当里,与吉将肩上的茶壶甩到地上后撒腿就逃。仪作见状毛腰紧追不舍。

二

虽然街道上人声鼎沸,但屋中的对马守似乎充耳不闻。

对于对马守而言,门扉是无须自己亲手去开的,早有下人分列左右拉开了房门。

据说以前大名习惯了仆人给自己开门,甚至有些人误认为是自动门。

曾有这样一则传言。说有一大名来到门扉之前,恰巧此时仆人不在身边,这大名左等右等不见门开,于是便开始疑惑地瞧看门上是不是有什么机关是出了故障,仍不见门开的这位大名直急得捶胸顿足。

而眼下的这位柳生对马守并非如此养尊处优之人。只是这位对马守是位急脾气,若是不见仆人前来开门,也不用手来拉门,直接一脚踹过去了事。

其弟虽以伊贺狂徒著称,而与对马守相比则是小巫见大巫了。

对马守此刻大步流星走在廊下。在前面提着灯笼照明的仆人像是被对马守急促的脚步踢着一样，一个劲儿地往前赶着，即便是这样这仆人也有些赶不上对马守的脚步了。

这时对马守就来到了一风宗匠的房门前："宗匠在哪里？！"

对马守急不可待地二话不说闯了进来。

"老朽身体孱弱，能经得住这漫漫长路之颠簸已是奇迹了。"一风宗匠颤颤巍巍地一点一点挪动着从床榻之上磨蹭下来。仆人见状急忙将一张厚厚的褥子叠了两叠靠放在宗匠背后。

对马守伸手把仆人放在宗匠身后的褥子放正，然后给仆人们使了个眼色，仆人们立即非常识相地弓着腰退下了。

可谓是柳生藩一宝的一代茶师——百十岁也或许有一百二十岁以上，宗匠的年龄谁也不知晓。照顾八十、九十岁的老人就如同照顾婴儿一般需要极大的耐心，何况一个百岁有余的老人。一风宗匠可以说见证了柳生藩的荣辱兴衰。

人过古稀就会变得如同朽木一样，超越了男女性别的范畴，变得只是一个身躯了。满脸皱纹的宗匠抬眼望向对马守，面露微笑。

一风宗匠舌头已经转不动，也不能张口说话了。往前数一年半载虽仍然耳聪目明，但近来连耳朵也不大好使了，现在无论谁与其说话，一风宗匠总是一副笑吟吟的样子。现在只剩下眼睛还能勉强看见东西了。

对马守无声地拿过砚台，展开纸张，在上面写了一行字：

"借问宗匠，如今赝品之猴壶数只现身江户，何谓真、何谓假,望宗匠指点迷津。"

对马守将纸条递到一风宗匠眼前。宗匠瞄了一眼之后微微颔首,然后伸出双手,示意拿纸笔来。

三

对马守好不容易将一张纸塞到一风手中,然后将毛笔蘸满墨交到宗匠那只如枯树根般的右手中。

一风宗匠颤抖着双手将笔尖点在了纸张之上。

对马守将灯光拉近从一旁屏气凝神地盯着笔尖。茶壶真伪的秘密此刻就要跃然纸上,对马守不禁有些许紧张。

一风宗匠笔下之字龙飞凤舞,读起来异常吃力。

"赝品纵然百千,仅凭一处便可鉴别真伪。我柳生藩所传之猴壶之上。"

一风宗匠的笔锋刚刚至此,只听得房门外廊下一阵急促的脚步声传来。

"藩主!藩主可在此处?"

如此紧要关头被人打扰,对马守不禁怒声喝道:"可是治太夫?慌张什么!正与宗匠有要事商谈,退下!"

外面的治太夫回答道:

"藩主。确有十万火急之事——。"

"休要插话!此处有更紧急之事。宗匠,请继续。"

一边的对马守不停地催促着,而一边的老宗匠却放下毛笔，一脸茫然若失的样子。

对马守这才恍然大悟，哦，原来宗匠是听不见声音的。真是麻烦。

"藩主！十万火急！藩主！"

"住嘴！这里有更紧急的事情！"

心生焦急的对马守从宗匠手中夺过毛笔，蘸满了墨，不管三七二十一就在席子上写了起来。

"宗匠，之后如何？猴壶之上有何记号？"

胡乱地写完这句话后，对马守掷笔于地。

一风宗匠却不为所动。宗匠微微张了张嘴，像是要打哈欠一样，却又挥了挥手，表现出一副不耐烦的样子，紧锁双眉。

宗匠这副模样仿佛是在说：今天不行，等下次我心情好的时候吧。

对马守急躁难耐，也不管宗匠听到听不到，咬着牙凑近宗匠耳畔说道：

"实在是抱歉，不该在宗匠的席子上写字，还请宗匠见谅！"

此刻对马守双手伏地垂首接着道歉道：

"宗匠，您看我已如此诚心诚意道歉，烦请继续写下去吧。无须多言，只要写出猴壶的记号即可。"

一风宗匠像是在看对马守表演一出戏剧一样，依然面带婴儿般的微笑，不时打着哈欠——意思就是说：今天已经累了，老朽要就寝了，快快离开吧。

"宗匠，您就算是行善积德了，求宗匠了。"

生平从未给人低头的对马守此刻顾不上颜面不停地哀求着一风宗匠。

四

耳聋的一风宗匠毫不领情。

一风宗匠此刻一副不解的表情就好像在说：

"这个柳生藩主缘何不住地向老朽合掌哀求？真是怪哉怪哉。"

生平第一次给人低头哀求的对马守虽然胸中升起一股怒火，但对马守知道即使自己如何发火，对面的一风宗匠也是一脸傻笑。

对马守下定决心无论如何都要在此刻让宗匠说出猴壶的秘密。因为这个世界上除了一风宗匠，再无第二人知道这猴壶的秘密了。

更糟糕的是这个关键角色的一百二十岁有余的一风宗匠经过东海道的一路颠簸，已经是筋疲力尽，说不定今夜就撒手人寰也未可知。

想着这些对马守实在有些坐不住了。

对马守的脸色一会儿青一会儿红，接着说道："宗匠，你若是让我爬地三圈学狗叫我也愿意。你有什么要求我都满足，只要你说出猴壶的秘密。"

就在对马守刚刚双手伏地准备学狗爬的一瞬间，廊下的治太夫情急之下一把拉开了房门。

"藩主！方才外面街道之上……"

话说到一半的治太夫低头一看，只见藩主正低头伏地……

"啊！藩主莫非是喝醉了不成？"

"大胆！是谁允许你进来的！"被人看到自己丑态的对马守不禁怒气冲天，"宗匠的缝衣针刚刚掉落，宗匠老迈昏花看不到。"

巧言辩解的对马守显得狼狈不堪。

治太夫将怀中抱着的猴壶递到藩主眼前说道："禀告藩主，仪作被人抢走的茶壶找回来了。方才那口出狂言的小子被仪作认出，惊慌之下将茶壶扔在了地上，幸亏没有破裂。"

"什么？茶壶失而复得？来得正是时候，正好让一风宗匠鉴定鉴定。"

对马守一把抢过茶壶。

"宗匠！这可是猴壶？！"

对马守也不顾一风宗匠听见听不见，一边大声喊叫着一边将茶壶亮在了宗匠的眼前。

虽然耳朵已经变聋，但是此刻的宗匠看到对马守如此动作还是明白了什么意思。宗匠看到眼前的茶壶，刹那间双眼放光，一扫方才的睡意。

一风宗匠盯着茶壶上的一处看了两三秒——

然后默默地摇了摇头。

"哼！我就知道这个不会是真的！"

对马守一声怒吼举起茶壶朝着治太夫的脑袋就砸了过去，治太夫见状慌忙一缩头，随着一声响茶壶撞在窗户上化为碎片了。

治太夫已经习惯了随着日光东照宫修缮大限的迫近而逐渐失去耐性的藩主对自己的打骂了。

五

与此同时，对马守霍地起身就往外走，一只脚刚刚跨过一风宗匠的房门，只见对面仪作领着三两个人疾步走来——

仪作一看到藩主立刻跪地爬行至对马守脚下。

"藩主恕罪！又一次让那贼人逃掉了……那贼人逃得实在是快。"

"莫要管他……你们听着，我柳生想要的是真的猴壶，再有拿来赝品混世的格杀勿论！"

对马守如此怒发冲冠也是情有可原，日光东照宫的修缮大限眼看就要到来，柳生一藩的生死存亡在此一搏。

仪作跪爬着紧随对马守的脚步："与那贼人一道的弹三弦琴的女人倒是被抓到了。"

"瞧那点德行！抓住个女人有什么好炫耀的！"刚想怒骂仪作的对马守像是想起了什么一样，随后又立刻改口道："嗯，带到厅堂来，我要好好审讯一番。"

"遵令！"

仪作一溜小跑跑过廊下，来到后院的一个房间。进得房间后仪作只听见阿藤正在说话。

"再怎么说我也是一女子，总不能露宿街头吧。我正想着要去哪里借宿一晚，未曾想来到了你们这里，烦劳各位替我付了房费吧，小女子在此有礼了。"

被众武士围坐于中央的阿藤把一只装烟灰的盒子拉到自己身边，伸手从怀中掏出一只小巧玲珑的烟袋，点上火深吸一口，然后在烟灰盒子上敲了敲烟袋说道："无耻之辈。"

仪作瞪了阿藤一眼说道：

"藩主传唤于你，随我来。"

"哦，是吗？"阿藤缓缓地收起烟袋，"我这就起身，啊呵呵呵……"

众人认定眼前的这个女人跟日前的猴壶所引发的骚动肯定有着千丝万缕的关系，于是围拢着阿藤前往对马守的房间。

此刻的对马守正焦急地等待着，画着彩绘的衣服随着矫健身躯的来回走动摇曳着。

对马守眼睛不眨地盯着对面的阿藤问道："你从江户来？"

"我看着像是乡下人出身吗？哼！"

左右的武士怒喝道："休得狂妄！胆敢在我家藩主面前口出狂言！"

"罢了罢了。倒是一位泼辣女子。我且问你，那逃掉的男子是何人？"

"这个嘛……我们在神奈川相遇,然后话说得投机就结伴同行于东海道了,至于其是哪里来的姓字名谁小女子就无从知晓了。"

"这么说你是不认识了?"

对马守稍稍沉思之后突然笑容可掬地问道:"我说这位女子,你可愿意在我手下做个歌女?"

"嗯,人生如歌,若是能用上小女子,小女子愿意。"

"甚好甚好,这样,带这位女子过那边去。"

说着对马守冲手下仰了仰下巴。

丛林白虎

> 此刻左膀袒露着胸口，身上的长衫正随风飘摆。不知何时脱掉的草鞋并排斜插在腰间。这姿态看着倒像是个弱不禁风的病人。

一

把简单的事情复杂化。

这是维持一个空洞的制度、腐败的组织最有效的方法。形式主义与烦琐礼仪也是在这种情形下产生的。

在今天看来是何等滑稽可笑的礼仪在当时却深刻地融入了社会组织中，成为极其自然之事。而在这些看似极其自然的事情中隐藏着的是制度、组织的力量。

比如茶壶。虽然只是将茶壶送到宇治茶匠那里灌满茶叶，然后再送回这么简单的事情，但是在护送茶壶往返于江户与宇治之间的路途中的排场可谓一个了得。每当迎送茶壶队伍经过，但见沿途刀枪林立，一乘轿子行进在道路中央，轿子中端坐的不是什么大名，而是与大名同等地位的茶壶。

"闪开！闪开！"围拢在轿子周围的武士们口上高喊着。

再看众百姓纷纷于道路两旁下跪行礼。

欢送茶壶的队伍第一天到达的是品川松冈屋——一个固定的驿站。

这时石川左近大将的重臣竹田某某回过头来看着众人说道："欢送队伍由此继续向前，如此盛大仪式，可不是谁都能碰到的，大家好好享受吧！"

这位竹田某某，就是石川左近大将为了逃避日光东照宫的修缮工程，而派往柳生藩前去贿赂老家臣田丸主水正的使者。此次正是这位竹田统领着队伍将石川左近大将的茶壶护送至宇治。

此时正是旅行的好时节。

早上七点，一行从位于神田连雀町的石川大将的府邸出发，之后要经历五十三个驿站。每到一个驿站都会有百姓夹道欢迎，都有山珍海味等待着，还有堆积如山的礼品。这一行人受惯了如此礼遇，从来都觉得这是天经地义的。

历经数日跋涉，从大矶来到小田原，也就是到达了箱根前面。这里乃是大久保加贺守所统领之地。这里同样备好了美酒佳肴。

竹田一行在此痛饮一番，待肚满肠肥之后再次起程。过了箱根很快就接近了沼津，这里是水野出羽守的领地。

提起沼津，最有名的就是伊贺越道中双六的歌舞剧和泥鳅羹美味。

这是从品川以来的第十三个驿站。沿着从三岛顺势而下的道路进入沼津后,竹田不禁由衷地感叹道:"左手能看富士山,右手能览田子之浦,真是绝妙之景啊!"

当通过千松原后,一行停下来小憩了片刻。随从们纷纷坐在松树下、石头上欣赏着周围的景色。

而竹田一副悠闲自得的神态一边在轿子旁边的行床上躺下,一边取出烟袋刚想抽上几口。

就在此时,从那排松树对面的茂密草丛中霍地立起来一根如同白色柱子般的东西。此刻懒洋洋的众人都没有注意到这一情况。

"稍作休息,片刻之后就出发啦!"竹田说着敲了敲烟袋,烟灰"噗"的一声被吹落在地上。

二

将自己心仪的人让与他人,恐怕天下再没有比这更令人痛心的事了。

此刻丹下左膳的内心正所谓痛苦难当。一想到在三方子川河口的渔翁六兵卫家中独处着的萩乃与源三郎,左膳心如刀绞。

想到这些左膳不禁有些心烦意乱。此刻左膳的心情与难遂所愿的阿藤的心境是何等相似。

然而丹下左膳弃别红尘的方法却是与常人不同。

"凭我一己之力无论如何都要找到那只猴壶。最初为与吉所盗，而后经小安之手到我手中的那只想必是真品无疑。然而不知什么时候却突然冒出了数只赝品来，现在也不知真品到了何处。看来只有先将所有茶壶全部揽入怀中了。嗯！不论哪个大名的茶壶都戒备森严，看来我左膳手中的濡燕刀要大开杀戒了！"

如此思量的左膳打算一路上只要遇到护送茶壶的队伍便一通砍杀，然后将茶壶夺过来。也只有在砍砍杀杀中左膳才能忘记萩乃——这正是丹下左膳特立独行之处。

被汗水浸透而沾满尘土，已经成了土黄色的白色长衫被磨蹭得几乎成了布条。腰间的几根布条被打了一个结，如妻子般如影随形的濡燕刀斜插在其中。

左膳将单臂揣在怀中，翻着独眼盯着来往的行人。

"不管是哪里的大名，可有护送茶壶者？"

心中焦急的左膳脸上杀气冲天，逢人便眼露凶光地询问。路过的行人见状吓得纷纷快步远远地离去。敢于靠近左膳的只有狂吠的野狗。

"看来我身上带着血腥之气啊。哈哈哈，野狗们再吼叫得响亮些！"

这些日左膳隐遁在一座偏僻的寺庙之中焦急地等待着猎物。

这时赶往宇治途中的石川左近大将的茶壶队伍出现了。

丹下左膳远远地看见道上扬起来一团白色灰尘,不禁大笑:"哈哈,终于来了一个。"

于是左膳脚下加急,一直暗中尾随着队伍。当快到沼津町时,左膳抄小路赶到队伍前面提前埋伏好做好了准备。

名副其实的千松原。千棵松树林立,这对即将开张的左膳而言真是绝妙之所。左膳分开杂草走向松树林,左膳这架势就像要去和老朋友搭讪一般。

这时的竹田也发现了正朝这边走来的长相怪异的独臂武士。

"这是哪里来的茶壶?——不论是哪里的茶壶,尔等是头一桩啦!能否让在下砍下尔等的脑袋一看?"左膳僵硬的脸庞上挤出一丝笑容问道。

说话间依然怀揣左手。

丹下左膳此刻的口吻不像是恐吓,倒像是在哀求。

三

杀气冲冲的丹下左膳。

丹下左膳一到此时就会像变了一个人一样。平日里的丹下左膳就如同炭灰一般,是一个少言寡语,被人指头一碰马上就会散架的,独眼里放出异样光芒的男子。

而此刻的丹下左膳却是一个在腰间悬挂着的濡燕刀催促下急着杀人的嗜血鬼。丹下左膳变为嗜血鬼时的表情是异常奇怪的。

　　只见左膳此刻如蜡烛般惨败的脸上带着一丝冷笑，舌头不停地舔着嘴唇。这表情意味着什么呢？

　　"喂！我可是好不容易才尾随尔等到达这里的，说什么也不能让这把濡燕刀……"左膳说着伸出左手咣啷一声拔刀而出，"说什么也不能让这把濡燕刀白费了啊。"

　　已经砍了无数人的濡燕刀此刻显得杀气逼人。

　　如同晴天霹雳般，竹田不禁倒吸了一口冷气。

　　"大胆野贼！"竹田扔下这句话，也不管左膳转身往载着茶壶的轿子走过去。

　　"要想动武就上来嘛。哼！光天化日、朗朗乾坤，居然在千松原跑出来个妖怪！快滚！快滚！"竹田狠狠地瞪了一眼左膳，迈步就走。

　　只见轿子被左右各三名武士摇晃着抬离地面——这架势就如同抬着主人石川左近大将一般。

　　再看此刻的左膳，一边若无其事地用那只独眼眺望着远处的大海，一边又好像大腿被虫子叮到了一样交替着抬起后脚跟磨蹭着大腿。

　　这时只要轻轻地推那么一把，左膳就会倒下。

　　队伍里一名武士取笑道："这般模样哪里像个武士，连个农夫也算不上啊。"

　　当这名武士经过左膳身边时，伸手一掌就击在了左膳前胸之上。

左膳身子一晃却并不答话。

"喂！要站就站到边上，你这不是挡道嘛！"说着又有一名武士伸出一根指头戳在了左膳后背上，"就这模样还挎着把刀，真是叫人笑掉大牙。"

这名武士伸出一只手从左边推了左膳一个趔趄。"哈哈哈哈，要是挎着把竹刀的话，就可以串鱼肉串儿啦！"说话间又用另一只手将打了个趔趄的左膳从右边推了过来。

"若是名有些姿色的女人在台上挥舞着樱枝倒也有几分看头，一个武士站在这里癫狂，真是令人作呕！"

"现在看着是有些落魄，但是想必以前也是在某个藩主手下干过的吧，真是可怜哪。"

人群中居然有人发出了同情之音。一行人分前后左右穿过左膳迈着乱糟糟的步伐就要走过去了。

这时走在最后的一位黑脸、大嘴巴的武士吼叫道："嘿！浑蛋东西，闪开！"

这武士说着抬脚朝着左膳的腰间就是一脚。

左膳一下子被踢飞了起来，然后咣的一声一屁股落在了沙石之上。坐在地上的左膳目不转睛地目送着队伍越来越远。

漫长的千松原上行进的队伍里闪烁着刀枪的寒光。寒光中队伍嘈杂着在视野里越变越小。这场面如同一幅画一般。

"哼哼哼！"

左膳一阵冷笑，拍了拍身上的沙尘站了起来。

四

　　当队伍正要离开千松原时，只听见最后踢了左膳一脚的那位黑面武士说道："那时我就说不对，我告之是杨桐林的嘛！虽说是养子，但是我觉得也没必要那样客气。哎，不管怎样，终归是人家自己的事情。"

　　黑面武士正同与自己并肩而行的一位四十多岁的同伴聊着天。这位同伴穿着都已经开裂了。

　　突然黑面武士感觉到身后有人，回头看去，只见刚才那个寒碜的丑鬼夯拉着草鞋啪嗒啪嗒地追了过来。

　　"这厮，何时追了过来？"

　　黑面武士咬牙切齿地盯着这位白衣浪人。左膳却是一脸的不在乎，依然毛着腰紧追不舍。

　　"喂！还是算了吧！看你也曾经是个武士，即使如今再落魄，也不要搞这种把戏吧。"穿开裂外罩的武士喊道。

　　"嗨，算了。跟这种人计较什么。我说刚才你说的杨桐林那个事情，他本人到底是怎么考虑的？"

　　这二人撇下左膳，继续唠着家常。

　　"怎么考虑的？哼哼，那我就让你们听听我是怎么考虑的吧！"这时身后的左膳插话道。

　　"滚开！真是纠缠不休！"忍无可忍的黑面武士拔刀而出，刹那间一道白光闪过。

"哦哦哦哦，危险危险！"左膳这才发出声音。这声音不像是恐惧倒像是在发笑。冷笑中，左膳依然怀揣左手。

"拔刀了，拔刀了。一旦刀出鞘，想收回去可就不可能喽！丹下左膳啊，即使你再不乐意，也不得不出手啦。"左膳说着将脑袋探到对方侧面瞅着对方，然后慢腾腾地从怀中抽出了左手。与此同时左膳像是大吃一惊似的打了个哈欠说道：

"啊啊……知道了，想起来了。原来是石川家，嗯，石川左近大将。"

殊不知打哈欠就意味着左膳要开杀戒了。而这位黑面武士自然是不知道眼前的这个丑鬼有何等危险。

"休得狂妄！看我一刀将你劈为两半！"黑面武士举刀便砍。

接下来的事情真是不可思议。

只见左膳只将左手轻轻往左边一挥，腰间便只剩下了濡燕刀鞘。此刻的刀鞘张着黑糊糊的嘴正对着天空，而濡燕刀已经握在了左膳手中。

就在一瞬间，只见濡燕刀刀尖上红光一闪，一条血线便飘落在沙石之上。

再看刚才那位黑面武士捂着肚子倒在了地上已经动弹不得了。原来是肚子被豁开了。

"嘿！快回来，回来！大事不好啦！"穿开裂外罩的武士冲着走在前面的队伍大声喊道。

五

走在队伍最前头的竹田起初听到身后传来的喧闹声并没有觉得出了什么大不了的事情。

"我们还有正事要办。不要吵吵闹闹!"竹田大概认为那只是同伙间的打闹。

这时三两个年轻武士跑到队伍最后查看情况,只见已经有四五个同伴或半蹲在树下呻吟,或在海岸边痛苦地翻滚着。穿开裂外罩的武士跟跄着跑到海岸边,一头栽进了水中,再也爬不起来了。海浪一阵阵地拍打着那张平静下来的脸。

"竹田!竹田大人!是刚才那个枯瘦浪人!"

"不好啦!此人甚是厉害,只瞬间就死了数人!"

"如此刀法实属罕见!"

众人异口同声地惊叫道。——不惊叫倒是奇怪了,要知道对手是丹下左膳。

即便同伴如此大呼小叫,竹田仍然不觉发生了什么大事。他做梦也没想到已经有数个同伴命归西天了。

竹田从前面一声大吼:"不知天高地厚之辈!竟敢惊扰石川大将的队伍,休走,拿命来!"

休走——即使不说休走,未将茶壶得手的左膳是不会走掉的。

被数十人围在当中的丹下左膳一副睡相地手提濡燕刀。

刀上鲜血淋漓。

此刻左膳袒露着胸口,身上的长衫正随风飘摆。不知何时脱掉的草鞋并排斜插在腰间。这姿态看着倒像是个弱不禁风的病人。

竹田若是亲眼看到了自己同伴是如何被斩杀了的话,或许还能采取一些什么手段。但是一直处于队伍前方的竹田并不觉得发生了什么大事。

竹田仍然觉得可能只是同伴们过于紧张而相互间擦枪走火而已。

"竹田大人,不好啦。"

再次听到同伴们惊叫声的竹田抽刀转回身就往队伍后边走去。

"哼哼哼,我本为夺人性命而生,只斩杀数人实在不过瘾!"

左膳这么说着又是一阵冷笑。然后左膳撅起嘴"噗"的一声吹了一口气,原来垂在眼前的头发挡住了视线。

左膳轻蔑地吹弄着额前的头发,根本未将竹田放在眼中。

"我来接小儿去见阎王爷来啦!"左膳一声怪叫,双脚点地"噌"的一声身体横着飞将起来,紧接着一道白光闪过,只听见一声惨叫,竹田被从右肩到左肋劈为两半。

竹田的尸首即刻滚落在了地上。

余者惊恐万状,四散奔逃。

六

一脸怪笑的左膳紧追不舍，紧接着又有一两个人倒在了血泊之中。手中的濡燕刀挥舞得出神入化，而石川左近的手下们东倒西歪地散落在白色沙滩上。

竹田这位头领也倒在血泊之中，哪里顾得上什么茶壶。

天空云彩掩映。精致的轿子斜着停在沙土上。

左膳走近轿子，脸上露出了笑容。这才是左膳想要得到的东西。

左膳挥起手中的濡燕刀三下两下便豁开了轿子，轿子中赫然端坐着一个锦囊，锦囊中套着的正是左膳的猎物——茶壶。左膳用刀尖将锦囊挑了过来。

这就是石川左近大将引以为豪的吕宋岛舶来之茶壶。左膳将濡燕刀插到地上，用单臂和嘴解开了锦囊。出现在眼前的是一只拴着红绳子的茶壶，这与自己所寻找的猴壶相差甚远。

本来就没有抱太大希望的丹下左膳并没有过分失望。

原本打算把往来于宇治的茶壶全部抢到手，这样说不定就能撞到猴壶。如此考虑的左膳到处嗅着茶壶的味道。

现在左膳已经得到了第一只茶壶。

左膳伸手取出随身携带的砚台盒，然后又从怀中取出一个小本子。

只见本子扉页上写着一行歪歪扭扭的字。

收集心愿之百壶
享保某年七月吉日

原来左膳为自己定好了目标,要从大名们的茶壶护送队伍中收集到一百只茶壶。虽然说写的是吉日,但是对于那些被斩杀的人们来说实在不是什么吉日,而是祭日了。

这行字只是左膳的第一次记录。

丹下左膳将本子垫在膝盖上翻开了第一页。单臂在此时显得尤其不便。

左膳将随身砚台盒放在地上,左手执笔,蘸满了墨水写下了又一行字。

石川左近大将之茶壶一个,澎湃海潮为证。
于骏州千松原

写完这句话后,左膳一把抄起茶壶若有所思地说道:

"澎湃海潮……想必这茶壶也想回归于大海之中吧。"

扑通——

说着左膳左手一扬,茶壶便被海浪吞没,顷刻间便无影无踪了。然后左膳头也不回地扬长而去。

左膳深信在收集的一百只茶壶当中必定能遇到真的猴壶。

执迷于茶壶的左膳无论什么茶壶，只要是只壶就想得到。或者说只要用人血喂饱了濡燕刀就可以了。

左膳继续信步徘徊。

七

从东海道道旁的草丛中猛然间跳出个白衣独眼单臂的浪人——一名专门猎杀茶壶队伍的浪人。

这就是人称的丛林白虎。

有人专门抢夺茶壶一事一传十十传百，一时间谣言四起。

"欲过骏河之国，必经宇津之山。茂密丛林中有一修行者。"

这是伊势物语中的一个章节。

若是在宇津之峡谷中遇到的真是什么修行者倒是万幸了。

渡过安倍川再往西走，右手看到的是延绵不断的山峦。这里就是所谓的位于箱根西面的有名的宇津峡谷。峡谷中顺着山势生长着的茂密丛林一直延伸到海岸。

此刻从宇治装满茶叶后，前簇后拥地抬着载有茶壶的轿子来到峡谷的是崛口但马守手下的队伍。一行人正要将茶壶送回江户。

"哼！我们如此多的人马，还怕什么丛林白狐。"这时队伍中大约四十五岁，长着宽大前额的武士说道。

"不是白狐，是白虎。"一人订正道。

"据说不知是哪个藩主的队伍虽然严加戒备，但仍然还是被杀得落花流水啊。冈本能寺大人、井上大膳亮大人等，他们的茶壶都被抢走了啊。而且不光是茶壶被抢，连命都丢了呢！"

"哼！休要长他人威风，灭己锐气！对手也只不过是浪人一个，有何可惧之！"

又有一人虚张声势地说道。

就在这时，身后传来了一个声音。

"越过箱根，就是在下的地盘了。箱根至江户之间是没什么妖怪的。"

这声音如炸雷一般吓得众人纷纷回首张望。只见路旁一位独眼单臂，似笑非笑，妖怪般的浪人正倚靠在一棵巨大杉木树下。

这真是说曹操曹操到！

片刻之后宇津峡谷的山道草丛里已是尸横遍野、血流成河。

丹下左膳的"收集心愿之百壶"账本上又多了一行字。

崛口但马守之壶

于东云、宇津峡谷

已经无从知晓这究竟是第几只茶壶了。

秋元淡路守之壶

于福禄寿、日坂宿手前、菊川

大龙壹岐守之壶

于春日野

藤田大将之壶
……

在抢夺藤田大将的茶壶时,正值空茶壶被送往宇治途中。左膳乘着夕阳掩映下的雾气,混进了茶壶队伍里。于是藤田家世代相传的宝壶自然又落在了左膳手中。

但是距离百壶还有一些距离。

为了忘却恋情的苦闷,丹下左膳大开杀戒。

山野四十里

田丸老人吃惊非小。

「藩主，这女子到底是……若是旅途之上取乐之用也未免太过丑陋了吧。」

一

到达江户城的柳生对马守一行来到了麻布林念寺前的宅院。出得宅院前来迎接的是老家臣田丸主水正。对马守一眼看见主水正便马上开口怒骂道："主水正！你怎能受朝廷指使将一张所谓的秘图封入一只不知名的茶壶，又怎能自己将金银埋于庭院一隅！难道你主水正被人收买了不成？！"

生着一双慧眼的柳生对马守果真是厉害，虽然对马守没有听说朝廷、愚乐、越前守他们所定的计策，但是还是看穿了这其中的把戏。

"藩主恕罪！这全是那愚乐老人所出的主意。加之日光东照宫修缮大限将至，而猴壶却依然下落不明，在此柳生藩生死存亡之际，在下原以为将一些金银埋于庭院一隅然后再假装找到了财宝就可以解燃眉之急了——"

对马守一脸不悦。

柳生对马守自然明白事情正如主水正所言——即使是吉宗将军的主意，所谓的日光东照宫修缮并非目的，引出藏宝才是其真心所在。吉宗将军的本意绝不会是想以一个耗费巨大的工程为名来摧毁一个贫瘠之藩。

柳生自然知道巧妇难为无米之炊，自己当然不能为了一个东照宫的修缮而揭竿而起。

而在危难之时，愚乐老人与大冈越前守替自己想好了对策。

无论对马守是个再怎么刚强要面子的人，此刻也乐得来一个顺水推舟。

"嗯。这也实在是难得了朝廷的一片苦心啊！"一脸苦笑的对马守终于和缓下语气来，"这么说，田丸，真正的猴壶依然下落不明？"

"正是，目前出现的都是些赝品。也不知这些假货是什么时候，在什么地方，又是通过何人之手现身的，至今尚未找到真品实在是令人遗憾至极。在下以为或许这世上根本就没有什么猴壶。"

"嗯？本就没有？"

就在对马守对老家臣怒目而视之时传来了一名女子朗朗的说话声。

"呦，藩主大人原来在这里啊。那位老爷子呢？"

只见一旁的屏风处闪身现出的一名女子走到藩主柳生旁边坐了下来。

主水正抬眼看去，只见眼前的这名女子高盘发髻。阿藤！此时的主水正自然并不知晓什么阿藤。

发髻高盘、发簪玲珑、朱红涂唇的这位女子虽然穿着华丽的衣服，言谈举止却完全是尺蠖横町土生土长的阿藤模样。

这女人嘴里叼着一根牙签进来后也不说话就一屁股坐在了藩主身边。——这真是奇妙的一组组合。

田丸老人吃惊非小。

"藩主，这女子到底是……若是旅途之上取乐之用也未免太过丑陋了吧。"

"呵呵，不是你想的那样的。这只是一名山野女子，我看她会弹唱，就留在了身边做个歌女，绝不是什么妾。放心吧，放心吧。"

二

对马守像是突然想起了什么一样问道："源三郎现在怎样？"

"啊，这个，是这样的……"主水正欲言又止。

"在下多次给藩主的书信中提到过在司马老先生生前，那妻恋坡的道场中便隐藏着不可告人的阴谋。"

"嗯，这个我早已知晓。之后呢？之后怎样了呢？"

"那个阴谋就是要除掉源三郎。那源三郎现在已经消失了有一段时间了——"

分明知道源三郎身处险境，缘何还袖手旁观？所派出去的高大之进等人，还有跟随源三郎左右的安积玄心斋、谷大八等人都干了些什么?! ——主水正以为对马守会这样狠狠地责怪自己一通。

结果没料到对马守却捧腹大笑。

"哈哈哈哈。无须担心。那源三郎可非等闲之辈，加之还有玄心斋这样的老成之人跟随。司马道场的事情交给源三郎是万无一失的。既然是入赘，那就是人家的家务事啦! 若是连这点事情都处理不好，就不是我对马守的弟弟啦。哈哈哈哈!"

听着藩主的一阵大笑，主水正一颗悬着的心这才放下来。主水正感佩于藩主之宽宏大量的同时也感动得几乎落泪了。

对马守仰首向远处望了望说道："究竟会在什么地方呢? 想必源三郎还不知道为兄我已经来到了江户。这三郎若是手脚上功夫再高超些倒也不会发生什么大事。"

言谈之间透露出的是手足之情，对马守回首再次看向主水正。

"不妨猜猜看?"

"猜什么?"

"我想朝廷夜间派人埋在这庭院之中的银两应该只是日光东照宫修缮之银两。想必不在百万两之上，也不在百万两之下，恰好是一百万两。"

"嗯，藩主说的是……不管怎样这都是愚乐老人出的主意。"
主水正终于露出了笑容。

"田丸，让朝廷为我等掏出银两来，真是丢人现世。但想想这朝廷起初是为了套出我柳生藩的钱财。这真是偷鸡不成蚀把米啊。"

主水正听后一愣,一边警觉地看着旁边的阿藤,一边急忙伸手欲制止藩主的话语。

阿藤见状呵呵一笑。

"在我面前说些朝廷的坏话完全没必要遮掩。不管是将军也好,还是那个独眼单臂的浪人也好,若是要论他们的坏话,我倒是想头一个站出来说说呢!"

"哈哈哈,你这个女人哪!"对马守哈哈大笑,然后对主水正说道,"速速告知别所信浓我已到达。"

三

元和二年,德川家康死于骏府,最初葬于久能山,而后不久酝酿移灵之事。当年秋天至次年春天所建之所就是现在的以大猷庙为代表的日光东照宫古建筑群。

这也就是所谓的元和营造。

之后又经过宽永大改造,成就了现今看到的宏伟壮观的建筑。

此建筑之中至今仍然保留有当年宽永大改造时酒井备后守、永井信浓守、井上主计头、土井大炊头等四位老中书连署之文书,还有当时负责改造的秋元但马守的委任状。

改造虽由宽永八年开始,而实际着手是在十一年的秋天,工程历经一年半完成。其间首先建造了一座临时宫殿，之后迁宫，然后拆除原址老建筑，建起了新宫殿。如此浩大工程在短短一年半内完成可谓神速。

其他附属之建筑均为日后所建，其中的宝塔在当时被改建成了石制的。另外据日光东照宫改造记录上记载，以本殿为首的主要建筑为二十三房屋，气势之宏大可见一斑。

名扬天下的水屋前的铜牌坊就是在宽永大改造时由铸造师椎名兵库所造。

单单这座牌坊就花费了白银两千两，今天算来有七八万元[①]。从中可见耗资之巨。

"首先参考着宽永大改造来估算一下费用怎样？"

坐落于林念寺前的庭院中的后书房内，被请来的客人与对马守分宾主落座。寒暄过后，对马守首先说道。

这位客人就是接到对马守的入府通知而匆匆由小石川自己府邸赶来的别所信浓守。

因为所交贿赂银两不多，这位别所信浓守被委任为这次日光东照宫修缮的副手。

临出门前别所信浓守还在抱怨着。

"这真是荣誉，荣誉。倒霉的荣誉。"

不管如何抱怨，也不能违抗朝廷之命令。

---

① 本书初版于昭和八年，即1933年间。此时日本物价较低，七八万元已是天文数字，但具体数额不明。

别所信浓守此刻正哭丧着脸坐在对马守对面。

耗资巨大的修缮工程对于眼前这个面黄肌瘦的别所信浓守来说无疑是千斤重担。又是一个穷人。

若是对马守此刻哪怕是发上一句牢骚,那么眼前的这位同病相怜的别所信浓守必定会将一肚子苦水全部倒将出来。但是因为捉摸不透这位修缮工程的头号冤大头是如何考虑的,所以信浓守也不好说什么。人心隔肚皮,做事两不知,万一说了些不该说的话传到朝廷耳中后果将不堪设想。

对马守也是同样心境。

二人都在暗自揣测着对方的想法,但又都不好挑明。

"被委任以诸侯艳羡之重任,身为一藩之主,实在是同喜同喜,幸甚幸甚。"

"所言极是。在下一度以为承此重任乃实属妄想,未曾想竟能如愿以偿。"

二人均一副严肃表情。

同时二人也在试图从对方的眼神中猜测着各自的真实内心。

"但是——"别所信浓守欲言又止,顿了一下接着磨磨叽叽地问道,"不知对马守准备得如何了?"

别所信浓守说出这句话可是下了不小的决心。

四

准备得如何了……若是无头脑者此时必定会说一切准备

停当了。

老谋深算的对马守在信浓守的追问下以与源三郎同样犀利的眼光盯住对方,一边微笑着一边反问道:"大人您那里呢?"

信浓守闻言不禁低下了脑袋。

"呵呵,我只闻听贵府找到了一个叫做猴壶的茶壶。"

"正是。已经挖出了祖上所藏之宝藏。也就是说——"

对马守说着装作若无其事的样子扫了一眼房间的地板。别所信浓守刚刚被带入这间后书房时已经有所察觉了。

房间地板上如小山一般堆积着两三层用白纸包裹着的看似银币一样的细长物。房间因此一下子显得狭小了许多。

对马守到达的第二天一早便在主水正的指引下来到位于庭院一隅的假山脚下查看。这里埋着的正是将军伸出的援助之手——愚乐老人令人连夜埋下的黄金。

前文已经提到主水正令人在此处铺上青竹,悬挂上稻草,还派人严加看守。

既然已经领会了幕府的心意,剩下的只待挖出金银用于修缮日光东照宫了。

对马守打定主意,打算举行一个庄严的仪式,来彰显此乃祖上在猴壶中所藏之财宝。

斋戒沐浴之后,作为仪式的开端,对马守首先挥起了手中的铁锹。

这就像是现代的剪彩仪式。

对马守手中铁锹刚落地，身穿长袍的田丸主水正立刻致辞言贺。

为了告诉世人，也为了让世人相信这些财宝是从猴壶中发现的，连一风宗匠也被拉到了"剪彩"仪式上来了。

真是煞费苦心。

接下来的第二铁锹由一风宗匠完成。年迈昏花的老人连站立都很困难，更不要说抡起铁锹了。在高大之进等人的帮助下，这第二铁锹宗匠只不过碰了碰手指头而已。

如此挖出的财宝不多不少恰好够日光东照宫之修缮费用。对于柳生而言，峰回路转之时终于来了。

现在房间内的地板上所放置之金银就是挖出来的财宝。毫不知情的信浓守羡慕不已，不禁感慨万分地同柳生对马守商量起具体事务来："那，接下来就要封山了吧。"

话音未落，只听见廊下有人说话。

"藩主——"

只见对面廊下一位侍者伏地禀告。

五

凡是刚愎自用者，必是顽固偏执之人。

这个柳生对马守在平时若是遇到了什么事情，无论谁跟自己说什么，他都会充耳不闻。

更不要说现在正在与别所信浓守商量日光东照宫之要事了。对马守虽然没有将这名侍者赶走，但也皱了皱眉。对马守对侍者的禀告置之不理，继续与信浓守谈话。

"众所周知，从江户城至日光东照宫之间的各驿站、通道、桥梁的修缮，公共之所由幕府直接管辖的官员负责，私有之地由各城主负责，寺院之地由各寺院负责，而我们同时肩负统领监督之职责，必须要做到万无一失、滴水不漏——"

"于欢谈中打扰藩主，请藩主恕罪。"

对马守再次无视侍者的高声禀告，接着说道："自日光东照宫修缮之事落在在下肩上之后，我便通知江户府邸的老家臣，让其通告日光东照宫方圆四十里的各地方、各驿站、各通道提前做好了准备。"

"藩主容我禀告！"

对马守仍然置之不理。

"但是且不要说拥有五石七石之田地的百姓少之，饲养有马匹者更少之。首先我们要考虑的就是搬运物件所需之马匹啊。"

年轻侍者见藩主对自己充耳不闻，也不再说话了。

"这可实在是为难啊。"别所信浓守一脸忧郁地插手沉吟道。

"百姓近年来多穷困潦倒，甚至连粮种都是借来的，有余力者少之又少啊。"

"百姓确实穷乏之至啊。因此在下考虑此次东照宫之修缮，当从方圆各地方中出有余力者。"

"恕我直言。"

"在修缮完成之前，日光山方圆四十里内当严禁百姓出入。封山之举也是有先例的。要在各出入口设置关卡，严加看管。"

"所言极是。一切杂务确实应当分派给各村庄，由各村庄出人出力。"

"嗯。从二十五岁至五十岁之壮年，从十五岁至二十三岁之少年，令各村庄派出人力，我们支付其一些补助及餐饮所需银两。"

对马守一边说着一边思量着工程该如何委派。

"日光山方圆四十里之地应当齐心合力共赴难关。在下以为妇人也应当有所承担之事。令十三至二十岁间的女子每人每月上交一丈布来。"

等得急不可待的年轻侍者高声禀告："藩主！安积玄心斋由司马道场而来。"

对马守闻听此言立即转过身子。

"嗯？什么？玄心斋到了？为何不及早告于我知！"

垂头丧气

在这片光影的笼罩里莲夫人端坐在屋中央。阴冷光影下，莲夫人的脸色如同死人般黯然失色。此刻这个房间成了莲夫人沉思的避难所。

一

女性往往在得不到自己想要的东西时就会将其破坏掉。这可以说是女性的一种本能，就如同女性生气时抓玩偶身上毛发时的心理是一样的。

这就是嫉妒之心在作怪。

六兵卫老渔翁家的女儿阿露飞快地跑出了家门。

外面虽然还是一片黑暗，但是想到天马上就要亮了，阿露也就不觉得怎么害怕了。阿露穿着木屐露着雪白的双脚咔咔作响地疾步行走在下有露水的路上。

比眼前的暗夜更为阴沉的是阿露的内心。

自从被父亲从三方子川中救上来的柳生源三郎在自家养

病以来，阿露从早到晚悉心照料。不知不觉中阿露心中产生了对这位美男子源三郎如同三方子川河水般汹涌的爱恋之情。

阿露已经察觉出此人必定有什么来头。加之源三郎对自己的身份遮遮掩掩，更加重了阿露的猜疑。

但阿露万万没有想到对方竟然是本乡里大名鼎鼎的道场主人之女婿，并且还有一位美若天仙的妻子！

"方才确实是听他们说到本乡妻恋坡的司马道场。"

阿露还在回想着刚才在窗户下听到了谈话。

"但是否已经是妻子了呢？——听二人的谈话好像也不太确定，但可以肯定的是二人都相互倾心。并且这位武士听起来似乎与入赘的道场发生了一些纠葛，还差一点丧了性命。"

阿露将两只袖子捂在胸前，一边加快脚步一边一个人苦闷地思量着。

"看来他们貌似有什么难言之隐啊。我要是去妻恋坡通风报信的话会发生什么呢？"

不知深浅的阿露此刻被嫉妒之火笼罩着丧失了的理智。若是知道了这武士藏身此处，道场必定派人前来将这二人拆散！如此这位美男子就又变成了一个人，或许还能对我产生爱怜之意。

阿露此刻的脑子被这件事填满了。阿露全然没有闲暇停下来考虑若是将源三郎的所在揭发给了道场，会引起多大的风浪，自己又将迎来怎样的命运前程。

在疾步前行中渐渐地能分辨出路上的沙石与土色了。

东方已经露出了鱼肚白,眼看着天光就要大亮。疲惫不堪的阿露叫住了路过的一乘轿子,然后径直走到以一副惊讶之色看着自己的轿夫前。

"父亲重病在身,能否烦劳送我一程前去迎接住于本乡妻恋坡的医生啊。"

阿露急中生智编了一个瞎话。没等轿夫点头,阿露撩起裙子闪身便钻进了轿子。

二

妻恋坡司马道场的空气中依然弥漫着紧张气氛。鸠占鹊巢——眼下司马道场内的情况正如这句成语所言。莲夫人和峰丹波等人被迫屈居于偌大的庭院一隅形成对比,内院被伊贺武士一伙们占据着,并且向对面怒目而视。

虽然少主人源三郎依然不见踪影,但是安积玄心斋、谷大八等人丝毫不惊慌。

"我家少主人源三郎绝不会有什么失误,不久必然会优哉游哉地返回的。"

对此深信不疑的众人因此也毫不担心,依然旁若无人地与峰丹波等人对峙着。

然而就在昨夜⋯⋯

一名独眼单臂的鬼怪浪人突然闯到道场将司马众弟子杀得人仰马翻,完了还将萩乃掠夺而去。起初伊贺众武士还犹豫着到底谁是敌谁是友，等到早上再看，莲夫人与峰丹波像未发生任何事情一样静寂了下来。

"虽还没有过门，但无论怎么说萩乃小姐都是我们少主人的未婚妻啊。怎能袖手旁观！"

伊贺武士当中抱有这种想法的不在少数。然而玄心斋却感觉到其中必有蹊跷，觉得待到明后日左右必然会出现一些蛛丝马迹。此刻若是莽撞行事不见得是什么上策，玄心斋似乎是胸有成竹般地制止了骚动的众人。

话说这司马道场入口处分左右有两条道路，一侧矗立着木板铺地的一所房屋。此乃莲夫人、峰丹波所巢居之所。

另一条道路通往的就是一栋坐落在庭院深处的壮丽建筑——源三郎所率领的众人此刻盘踞于此。

匆匆赶来的阿露慌乱当中走错了方向。

阿露到了道场后一眼便看到了那栋壮丽的建筑。阿露在这栋建筑门前徘徊了好一阵子不知道该不该进去。

"若是此家主人得知了自家小姐于昨夜晚间偷偷跑出去与现居住于我家的年轻武士幽会的话，会不会引起什么骚动呢？嗯，不引起骚动倒是奇怪了。"

一想到萩乃与源三郎卿卿我我的情景，一股嫉妒之火不禁袭上心头。阿露一咬牙穿过庭院中的树木直奔后院。

时间已经是用完早餐的时刻了。

如同下了一场金色的细雨一般,朝阳透过树木的缝隙洒落在阿露肩上,呈现出一片跳动的斑驳。

幸好途中未被人发现,阿露很顺利地来到门前,然后哈腰低声问道:"请问可有人在?"

"谁?!"

在席子上摆出个大字形正酣睡的谷大八被惊醒了。

三

说话时摇头晃脑是谷大八的一大特征。

此刻的谷大八晃着脑袋问道:"这是从哪里来的姑娘?"

"小女子乃是葛饰三方子川河口处渔翁六兵卫之女阿露。"

"嗯?渔翁之女来此做甚?是谁放进来的?跟门卫说过了吗?"

"未曾有人阻拦于我。我是来通告贵府一件不得了的事情,昨夜晚间贵府小姐前去幽会源三郎。"

"嗯?幽会源三郎?源三郎现在何处?"

"这二人此刻正卿卿我我、促膝而谈,那情景让人羞于看到。"

"这女子还是从头说起为好。你不是说你是什么渔翁六兵卫之女吗,也就是源三郎此刻住于你家中?"

"正是。自从被我父亲从河中救起就一直住于我家寒舍之中。"

"是吗?!"

谷大八双手紧紧地抓住膝盖说道:"也就是说昨晚一名叫

做萩乃的女子去见了源三郎？"

"正是。是被一名独眼单臂，看起来甚是吓人的叫做丹下的武士带过去的。"

闻听此言，谷大八霍地站起来大声喊道：

"玄心斋，还有其他众人！少主人有下落了！"

话音刚落，在一旁房间内的众人在玄心斋的带领下蜂拥而至。

"什么？我说的嘛，少主人肯定没事的嘛。有伊贺……勇夫之称的少主人怎会中了峰丹波等人的奸计！真是可喜可贺，我们这就去迎接！"

"对！这就去迎接，去迎接！"

此刻前来通风报信的第一功臣——三方子川的阿露在众人眼中成为了幸运女神。

"一名弱女子一早大老远地赶来真是辛苦！快！快进来！"

"嗯，这可是我们的大恩人哪。不可慢待。快拿来蒲团！再沏一杯茶水来！"

"虽是一杯粗茶，如不介意请慢用。"

众人毕恭毕敬。

被眼前架势弄得满头雾水的阿露被不由分说地拉进屋中坐下了。

原以为自己的通报必定会引发一场不小的骚动，未曾想眼前发生的事情与自己的预想大相径庭。众人此刻感激得几乎要热泪盈眶了。

"事不宜迟,应当立即出发前去迎接源三郎与萩乃小姐回来。少主人回来后一定会告诉我们下一步该怎么办的。阿露小姐,我家少主人在此之前是否一直在你家中休息的?"

阿露看着玄心斋、谷大八等五六个人匆匆离去的身影茫然若失。

四

人们往往在事不如意时会在无助感的驱使下回归本心。

此时的莲夫人便是如此。

从已故司马老先生还在世时起,莲夫人就与峰丹波勾结在一起,谋划夺取道场。然而不仅在此后的一系列行动中出现了诸多失误,而且自己的心情也有了一些波动。

首先是对前来道场与自己名义上的女儿成婚的伊贺狂徒产生了爱慕之情。莲夫人既想占有道场,又想拥有源三郎。正因为如此,莲夫人丧失了本来该有的锐气。这也是让峰丹波急躁不安的原因所在。

峰丹波可顾及不到莲夫人与柳生源三郎之间的所谓爱恋。令峰丹波最为不悦的是其夺取柳生藩传家之宝猴壶,挤走源三郎的如意算盘从一开始就遇到了麻烦。

峰丹波始料未及的是这些麻烦产生的源头就在于莲夫人对源三郎的一见钟情。

在房檐下繁茂树枝的遮掩下，虽然时值中午，但是房间内却是一片阴冷的光影，甚至看不清楚铺在地上的席子的条纹。

在这片光影的笼罩里莲夫人端坐在屋中央。阴冷光影下，莲夫人的脸色如同死人般黯然失色。此刻这个房间成了莲夫人沉思的避难所。

"虽不见死尸，但其也难逃此劫。"

对原本应该是自己敌人的源三郎产生了爱恋之心。而在这颗爱恋之心还含苞待放之时，自己就同峰丹波二人策划了这条谋害心仪之人的计策。若这条计策有了什么结果倒也罢了，而现实是那源三郎不知死活。

这个让人既恨又爱的源三郎！

"与峰丹波几次三番定下计谋欲除之而后快，但是每到关键时刻自己都因为心软而罢手。"

最终还是诱骗其跳下洞穴，引来三方子川河水将其水淹致死。

想到此莲夫人不禁打了个冷战。

"啊，我做了一件多么令人可恨的事情啊。"

而后又突然冒出个白衣浪人把道场搅得天翻地覆，不仅坏了峰丹波的好事、斩杀了数名弟子，而且还将萩乃掳走而去。

——这些事情就如同天国异梦一般。莲夫人此刻对此毫不在意，胸中充满的是对源三郎的愧疚之意。

"什么荣辱得失都无所谓了，只盼着源三郎能活着回来就好了。"

什么司马道场、峰丹波，此刻这些都被莲夫人远远地抛在了脑后，只顾着一个人消沉懊悔。

莲夫人甚至觉得萩乃被那单臂浪人掳走与自己也都没有什么关系了。

这房间外走廊上的木地板乃是在已故十方斋老先生的真传之下修缮而成，颇有一番玄机。走在这个廊下，无论你如何蹑足潜踪，只要脚踩在木板上就会发出黄莺鸣叫般的悦耳声音，因此不用担心有人偷听。

就在莲夫人紧咬牙关思绪万千之时，忽听廊下想起来了"黄莺"啼叫之声。

"那边是谁啊？"莲夫人声音中带着一丝不快，"到底是谁啊？！"

五

"谁？"

回答莲夫人的只有地板的吱呀声。

莲夫人不禁心生紧张，起身一把拉开了门扉。

丹波——峰丹波正走在廊下。

莲夫人抬眼只扫了一眼峰丹波便吓得惊叫起来。

只见峰丹波正面无人色地右手提着大刀伫立在廊下。

"啊！你！你意欲何为？！莫非要杀我不成。"

峰丹波并不答话，一边呼呼喘着粗气一边问道："在哪里？在哪里？！"

说话间峰丹波一双犀利的眼睛在屋内扫视了一遍。莲夫人看着此人杀气腾腾的，知道事情非同小可。

"在哪里？我刚刚在庭院中确实听到了那家伙的声音！"

"你说的是谁？"

莲夫人被眼前手提利刃的峰丹波吓得体如筛糠，忽然想到这峰丹波会不会是疯了。

但看着又不像……峰丹波手提大刀目不转睛地盯着莲夫人问道："方才你可与什么人在此密谈？或者跟什么人在说话？"

"与何人密谈？！丹波说哪里话，这房间里始终只有我一人。"

莲夫人并没有意识到方才自己都将胸中藏着的话自言自语地说了出来。

不知不觉中天色已近黄昏。

夏日的黄昏使人感到莫名的不安与狂躁。夜色如浪潮般一股股袭来。这时忽然山坡下不知谁家传来一阵紧凑的梆子声。

丹波对莲夫人所说的话将信将疑。这时一听到这阵梆子声，他又紧张地挥起了大刀："怪哉怪哉！刚才传来的是不是源三郎那个伊贺狂徒的笑声？"

莲夫人吓了一跳，笑着说道："呵呵呵，怕是佛祖神仙在笑呢吧。是你太过紧张了。"

"嗯，或许真是我太过紧张了吧。不过，夫人，你说那丹下左膳将萩乃小姐带到何处了呢？"

"愿意带到哪里就带到哪里呗。不要再理会那件事了。此刻我只觉得胸闷难耐。"

"哈哈哈哈。你把自己独自一人关在此处怎能不胡思乱想呢。何不到那边去？"说着丹波伸手去拉莲夫人。

莲夫人紧随着丹波通过走廊走向道场。

西边的天空在残阳的映射下变得一片通红。夏日的晚风带着摇曳的树影拂过庭院，吹干了白昼里人们额头上的汗水。

只见一人正站在庭院当中手提水桶，一只手正用勺子往花草及石灯笼脚下洒着水。此人身穿麻布衣，一边浇水一边嘴里还唱着什么歌谣，一副悠闲自得的样子。

就在此时这位正在浇花的年轻武士一回首，与走来的峰丹波和莲夫人正好打个照面。

丹波与莲夫人看到这位年轻武士那张苍白的脸不禁大吃一惊。

街头舞蹈

> 二人转过夕阳照射下的拐角,消失在通往浅草的方向。围观的人们久久伫立在原地目送他们的离去。

一

位于涂师町松平越中守的宅院从前到后都被围墙圈着。

此刻,涂师町的街道上人头攒动。

怀里抱着剃成光头的孩子的妇女、脚蹬草鞋的木匠、裹着头巾的老人、穿着补丁摞补丁汗衫头戴斗笠的浪人⋯⋯

各色人等围成一个圈不知道在看着什么⋯⋯

酒家前派送用的酒壶滚落在地上。一只野狗误以为是油壶,正在周围嗅来嗅去。

这就是典型的江户街景之一。

若是在冬天还能看到派送酒壶的酒童。

而此刻正时值夏日。十二三岁正是喜欢打闹年龄的酒家的酒童披着写有"三河屋"字样的汗衫,敞着怀,大声嚷嚷着。

"嘿！畜生！哭闹些什么！"

三河屋的酒童一边透过人群往里张望，嘴里一边毫不顾忌地吵吵着。

然而人们拥挤得密不透风，这位酒童根本看不到里面什么情况。

街道上叫卖声此起彼伏，也听不清人群里到底是谁在哭闹。

"对面的菩萨啊，你显显灵告诉我吧，我一定会报恩的。"消失了些时日的小安的哀求声在此处又响起来了。

小安一个人站在人群中央大声哀求着……久违了的小安此刻的装束实在有些怪异。

只见小安穿着一件四五十岁的街头混混才会穿的一件蓝色竖条纹上衣，还特意在腰里缠着一条围巾，然后打结在屁股上显得身型又小又瘦，肩上还披着一条毛巾。

手头宽裕的与吉就经常这副打扮穿梭于驹形与浅草之间。此刻的小安倒像是缩小版的与吉了。

这副奇怪打扮的小安手里一边敲着鼓一边和着鼓声说道：

"各位路人，儿行千里母担忧说的是母亲思念儿子的迫切心情，而失去爹娘的孩子同样是思母心切！思父心切！俗话说生前不孝父母亲，清明何必祭扫坟，而我从生下至今都不知道我的父母亲是谁，长得何般模样……这里的小美夜也同样不知道自己的生身母亲身在何处……我只知道我父母亲是伊贺国柳生藩人，各位路人若是有谁有何线索，还请告知于我，我小安将铭记您的大恩大德。好了，这大热天的，开场白有点长。美夜太夫！小美夜！要开演啦！"

"嗯，好的。"

站在小安身旁的小美夜浅浅地笑着回答道。

如此盛夏里仍然穿着长袖套衫的小美夜盘着头，头上的簪子悬吊着的链子随着小美夜摇晃着的可爱的小脑袋左右摇摆着。小美夜红扑扑的小脸挂满了汗珠。

"嘿！这一对小夫妻……"

"虽说是穷日子，过得可真是舒心哪。"

人群中议论声四起。

二

所谓的开演其实就是小美夜和着小安的鼓声翩翩起舞来表达对父母的思念。

随着小安的一声旁白"对面的菩萨啊"，只见小美夜歪着娇小可爱的小脑袋，左手拈起右边衣角，伸出右手食指指向对面。

看着这两个天真的孩子，周围的看客们都深受感动。

随着小安的又是一声旁白："我恳请您。"一边说着小安还抬起手做出拍了拍菩萨的空手势。然后在接下来的一句："告诉我吧"的旁白下，小安双手合十躬身施礼。

"菩萨啊，我这就给您献上馒头孝敬您。"

随着这声旁白,小美夜忙不停地做出揉面、包馅的动作。两人忙得不亦乐乎。

"喂,小姑娘,也给我来个馒头!"

"这二人无依无靠的,甚是可怜啊。"

"演的还真是有模有样的呢。"

"好孩子,看到了吗?你看这位小哥哥和小姐姐无父无母多可怜啊。现在知道有妈妈抱着是多么幸福的一件事了吗?"

众说纷纭。

二人说唱渐入佳境之时,小安不由得触景生情,语气中夹带着哭腔唱道:

"父亲啊,你到底在哪里。母亲啊,你到底在哪里……"

"真是惹人烦,唱就唱吧,哭什么!"

"这说的是什么话。没有一点同情心。要是你自己失去了父母呢?谁会没事站在这大街上现眼啊,还不是为了找到自己的父母啊。"

"是啊,是啊!如此不通人情之人愧为江户人!呦,这不是伊贺的败家子嘛。我说你也难以了解眼前这两个孩子的心情的嘛!真是玷污了这一方土地。无恶不作的东西!"

眼见着一场群架就要开始。

这时随着小安的一声"菩萨啊你真让人着急",小美夜一边双手捂在嘴上,好像在说:"一尊菩萨石像何时能开口啊。"一样,一边摆动衣裙身体痛苦地扭曲着……二人的演出到此结束。

随着小安也偃旗息鼓。

"各位看客，或许今天的观众当中会有那么一两位无恶不作，让父母操碎了心的不孝之子。但是我想多数人都会为我们的歌舞所打动的。你说是不是，小美夜？"

"是啊，是啊。"

不管小安说什么，小美夜都会帮腔搭势。

看着众人一片静默，小安又抬高了嗓门喊道："各位路人，各位乡亲！我与小美夜唱也唱了，跳也跳了，为何大家看着无动于衷呢？竟然没有一个人施舍哪怕是一个铜子儿？！一文不嫌少、十两不算多，大家伙快可怜可怜我们吧。"

三

"哈哈，原来还是为了敛财才在这里又唱又跳的啊。"

小安闻听此言不禁怒火中烧，握紧了小拳头，仰起小脸说道："无须表扬，快快投钱吧！喂，那位老板缘何到了收钱的时候就想要偷偷溜掉了呢？吝啬鬼！"

虽然话语极其刻薄，但到了小安嘴上听起来却是十分可爱。一时间一枚枚钱币噼里啪啦地从周围纷纷投了过来。

"不要就这么满地乱扔啊。能不能用纸包上啊，这可不是什么香火钱。"

小安手里抓着一把钱币在小美夜耳边哗啦哗啦地摇了两下说道：

"小美夜啊,你看有这么多好心人给我们钱,还不快谢谢大家。"

"是啊,真是太感谢大家啦。"

一边说着,小美夜一边害羞地低下了脑袋。

这时小安跑到街道旁边接雨水的大桶角落里,将毛巾铺在地上,开始一枚枚地数钱。

"一枚、两枚……"

小安数着数着忽然回首朝着看热闹的人们喊道:"还是不够我们这一天的辛苦钱啊!各位好心人再给一些吧。我说那位老爷爷啊,你看起来像是位做茶叶生意的,我看您揣在怀里的手一定捏着钱袋绳子吧?您只要将您怀中的钱袋稍稍松松口就可以了啊!"

被小安指名点姓的这位老者苦笑了一下,将揣在怀中的手伸出来又递给了小安一些银两。

众人见状不禁哄堂大笑。

夕阳拖着长长的影子爬上松平越中守宅院的围墙上。晚风吹过榉树树梢,给这个闷热的夏日黄昏带来了一丝凉意。一些人家早早地就掌上了灯,齐腰高的窗棂纸上"噗"的一声映出了商号名字。

这就是江户令人眷恋不已的夏日黄昏。

"好啦好啦,散啦散啦。今天的演出到此结束啦,不要再站着了。明天还会在这里看到'十字路口的菩萨'的演出的,欢迎各位带着朋友前来观看,多多益善,多多益善……好啦,小美夜，咱们回去喽！作大爷和泰轩先生还等着我们呢。回龙泉寺大杂院喽！"

"嗯！"

长袖飘飘的可爱小姑娘与小大人般的小安手牵着手渐渐地离开了这个街道。二人转过夕阳照射下的拐角，消失在通往浅草的方向。围观的人们久久伫立在原地目送他们的离去。

这时有人嘎嘎乐着说道："大概是兄妹吧？"

"嗯……不像。据说这个能说会道的小男孩为了找寻自己的亲生父母，这样叫卖转遍了整个江户城啊。"

"但是那个小姑娘不也没有母亲的嘛！"

"不论怎样这二人真是亲密无间啊。真希望他们二人长大了也能成为夫妻啊。"

前来迎接的轿子

> "作爷爷还是要走?"
> 身后的小安与小美夜声嘶力竭地喊道。
> 作阿弥环视了一眼大杂院的人们说道:
> "长久以来,承蒙关照了。"

一

"小美夜,今天实在是过意不去,让你从早到晚跳了一整天,累坏了吧?"

"没有,不累的。"

"脚疼不疼啊?"

"嗯,稍稍有些疼,但不碍事的。"

"真是可怜啊。本来正是天真无忧的年龄,我却拉上你一起站在街头卖唱。"

听小安的口气,像是一个大人在安慰一个孩子一样。

天真无忧的年龄……自己又何尝不是呢?小安将一只手斜插在蓝色布裪怀中,装出一副大人模样。

此刻的毛巾被小安叠了两叠披在肩上,腰间仍然缠着白色棉布腰带,随着步伐上下蠕动着。

因为小安身上穿的是一件紧身和服,所以在走动间大腿若隐若现。这副打扮真是煞有介事。

只是一张孩子脸把这副严肃端正的姿态全给打乱了。如果脸上再有道刀伤什么的话,那这套行头就是绝配了。但也正因为如此,在哀求菩萨时才能显现出其可爱娇小之处。

小安一边一只手牵着小美夜,一边说道:"嗯,这样今天晚上泰轩先生就能美美地喝上一杯酒啦!"

"小安哥哥……"或许是受了小安的影响,小美夜也以大人般的口吻说道,"我现在每天跳舞说唱到了那个地方就忍不住要哭——你看啊,只要一说到'我的父亲在哪里我的母亲在哪里?'再加上做出到处找寻的动作我就马上感同身受,忍不住地想掉眼泪。今天眼泪就在眼里转了好几个圈。"

"我也是,一到了那个地方就控制不住,而且还有些不好意思呢。但是想想这世上还有谁比我们命运更悲惨的呢?"

小美夜用小手紧紧抓住小安的手接着说道:"哦,对了。为什么要说这样伤心的话呢?我又有点想哭了。"

"我不想说这些伤心的话啊,但是现实就是这样的啊。好不容易有这么一个武士收留了我这一个要饭的,本来我想着好好孝顺孝顺一下他老人家的,结果父亲却被埋在了洞穴之内,而且还被河水给淹了。即使是再强悍之人也无力回天了啊。不过至今也没有看到尸首——说不定我父亲安然无恙呢。"

就这样二人趿拉着草鞋并肩走向龙泉寺大杂院……

街道上的一家酒馆里突然响起了小安清脆的说话声。

"喂！酒家！拿一斤酒来！想想还有人在等着喝酒呢，我可不能空着手回去。"

二

一乘印着柳生藩标志的轿子停在了大杂院作大爷的家门前。

彪悍的轿夫们一下子充满了大杂院狭窄的过道。只听见轿夫们大声吆喝着：

"嘿！躲开躲开！"

"嘿！小毛孩子手脏得要死，不要碰轿子！"

轿夫一声怒吼，直吓得刚要上前用手触摸装饰得华美艳丽的轿子的三岁男孩儿号啕大哭。

一名妇女急忙上前抱起孩子责问道："冲孩子吼什么吼！孩子又没有错！"

大杂院里围观的人们纷纷帮腔道："来到大杂院就要老老实实的！不然你们回去之时抬着就不仅仅是一乘轿子了，轿子上会多出一尊石头佛像来的！"

"不管是从哪里来的大名，这里是大杂院的领地！说话当心点！"

"休要逞强！不要以为自己有什么柳生刀法便不可一世，想找碴的尽管上来！"

一时间剑拔弩张。

轿子中的田丸主水正听见外边的对骂声挑帘笼往外张望，只见一间四四方方的屋子出现在眼前……

"……事情就是如此，所以一定烦请您老人家到林念寺家宅一趟。没想到一代神马雕刻名师作阿弥竟然隐姓埋名居于此处啊……"

就在主水正不停说话间，作大爷却是一脸的迷惑。作大爷年迈多病，身体一天比一天衰弱。虽然时值盛夏，但是作大爷身上仍然穿着补丁摞补丁的无袖棉长衫，作大爷一边伸手用长衫盖住双膝，一边颤巍巍地问道："我听不明白您所说的是什么事情。我只知道我是叫做作大爷的一个不起眼儿的老头……"

诚惶诚恐的作大爷像是想求得帮助一样，眼睛看向了一旁。

"不要再躲藏啦！这可真叫人为难啊。"

田丸主水正顺着作大爷的眼睛看去的方向望去，只见旁边稳如泰山端坐着的正是这大杂院的主心骨蒲生泰轩先生。

泰轩先生看着两人同时看过来的脸庞不禁哧哧一笑：

"呵呵呵。"

"我可是骑虎难下啊。柳生藩的这位使者，你眼前的老人已经说了自己只不过是大杂院的作大爷。纵使你再费口舌也没有什么用了啊。我劝你们还是快快回去吧。"

"这说的是哪里话！方才我已经说了我此行的目的，莫非我这老家臣还能搞错不成！我家主人柳生对马守此次奉命修缮日光东照宫，想给后世留下一些传世之雕刻，同时也是为了慰藉祖宗之神灵，所以才派我前来迎接神马雕刻大师。"

"嘿嘿嘿！这是干什么呀，快闪开快闪开！小安与小美夜回来啦！……咦？这是从何处来的轿子？"

门口传来了小安的说话声。

三

田丸主水正仍不死心。

"众所周知，日光山十宝之中首推本坊轮王寺内所藏开山上人之杰作木尊药师佛。"

就好像眼前看见了这尊佛像一样，主水正恭恭敬敬地深施一礼。

"开山上人谥号胜道，姓若田氏，芳贺郡生人，乃是日光山开山之祖。千百年前也就是延历三年开山上人于二荒山之腹地发现一株桂树古木，开山上人在原地将其雕刻成为一尊千手佛像。"

"怎么？这是要开龛吗？这位老爷爷莫非是位蓄发和尚？"

不知道什么时候小安手里牵着小美夜走了进来，然后靠着墙并排与小美夜坐了下来。

"这家里是不是发生了什么事情？门前居然来了顶富丽堂皇的轿子，屋里严肃地好像在讲经诵佛一般。作爷爷、泰轩先生，这到底是怎么回事？"小安转动着浑圆的小眼睛来回看着作大爷与泰轩。

但是这二人谁也没有搭话，连看都没看小安一眼。

屋内紧张的空气令人呼吸紧迫，人们甚至没有注意到小安与小美夜的到来。

令人意外的是本家主人作阿弥大爷一改平日之昏沉的模样，在今天猛然间变得双眼发亮、神采奕奕。

平日里一副病态的作大爷听到主水正说到此处突然挺直了腰，如梦方醒般打破了沉默。

这个形象已经不是大杂院的什么作大爷所该有的，而是闻名遐迩的木雕名家作阿弥所本该有的形象了。

"你所说的开山上人之名作药师佛并非是在二荒山上的一株立着的树上作的雕刻。而是之后将那棵树运到歌之滨后雕刻而成的。不过确实如你所言，那的确是一件传世之作。"

一旁的泰轩先生无声地点了点头。

田丸主水正却因为被人戳穿而陷入了沉默。

小安与小美夜看着一反常态的作大爷不禁吃惊得不知所措。

"日光山中确有弘法大师之不动尊御木像，不过那是寂光寺之宝物吧？"

"正是。"

主水正点头称是，然后接着说道：

"此外还有慈眼大师之铜质诞生佛、释尊苦行之木像与入涅槃像。这些都是稀世名作啊。"

"嗯，在下也有耳闻。我作阿弥有生之年若有幸看到这些宝物哪怕一眼，也算圆了今生之愿望啊。"

"是是是，作阿弥老先生不仅应该亲眼目睹这些宝物，更应该亲手雕刻出一匹传世之神马雕像与这些宝物并肩流芳后世才对啊。作阿弥老先生，前来迎接您的轿子已经停在了门外。"

四

"果真是我家柳生藩主英明啊。请出世之高人留下传世之作，使本次日光东照宫之修缮更具意义。不仅仅是作阿弥老先生您的神马，我家柳生藩主的美名也将流芳百世啊。"

主水正趁热打铁想打动眼前这位作大爷。

而作阿弥老人却一直闭着眼睛，端坐着一丝不动。这位老人虽然干瘦弱小，但是其身上所隐藏的绝技却散发着神秘的气息，飘满了整个房间。

"请我雕马流芳百世……"

紧闭双目的作阿弥一字一句地说着，忽然睁开眼睛看向泰轩先生。这二人之间仿佛存在着默契一样，泰轩马上领会了作阿弥的意思。

"去或不去，全凭自己决定，我爱莫能助啊。"

"作爷爷要去哪里？"

小美夜紧随着小安的这句追问，不无担心地问道：

"我不要作爷爷离开我们！"

作阿弥又一次睁开眼睛瞥了一眼两个孩子。

让这位体弱多病的老人远赴日光山，放出生命里最后的余晖，将自己的毕生精力倾注于神马的雕刻上。待到作品面世这位作阿弥老人的生命也将燃烧殆尽。

若是答应了对方的请求，就意味着自己将要踏上的会是一条死亡之旅。

就连小美夜与小安也预感到了此行将是永别——

作阿弥陷入了沉默，一时犹豫不决。

突然泰轩打破沉默，像是想起了什么事情似的冲着主水正说道："话说回来，你是从哪里得知作阿弥隐遁于此处的？你又是怎样识破所谓的大杂院的作大爷就是作阿弥的？"

主水正稍微迟疑了一下后说道：

"我家柳生对马守计划在日光东照宫大殿前安放神马雕刻，提起马匹的雕刻，那当然首推闻名遐迩的作阿弥了。但是怎奈一代名师作阿弥不知隐居于何处，虽然派出人马四下寻找，依然是杳无音讯。正当在下欲放弃时，却忽然听人说这大杂院里的作大爷正是作阿弥老先生。"

这时，小安突然插话进来。

"作爷爷！作爷爷只是作爷爷对吗？只是大杂院的作爷爷！不是什么雕刻大师！"

"嗯！正是！我确实只是大杂院的作爷爷！"

作阿弥含笑附和道。

"田丸先生……我确实只是大杂院里的作大爷。我也只有做大杂院里的作大爷才能安度晚年。老朽万分感谢你们的一番心意，但是这次老朽只能拒绝你们了。而今老朽已经拿不动斧头啦！"

"且说这事情的原委是怎样的？"这时，泰轩又向主水正问起。

五

"大冈越前守……"

田丸主水正简单扼要地叙述了事情的来龙去脉。

原来是南町大冈越前守偷偷告诉了柳生藩大杂院里所居住的作大爷正是稀世之雕刻名匠……

听完事情原委的蒲生泰轩不禁双眼放光。

"嗯，只要是江户城发生的事情，无论大小都逃不过他那双顺风耳啊。哦，原来是他给你们通的风报的信啊。"

泰轩颔首自言自语道。

但是忠相又是如何知道作大爷的身世的呢？又怎么会将这个消息传达给柳生藩呢？这些都在泰轩脑海中留下了一串大大的问号。

事实确如泰轩所言，大冈越前守就像是在江户城上空挂上了一面镜子一样，虽然不是事事尽知，但是识破隐遁于大杂院的作阿弥对于大冈越前守来说却不是什么难事。

而此次对马守为了修缮日光东照宫撒出人马四处搜寻作阿弥一事,自然也没能逃过在江户城里网罗密布的越前守的眼睛。

或许越前守是有意暗中帮助被猴壶搅和得焦头烂额的柳生藩主也未可知。

收到这一消息的对马守喜笑颜开,立即派遣老家臣田丸主水正连夜用轿子去大杂院迎接一代雕刻大师。

但是未曾料到无论主水正如何行礼恳求作阿弥出山,眼前的这位作大爷就是不买账。

其实在主水正的恳切哀求下,作阿弥的内心里隐藏着的艺术火焰曾在一瞬间重新燃烧了起来。但是作阿弥转念又想到,如果自己离开了大杂院,那眼前的小安与小美夜该怎么办?托付给泰轩倒也放心,但是一想到与自己心爱的这两个小家伙分别,作阿弥的那颗刚刚燃烧起来的艺术之心像是被浇了一盆冷水一样立刻冷却了下来。

此刻泰轩先生低着头一语不发。

小安与小美夜分左右依偎在作阿弥膝盖两边,皱着八字眉,仰着小脸盯着作爷爷。

这是一个燃烧的艺术之心与挚爱、生死相碰撞的十字路口。

如磐石般岿然不动的作阿弥微微张了张嘴,看着主水正说道:"大冈……大冈越前守啊。嗯,前些时日大冈越前守还曾亲自接见了小美夜,那时小美夜还拜托越州守……"

话到此处,作阿弥像是猛然想起了什么一样急忙说道:

"嗯！想起来了！——正有一事相求。眼前的小安乃是贵藩生人，但是至今尚且不知自己的生父生母在何处。这苦命的孩子孑然一身来到江户也是为了找寻那自己未曾谋面的父母。今天正好相求于田丸先生，能否借贵藩之力找到小安的父母啊？"

六

"若是同一个伊贺，必有人知晓小安父母的下落。只要在藩中撒下人马打探，找到些线索应该不是什么难事。"

听罢作阿弥的话，主水正吃惊地看着小安接着说道："哈哈哈，这孩子原来是伊贺人啊。哈哈哈哈，现在看来这孩子眉宇之间确实透露出一些伊贺武魂啊。嗯，越看越像，确确实实是伊贺人啊。"

小安听见主水正这么一说像是突然想起了什么一样盘腿往地上一坐说道："哼！真是可笑！满嘴说些奉承话，是为了请作爷爷出山吧？哼！我们才不上当呢！"

被人正中要害的主水正尴尬地用手拂过脸庞。

"呵呵，辛辣，真是辛辣之言啊。我一听见说小安同是……伊贺人，就不禁有些怀念伊贺……"

这时，只见作阿弥像是作出了什么决定一样将膝盖转向主水正说道："在下有一事相商。若是你能保证帮助找到小安的父母，那么我作阿弥就立即出了这大杂院跟你们走，任凭你们安排，万死不辞！"

主水正听罢击掌说道："嗯！这么说就是交换条件啦！也就是说只要我答应帮助寻找小安的父母，那么作阿弥老先生就能立刻跟我们前去日光山了？明白了，我必定竭尽全力找到小安的父母！"

泰轩从一旁搭话道："这么说作阿弥老先生，您是已经决定为了小安要出山前往日光山喽？去或不去都是您一人作出的决定，可并非我泰轩的意见啊。"

小美夜此刻也由衷地希望能够找到小安的父母，但是一想到马上要与作爷爷分开不禁伤心地抽泣起来。

然后小美夜又破涕为笑，用两只小手摇动着作爷爷的膝盖说道："作爷爷，若是为了小安，就是再悲伤再寂寞，小美夜也能忍耐。作爷爷去日光山雕刻去吧！"

说着小美夜又抽泣起来。

小安眼里充满着感激之色，对着作大爷说道："作爷爷，使不得啊。虽然作爷爷是为小安着想，但是作爷爷要是走了，小美夜就会变成孤零零一个人了。不用担心我父母的事情，请作爷爷也不要理会什么日光山的事情！"

作阿弥轻轻推开小安和小美夜左右抱过来的四只小手说道："田丸先生，外面可是停着前来迎接的轿子？"

说着作阿弥一下霍地站了起来。

"泰轩先生，长久以来承蒙关照了。这两位孩子还要拜托给泰轩先生照看啦。"

"如此也太快了吧？莫非这就要出发？好吧，明白啦。其他的事情你莫要担心。只要田丸先生答应了，我想就能很快找到小安的父母了。至于小美夜，我会像照看自己的亲生女儿一样照看的——"

七

心境之变，瞬息之间。

比如司马道场的莲夫人。

近日莲夫人倍感身体虚弱、寂寞难耐。

这也难怪，莲夫人自己将源三郎置于死地，却又对其割舍不断。自己所设计的阴谋与对源三郎的牵挂之情在莲夫人胸中交叉碰撞、跌宕起伏。莲夫人内心的苦闷可想而知。

正当莲夫人撕心裂肺般地下定决心刚要忘记源三郎时，却猛然间看到源三郎却正悠然自得在庭院之中给花木浇水！

泰然自若的源三郎就好像从来没有离开道场，依然平淡地过着每天一样……

涩江村的火灾……陷坑……莫非这些都是在做梦不成？

莲夫人惊吓得失声叫道："啊！！这不是源——"

莲夫人话至半截又咽了回去，紧张地拽住站在一旁的峰丹波的衣角。

峰丹波与莲夫人此刻如石雕泥塑一般伫立在廊下……灵

魂出窍大概就是此刻他们二人的真实状况吧。

丹波站在原地呼呼喘着粗气……

应该是必死无疑的源三郎却突然冒了出来，手里还拿着勺子正静静地在夕阳的余晖下给花木浇水……

这真是一个诡异的夏日。

并且还是一个令人毛骨悚然的夏日黄昏。

立于廊下的二人像是被浇了一盆冷水一样直愣愣地站在那里一动不动。而源三郎口中一边唱着什么，一边继续往花木上浇水。片刻之后，源三郎头也不回地说道：

"丹波！源三郎这厢有礼了。"

在不断逼近的夜幕的笼罩下，莲夫人大张着嘴巴似乎想嘶声喊叫源三郎的名字，却没能发出一丝声音。

突然只听见身后一阵急促的脚步声，莲夫人回首一看，只见大惊失色的峰丹波正往刚才赶来的方向逃去。

源三郎出乎意料地还活着！而且现在就在道场！完了，一切全完了！

峰丹波如同丧家之犬一般飞速向道场弟子们所在的房屋跑去……

莲夫人茫然若失地目送着峰丹波离去。当她从一片茫然中醒来时看到源三郎正一手拎着水桶，一手提着花木上的水浇湿了的衣裙向对面走去。这时从花丛中突然站起五六名伊贺武士，他们看也不看莲夫人一眼，紧随源三郎而去。

方才若是峰丹波稍有不慎，抑或是源三郎一声令下，必然是一场血战！

"想必萩乃也一定与源三郎在一起。完了……一切全完了！"莲夫人想到此处，不禁自言自语道。

莲夫人斜靠在走廊柱子上低垂着头沉思不语。一名前来接其用膳的侍女也被莲夫人挥手打发走了。

八

在幽暗的廊下，莲夫人独自一人倚靠在柱子上陷入了沉思。

或许夺取道场的计划到此完结了。如今萩乃也被源三郎夺去，自己已经是无计可施。

一种厌世感如同不合时节的萧瑟秋风袭入莲夫人的心头。

还有何人能够依靠？还能有谁能安慰自己这颗孤寂的心？莲夫人突然间想到的还是骨肉之情。

"对了，现在我只要我那亲爱的女儿，其他都不需要了。道场、男女之情——这世间一切的一切都比不过母女之爱。"

可见此刻的莲夫人内心是何等的脆弱孤寂。

原先内心狠毒险恶似毒蛇，如今却外表温柔善如菩萨。性情已大变的莲夫人突然间涌出了一丝慈悲之意。

莲夫人与前夫之间生有一子。

这位前夫的事情暂且不表。

莲夫人一想到自己的孩子，思绪便一发而不可收拾。

转身回房抓了一把银两，莲夫人塞在身上便出了房门，穿过庭院之中的花草，在漆黑的夜幕下一个人悄悄地离开了妻恋坡。

话说这孩子现在何处？莲夫人又去往何处？

"我女儿今年该有七岁了吧。若是现在能抱着我女儿一同出行该有多么幸福啊。虽同在江户城，不要说往来，我连封信也未曾寄过……一定要向父亲谢罪。"

莲夫人嘴里一边念叨着一边放眼四下里张望，这时恰巧一乘轿子经过。

莲夫人抬起白皙的手臂招手拦住了这乘轿子。

"这是到哪里去？"轿夫问道。

"这是到哪里去？"

这时，前文提到的住在大杂院拐角处的好事之人石金闻讯赶到了作大爷的家中。

"我刚泡着澡就听笨熊说来了个装模作样的武士，还抬着乘漂亮轿子过来要接作大爷走。不像话！不论怎样我都不能容忍作大爷被人带走！听着这话真是吓得我不轻，也没顾上擦干净浑身浸着洗澡水就跑过来了。"

嘴里吵闹不休的石金身后跟着大杂院的老少爷们儿也蜂拥着来到了作大爷的房间。

"嘿！休要放肆！躲开！休得对作大爷无礼！把路让开！"

田丸主水正一声大喝。

仍然一副睡眼惺忪的作大爷跟在主水正身后迈步就要走出房间。

"作爷爷还是要走？"

身后的小安与小美夜声嘶力竭地喊道。

作阿弥环视了一眼大杂院的人们说道："长久以来，承蒙关照了。"

九

在一片静寂中熊熊燃烧着的是作阿弥内心里的艺术之火。这股艺术之火直烧得作阿弥心头隐隐作痛。

长久以来隐藏着的艺术之心终于被点燃了。作阿弥此刻好似已经手握凿子一般，轻轻挥舞着右手走向房门。

虽然小安与小美夜仍然令其牵肠挂肚，但是在面对人生里最后一次将自己的大作流传于世的机会时，作阿弥只有忍痛割爱了。

作阿弥回转身看着主水正冷冷地说道："头前带路。"

田丸主水正来之前以为即使是什么日本一流的工匠，手艺再高也不过是个手艺人，手艺人哪有愿意错过赚钱机会的。

始料未及的是费了好一番口舌才好不容易请出了这位起初丝毫不为所动的作阿弥。在这次交锋中，主水正第一次为居住在这个陋巷里的毫不起眼的老人的品格所折服了。

这老人身上的气质或者说阅历都深深地印刻在了浑身上下散发出的夺人二目的艺术光环之上了。

"是!"

主水正不禁羞愧地低头称是,俨然一副随从模样。

"轿子一直在外面等候着,老先生,请——"

作阿弥脚上蹬着一双破草鞋,手里拄着拐杖迈步就要出门。

然而从屋内到院中的大杂院的人们却站立在原地一动不动。

"好可怜的作大爷啊。虽然我不知道作大爷做了什么错事,但是作大爷可是一副菩萨心肠啊!都这么大年纪的人了,怎么非要把作大爷带走呢?为何不能对作大爷高抬贵手呢?"

人群中有人误以为作大爷这是要被人抓去了。大概此人是正在睡意蒙眬间被这阵骚乱吵醒,还没有从睡梦中醒过来吧。

"虽说要被带到日光山去,作大爷偶尔也要想想大杂院,哪怕来封信也好啊。"

"安土重迁,到了那里可要注意水土啊!作大爷!"

悲莫悲兮生别离。大杂院的人们依依不舍。

一脸严肃的蒲生泰轩立于门框之下,一边用双手抚弄着左右的小安与小美夜,一边说道:

"蜀汉之刘备曾三顾茅庐请诸葛孔明出山。遂有传世之作《出师表》传令到今:臣本布衣,躬耕于南阳……作阿弥老先生也一定要留下传世之作啊。小安与小美夜就交给我了,不必担心。"

泰轩居士不知何时语气变得如此凝重。

忽然人群后面传来一阵骚动。只片刻一乘轿子便分开人群来到房前。

只见一名武士内人模样的高贵妇人从闯进人群的轿子上飘然而下。

这女人未带一名随从，缘何来到如此贫瘠之地？

这时，只见这女人分开众人来到作阿弥近前。

"啊！父亲！且慢！"

"啊？阿莲？"

莲夫人顾不上跟自己说话的父亲，疾步闯进家门，一把将小美夜揽入怀中。

众人见状惊诧不已。

十

"你是谁啊？"

小美夜一边一脸奇怪地抬起脸看着莲夫人，一边痛苦地挣扎着想要从莲夫人紧抱的双臂中挣脱。

莲夫人泪如雨下，泪水滴答滴答地洒落在小美夜脸上。

"我是你母亲啊！你母亲！"莲夫人死死地抱住小美夜不肯撒手。

一旁的小安傻愣愣地站着说道："这人唱的是哪出戏？"

泰轩看向作阿弥问道："这是怎么回事？"

"这是我闺女。"

作阿弥茫然若失地站着低头看着莲夫人。

作阿弥这张刻满了岁月沧桑的脸上，此刻浮现出感慨万千的神色。

"这是我闺女，年轻之时去一大户人家做了丫鬟，后来在做了人家的小妾之后直至今日一直杳无音讯——泰轩先生，小美夜乃是其去做丫鬟前所生之女啊。"

说到这里，作阿弥圆睁双目，一脸怒气地盯向莲夫人。

"时至今日，才念起思乡之情。你这个无情无义的东西！看你眼前情形，必是遇到了什么天大的灾难，所以才会想到这个被你丢弃的女儿吧！"

单手伏地的莲夫人低垂着眼眉，无地自容地说道："请您不要再说了。我现在一无所有，只有这么一个女儿了……而今我心痛如万箭穿心，悔恨不已……"

"随你如何心痛去！随你哭去！在你得势之时，虽同在江户却对自己女儿不管不问！现在自己落魄了才想起来……阿莲！你可知道你给我们的生活带来了多大的痛苦！"

在接二连三的意外情况之下，大杂院的人们虽有些摸不着头脑，但也都知趣地退到了外面的大路上。此刻屋中只剩田丸主水正一人了。

屋中片刻间凝固着的空气被主水正低低的声音打破了。

"作阿弥先生，请——"

"这就走。"作阿弥一边回答着,一边又看着莲夫人说道,"你鬼迷心窍,一心只想着荣华富贵,却把你的骨肉弃之不管。到了现在还有谁愿意管你!

"现在我就要前往日光山去了,之后的事情就听凭泰轩先生安排吧!小安啊,小美夜的生母就是此人。不管怎样,小美夜的母亲总算归来了。接下来就剩下找到你小安的父母了。田丸先生!关于此事我们之间可是说好条件了的。田丸先生可莫要食言!"

"剩下的事情都交给我吧。真是叫人为难。"

泰轩捋着胡须说道:"想来这莲夫人身上自有许多故事。且说小美夜你可认眼前的这个女人为你的母亲?"

借着泰轩问话之际,小美夜好不容易挣脱了莲夫人,几步跑到泰轩近前,一把死死地搂住了泰轩的大腿。

"我才不认识她呢!"

莲夫人听罢"哇"的一声号啕大哭起来。

这时只听门外传来一声:"起轿!"

作阿弥乘着轿子离去了。

十一

"美夜!你这说的是哪里话。母亲是来接你的,怎么能跟母亲这么说话呢?"

说着，狼狈不堪的莲夫人又要张开双臂去搂小美夜。

"不！不要！我母亲绝不会是这么可怕的人！不要你胡乱跑过来就自称是我母亲！不要！"

"怎么能说这么呢。就像你旁边的这位叔父所说的，母亲先前抛下你不管也是有原因的啊。我原想着如果一切顺利一定要将美夜和你爷爷接到道场的。我从来都不曾想过一直将你们抛在大杂院里不管的啊。"

大杂院的男女老少们沿街站立两排目送着作阿弥的轿子渐渐远去。当轿子在人们的视野中消失的一刹那大杂院里突然间又陷入了一片静寂。

作大爷的家中只剩一盏破油灯在夜幕下摇曳着，昏黄的灯光映照下，泰轩、莲夫人、小美夜、小安四人相对而坐。这四个人的身影映射在屋内墙壁上，纠缠在一起。

泰轩居士盘腿而坐、紧闭双目，心中仿佛在想念那位被柳生对马守请去，拿出生命作了赌注的雕刻神马石像的作阿弥。

人生无常，此时的莲夫人已经被命运摧残得面目全非。

就在不久前，司马道场虽然被源三郎之流不断蚕食着，但是莲夫人依然是趾高气扬，不仅对几十名侍女指手画脚，而且还将刚愎自用、老奸巨猾的峰丹波等狂妄粗野舞刀弄棒的武士们玩弄于股掌之间。

而今的莲夫人却是披头散发、一脸憔悴、衣衫褴褛……变得和大杂院的街巷妇人一般不二了。

"所有的计划都落空了,而今的我只剩下这一个女儿了,今后的路可怎么走啊……"

莲夫人话刚说到一半,猛然站起瞪着充满血丝的眼睛死死地盯着小美夜说道:

"过来!外面有辆轿子正等着我们,是来迎接我们的。乐意也得走!不乐意也要跟我走!"

话音刚落,就见一直沉默不语的小安一把扯下肩头的毛巾,然后慢慢地卷起袖子,一屁股坐将下来开口说道:"喂!我不管你是哪里来的女人!不要过分的贪得无厌!"

小安的小火山爆发了。

这位小大人儿双膝并在一起发起了连珠炮般的责问。

莲夫人起初吓了一跳,随即喝问道:"小毛孩子!不要管大人的事情!退到一旁!"

"你才退到一旁!小美夜与我青梅竹马,我将来是要娶了小美夜的!连个招呼都不和我打就想把美夜带走?!你赶紧给我离开这里!"

"所言极是,所言极是!事情变得越来越有趣喽!"

泰轩先生拍手称快。

啄窗之鸟

峰丹波看完之后不禁脸色大变。为了掩饰自己的狼狈表情，峰丹波慌忙装作低头深思的样子。最为忧心的事情终于到来了。

一

子夜时分。

房间内床榻旁的墙壁之上一个巨大的身影晃动着……

"莫非那源三郎有不死之身？究竟他是如何逃出来的呢？"峰丹波抱着胳膊晃动着巨大的身躯自顾沉吟。

这里是妻恋坡司马道场弟子们所在的房间。

就在前些日的一天晚上，司马道场的弟子们被从金甲箱中蹦出来的丹下左膳斩杀了大半。今晚围在峰丹波周围的道场弟子只剩下二十多位。佐佐玄八郎、前山彦七、海冢主马、西御门八郎右卫门、间濑彻堂等。

"真是令人吃惊非小啊！我方才于庭院之中在黄昏昏暗的光线下隐约间看到一人正往灯笼里放灯盏。因为背对着我，只看到了那人的肩头，刚想看个究竟，却见那人突然转身冲我一笑！在灯光的照映下我才看清原来就是那死去的伊贺狂徒！一刹那间我以为是其冤魂迷了路……"蜷缩成一团的海冢主马战战兢兢地说道。

紧接着，西御门八郎右卫门拉着一张如同其名字一样长的驴脸说道："呀……真是吓得我六神无主了啊。方才我远远地看到源三郎从便所出来正要净手……直吓得我一下子瘫坐在地上，腰都直不起来了！好不容易抓住栏杆站了起来，马上就前来禀告……"

西御门八郎右卫门一说起话来就没完没了……

这时生得一张棱角分明的大脸的前山彦七用像喝了水银一般沉重而嘶哑的声音从中途插话说道："那莫非是源三郎的鬼魂不成？实在想不通他是如何得救的啊！而且此刻还能在庭院之中若无其事地浇花？真是百思不得其解……我刚才只是瞥见了一眼，便也吓得瘫坐了下来。"

"哈哈哈，真是胆小如鼠！"

"你们说的都不靠谱。刚才我伏在地上还确认了一下看到的那个源三郎是不是真的长了两条腿呢！"

"不管是不是鬼魂，那源三郎此刻的神秘行为实在是令人捉摸不透啊……"

众人在惊悚之中还透露出了对源三郎的些许敬畏。

话说那位渔翁之女阿露在嫉妒之心的驱使下来到道场向玄心斋等人通了风报了信。玄心斋等人听到消息后慌忙赶往三方子川河口六兵卫家中，将已经大病痊愈的源三郎接回了道场。

返回道场的源三郎如同平日一样悠闲地走动于庭院之间，不料这在峰丹波一伙人当中却引起了轩然大波。

这时只听得廊下传来一阵急促的窸窸窣窣的脚步声。

"莲夫人来啦！"

众人纷纷正襟危坐。

二

"大家原来在这里啊。"

廊下传来一个女人的声音。佐佐玄八郎用低沉的嗓音说道："并非是莲夫人。"

"我想问莲夫人……"话音未落，从打开的房门外探进来一张女人的脸……原来是莲夫人的侍女早苗。

早苗紧张兮兮地问道："请问大家当中可有人知道莲夫人去了何处？莲夫人刚才看起来十分消沉，我叫其前去用饭，却动也不动筷子一下，不知什么时候就不见了踪影——"

"什么？"

丹波圆睁双目，这眼神看得这位侍女胆战心惊。

"可曾寻找了？"

"寻找了。我们几人分头将每个房间以及庭院中的各个角落找了个遍。只有那个鬼魂之所不敢靠近。"

这位侍女所说的"鬼魂之所"指的就是源三郎手下们所占据的庭院一角。

"嗯。"

丹波闭目沉思不语。

"她又不是十五六岁的女孩子,想必是有什么事情出去了吧。"

"话虽如此,但是与我们几人连个招呼都没打,心中总觉得不安。"

丹波不耐烦地看了一眼急得脸色更变的早苗说道:"无妨。不久自会回来。"

"如此深夜,独自出门,到底会上何处呢?"

"这谁能猜得到呢。这几日也不知为何其看起来甚是消沉。女人到了那个年龄,大概都会有些变化无常吧。"

丹波一脸木然地突然抬高声音接着说道:"这些不是你们女眷们该了解的事情。我这里也顾不上什么莲夫人啦!你们这些女眷们莫要惊慌,都赶快休息去吧!"

"遵命。"

早苗闻听此言慌忙退下。

剩下的众武士们都不安地面面相觑。

"莲夫人发生了什么事情呢?"

"不管遇到什么都是感情用事,或许又闹情绪了吧。"

"也或许是看到那位源三郎回来,心中起了不小的波澜吧?……咦,刚才是什么声音?"

众人的眼睛齐刷刷地望向朝着庭院开着的窗户处。

窗外黑漆漆的一片,什么也看不到。

咚!不知是什么东西又一次撞在了窗户上。

"谁?莫非有人偷听?"

"去,你去开窗看看去!"

"你怎么不去!"

"怕些什么!待我来看!"

说话间站起身来的是年轻武士山胁左近。

三

山胁左近起身的势头倒甚是迅猛,但站起身后心里却又打起了退堂鼓。

但是面对所有在座的同伴们,山胁左近已无路可退。

"谁?!"

山胁左近一边一声大吼,一边伸手打开了一扇窗户。

一阵夜风呼的一声吹将进来。窗外只有夜幕下伫立着的树木的暗影,还有挂于树梢的一弯浅月。

不要说看不到一个人影,连只鸟也没有。

左近为了掩饰自己的尴尬,故意低声地自我解嘲道:"呀,竟然被啄窗之鸟所骗……真是不好意思啊。"

说着,左近伸手刚要合上窗户,却一眼瞥见窗棂间夹着一件什么东西。

"这是何物……"

此时余者众人也都注意到了，纷纷上前仔细观看——原来是一朵山百合。

何人出于何目的会将一朵山百合插在窗户上？

众弟子纷纷将目光转向峰丹波，等待着命令。

"左近，将里层窗户拆掉取出那朵山百合……那花茎之上必定带着一张字条。"

想来刚才有人来到屋外，将这朵花塞进窗户夹层内，击打了窗户一下之后便逃走了。

定是对面的伊贺柳生源三郎所派之人无疑。

峰丹波极力地掩饰着紧张，双手颤抖着展开了字条。只见字条上赫然写着几行字：

前日已向君致礼。明日一早当于道场相见。如此怒目对峙何时能了？在下源三郎愿与尔峰丹波于明日一早一决高低上下。胜者为王、败者为寇。此道场当属取胜者……

峰丹波看完之后不禁脸色大变。为了掩饰自己的狼狈表情，峰丹波慌忙装作低头深思的样子。

最为忧心的事情终于到来了。

其余众人也都一脸恐慌地围了过来。

"我峰丹波从未尝过刀剑是何味道,恐怕这次是逃不掉了啊。"

此刻峰丹波心里一边满是不服,一边也做好了鱼死网破的准备。

明日一早或许就是自己的死期……

峰丹波比任何人都清楚自己在伊贺源三郎面前只能甘拜下风。

"拿笔墨纸砚来……"

"可是源三郎他们递来的字条?说了些什么?"

"休要多问!明日一早自会明白。拿纸笔来——"

峰丹波颤抖着双手命令道。

便条

「或许那个单眼独臂的家伙驾着一团白云飘然而至也未可知。」

一

"如何？可把便条传了过去？"

源三郎依旧苍白的脸上露出一丝微笑，看着从庭院拐角处走回来的谷大八问道。

谷大八急忙掸了掸衣袖，屈膝伏地禀告："遵照少主人吩咐，顺利将便条塞到了窗户之中。对面看似正吵成了一锅粥的样子。"

"哼哼，此刻丹波恐怕脸都吓得变绿了吧。"

说罢此话，源三郎一副悠然姿态地顺势倒在了席子上。

源三郎此刻身披单衣汗衫，腰系丝带，细细的眼角处闪烁着烛光。俊男美女不论摆出什么姿势，看上去都有一种美感。

源三郎的一举手一投足之间有着与其兄对马守不同的威严，威严之中又洋溢着美男子的俊朗之气。一旁的萩乃小姐从侧脸看着源三郎入了迷。

"这么说无论如何都要斩杀了峰丹波？"

萩乃一边摇摆着手中的蒲扇给躺在身旁的源三郎扇风一边问道。

在被丹下左膳带去见到正处于病体之中的源三郎之后，萩乃刚刚沉浸在卿卿我我的幸福感中不多久，就被不知从何处得到风声而赶来的安积玄心斋、谷大八等人接回了道场。然而回到道场之后，继母莲夫人与峰丹波等人却是从来不曾露过一面。

再说那位在嫉妒心驱使之下前来通风报信的姑娘。

伊贺众武士对这位告诉了少主人下落的大恩人阿露自然是感激不尽，再送给了阿露姑娘一些银两作为感谢之后，便在源三郎与萩乃回来之前将其送回了其父六兵卫的家中。

阿露在被送回家中之后仍然不知到底发生了什么，虽然满腹狐疑但也无可奈何。

话说这阿露姑娘会在何处再次现身？此是后话，暂且不表。

此刻听到萩乃的问话，源三郎懒洋洋地扭过头来说道："并非一定是他被斩杀，也可能是我被斩杀啊。"

"少要吓人！"萩乃用蒲扇掩盖住了脸。

"要真是那样，我可如何是好？不过怎么说三郎都会占上风的吧？"

也不知源三郎对这个萩乃小姐倒是爱还是不爱。

就在这时，只听啪啪啪……窗外响起了击掌之声。

二

听到窗外的击掌之声，源三郎不禁微微一笑说道：
"不必行礼。"①

紧接着冲着一名侍从说道：
"丹波回信来啦！"

侍从应声弯腰来到窗户近前仔细观瞧，果然窗台之上放着一根树枝。

"果不其然。"

侍从抬手拿起树枝回到房中。灯光下只见一张透露出字迹的便条系在树枝之上。

源三郎一边接过便条一边说道："即使现在想跑也跑不掉喽！我倒要看看他说些什么。"

说着，源三郎展开便条，只看了两三行便带以轻蔑的口吻张口骂道："混账！……什么一决雌雄！谁被斩杀谁不就是丧家之犬了嘛！"

刹那间不怒自威的源三郎身旁似乎打起了一道闪电。

---

① 在日本求神拜佛时需击掌为礼。

"真叫人害怕！"

一旁的萩乃直吓得以袖遮面。

这时，余者武士众人纷纷以膝盖触地围了过来。源三郎挥起便条甩给众人说道："看了便知！那丹波怕是被吓成病猫了吧！说什么要没有他人在场就拒绝应战！"

谷大八凑过来念道："若要一决雌雄，需有武功高出你我二人者在场为仲裁之人方可。若无合适之人选，恕在下难以奉陪……哈哈哈哈，显然峰丹波是害怕了啊！真是胆小怕死之辈！"

这时又有一名武士凑过来接着往下念道："……本道场严禁在无仲裁之人情况下与其他帮派比武……哈哈哈哈，真是可笑，居然想出这样的逃避主意。"

"那么我们就给他找出个仲裁之人来！"

源三郎听到这句话猛然抬起身子，伸出插在怀中的手臂支撑着下巴沉吟道："我也是这么想的啊……但是那峰丹波说是必须要找个武功高出我的人来——"

此刻那位身着白衣、独眼单臂、斜挎濡燕刀的丹下左膳浮上源三郎的脑海。

"但是这左膳也不知身在何方啊。此人总是用到之时不现身，不用之时来相扰啊。"

忽然，源三郎一拍大腿叫道："有了！何不求我兄长来做这个仲裁之人？！安积老先生啊，劳烦你速速赶往林念寺前的宅院前去通告一声。大八啊，你将笔墨纸砚拿来，我要再给那丹波小儿一封书信。"

三

话说麻布林念寺前的宅院之中,柳生对马守正与别所信浓守商量着日光东照宫修缮的种种事宜。这时,忽见侍从上前禀告:"藩主!由妻恋坡赶来的安积玄心斋老先生求见。"

且说这日光东照宫修缮工程规模浩大至极。包括方圆四十里内各个关卡的设立、石料等物品的搬运等。面对着迫在眉睫的工程,对马守顾不及其他。

但是当听到安积玄心斋这个名字,对马守心中犯起了嘀咕:如此三更半夜,三郎派来是不是有什么大事?沉思片刻之后说道:"先请到客房等候。"然后又对对面的信浓守说:"家中有些私事待我去处理一下,请稍后。"

说罢,对马守起身出了房门来到了铺着席子的廊下。

走廊两旁点满了蜡烛灯笼,照得走廊里如白昼一般。走廊尽头玄心斋正在家人的引领之下走入了一间客房。

对马守大步流星紧随而至,来到房门处便迫不及待地问道:"何事?速速道来!"

满头斑白的玄心斋慌忙伏地垂首请安:

"藩主一向可安好……"

"免礼!究竟何事?"

"藩主容禀——"

"尚有客人在等待于我,源三郎可有什么事情?"

"事情是这样的。藩主曾与司马十方斋约定好了源三郎与萩乃完婚之事。我等随同源三郎一同前往江户道场。"

对马守翘起如同源三郎一样的细长眼角拦住了玄心斋的话语。

"怎么从最开始说起来了呢?长话短说!"

"是!……未曾想当十方斋先生亡故之后,却突然冒出个家伙来,公然要与源三郎兵戎相见。"

"我在伊贺之时已经多次告诉源三郎让其将那些图谋不轨者格杀勿论。然而源三郎却告诉我说不能对自己的岳母动武。之后我就听说你们与对方拉起了持久战——"

"藩主,这期间发生了诸多事情。可喜的是明日一早源三郎就要与那元凶峰丹波一决高低了。但是那峰丹波小儿却提出要有个仲裁之人才肯应战的滑稽要求。"

四

"混账!"

对马守一声怒骂,起身往门外走去。

"你也是一把年纪了,缘何如此不懂事理?!回去告诉源三郎,自己的事情自己处理去!"

安积老人跪爬着抓住藩主对马守的衣襟说道:"此前无论是何等大事,我等皆殚精竭虑默默坚挺至今,唯明日有所不同。

明日只要斩杀了那丹波小儿，源三郎便可重掌道场。而那丹波小儿一口咬定若无一名仲裁之人就不应战，如此千钧一发之际，无论如何烦请藩主出面啊！"

"哼！从未听说决斗还需什么仲裁之人！"

"确如藩主所言，但这正是那丹波小儿狡猾之处。那小儿自称道场上有规矩，若无仲裁之人在场，道场的刀法是不能与其他门派较量的。这也是他欲金蝉脱壳的诡计啊。为了不让丹波小儿抓住把柄，请藩主无论如何出面啊！藩主！老朽恳求藩主出面助源三郎一臂之力！"

对马守依然一脸不屑地问道："那我还是不明白缘何这个仲裁之人非在下不可？"

"这个，那丹波小儿宣称这仲裁之人须是功夫在自己与源三郎之上者方可。"

"嗯。功夫高出自己与三郎者方可为仲裁之人。"

"峰丹波的狡猾之处正在此处。那小儿自知自己敌不过源三郎，故想出这一诡计欲逃脱此劫。比那小儿功夫高的大有人在，可高出源三郎的人还真是难以寻觅啊！想必那丹波小儿已经打好了如意算盘啊！"

"呵呵呵，所以就想起我来了？"

"正是。若藩主能出面相助，丹波小儿自然无可乘之机。无奈之下，他只得于明日一早死在三郎刀下。"

"哈哈哈。明白了，这就叫将计就计啊。"

对马守沉吟片刻之后说道："我倒是想去……怎奈日光东

照宫修缮一事迫在眉睫，难以脱身啊。况且至此东照宫修缮之盛事之际，我可不愿去看一具死尸。玄心斋啊，你可要体谅啊。"

"可是……"

"而且此刻我也没有时间啊。今晚还有要事与人相商。"

对马守话刚至此，只听廊下传来说话声："藩主可在此处？主水正这厢有礼了。在下已经将作阿弥带过来了。"

"哦，是田丸啊。能把作阿弥请出山，真是不容易啊！你可是立了大功一件啊！"

对马守转身朝着正不知所措的玄心斋说道："安积老先生，莫担心。主水正啊，快些进来。"

五

莲夫人或可放过。

但是峰丹波是绝不可放过的。

面对峰丹波提出的条件，源三郎将计就计，随即回复了一道书信：

自会有一名剑术高出你我二人的仲裁之人到场。

如此，双方隔着庭院互相传送书信两三趟之后，峰丹波终于无计可施了。

不久天光大亮。

在庭院当中的一小块空地之上，跟随源三郎的那些伊贺武士们正吵嚷着布置着比武场地。

对面的峰丹波听到这些吵嚷声不禁一阵阵心惊肉跳。

这个清晨的到来对于一夜未眠的峰丹波而言实在是有些残酷。

旭日东升。虽然是清晨，但是朝阳还是毫不留情地燃起了炙热的毒舌舔舐着道场上的一切。

事已至此，丹波已无路可退。

"剑术高出伊贺源三郎之人并不多见，缘何能如此痛快地答应下来呢？不知这位仲裁之人是何方神圣。"峰丹波滴溜溜转动着眼珠看向众人。只见众人纷纷垂首沉默不语。

"谁能想到这仲裁者是何人？"

出人意料，竟然有一人吞吞吐吐地开口说道："或许，也可能……"

"什么或许也可能！想说什么？！"

"或许那个单眼独臂的家伙驾着一团白云飘然而至也未可知。"

丹波恍然大悟。

"嗯！是了！我倒是把这个恶魔给忘记了！或许半路还真可能杀出这么一个程咬金来！"

正在峰丹波颜色剧变之时，只听外面有人说话："不知可否准备停当？我家主人已经恭候多时。"

原来是源三郎差人前来催促。

峰丹波到底是峰丹波。

就在这一瞬间，峰丹波已经打定主意：先与那源三郎打斗上几个回合，然后瞅个机会再逃不迟！

丹波霍地站起身来，颤抖着双手整理了一下衣服，然后手提爱刀，也不穿鞋子，只蹬着一双白色布袜便走向了庭院。

众弟子在峰丹波递过来的眼色下，也都簇拥着跟在后面。——这就像一支丧葬队伍。

在原来的射箭场后面有一块空地，地上铺满了细沙石。

伊贺众武士一字排开，厚重的身影映射在沙石之上。这时，从这片厚重的身影中出现的依旧是那张带着微笑的苍白的脸。

"久疏问候。能赏脸参加今晨之决斗，实在是不胜感激啊。"

峰丹波对这句讽刺之辞毫不理会。此刻最令峰丹波在意的就是那位仲裁之人。

"我且问你，你我二人约定好的那位仲裁之人呢？"

峰丹波说着向对面扫视过去。

猫鼠相斗

峰丹波刚才还在担心那恶魔丹下左膳是否会半路杀出来,万万没想到出现在眼前的竟是比丹下左膳还要武艺高强的柳生对马守。峰丹波暗道:看来自己这次是插翅难逃了。

一

"嗯,莫要着急嘛。"

说着,源三郎一闪身,其身后赫然站立着一位胖墩墩的中年武士。

只见这位武士细眼宽额、倒剪双臂,一副悠然自若的神态。

一位侍童怀抱一把大刀立于身旁,自己身上则佩带着一柄小弯刀——正是柳生藩江户城老家臣田丸主水正。

"仲裁之人就是我家兄长——柳生对马守。"

源三郎故作严肃地向丹波介绍。

然后又对主水正说道:"兄长在上,眼前的此人就是这道场上的师范代——与其说是师范代,倒不如说是一直以来欲谋害于小弟我的那个峰丹波。"

伊贺柳生藩主对马守的名字自然是响遍日本列岛，无人不知无人不晓，但是峰丹波却是从未谋面。

峰丹波自然做梦也没有想到眼前的对马守并非真人。

峰丹波闻听眼前的这位中年武士便是鼎鼎大名的柳生对马守，顷刻间直吓得魂飞魄散，慌忙撩衣跪倒说道："恕我眼拙，在下有礼了。"

"哼！毫无骨气！你就是三郎刚才说到的峰丹波？"

"实不敢当！实不敢当！"

田丸主水正演起戏来还真是有鼻子有眼。主水正挺着胸脯，一副不怒自威的神态看起来还真如同对马守一般不二。

昨夜晚间。

田丸主水正费了九牛二虎之力好不容易将作阿弥老人请上了轿子，送到了麻布林念寺前的宅院中。

没承想主水正刚刚回到宅院中，便恰好碰到了源三郎派来的安积玄心斋。

柳生对马守急中生智，告诉主水正让其假扮藩主前去做源三郎与峰丹波对决时的仲裁之人。

"那峰丹波并不知晓我的长相，只要你装作一副大名举止来，那小儿必定难以识破。"

在对马守的授意之下，主水正赶到了道场，此刻其俨然就是柳生藩主。

"丹波小辈，起来吧，起来吧！现在可不是你拜谒的时间。我这次是前来做仲裁之人的。莫要当我是对马守，只将我看做一名普通剑客即可啊。不用过分施礼，不然我可就为难喽。啊哈哈哈。"

主水正哈哈大笑。

峰丹波刚才还在担心那恶魔丹下左膳是否会半路杀出来，万万没想到出现在眼前的竟是比丹下左膳还要武艺高强的柳生对马守。峰丹波暗道：看来自己这次是插翅难逃了。

一时间峰丹波脸色变得煞白。

"有藩主在场，实在是在下的荣幸。"

说着，峰丹波竟浑身不由自主地颤抖起来。

二

猫鼠相斗，老鼠自然不是猫的对手。

但是就像俗话所说的"人急烧香，狗急跳墙"，这老鼠急了也会咬上猫一口。

如今武功高出对决双方的仲裁之人柳生对马守就站在眼前，自己的如意算盘算是完全落空了。所谓困兽犹斗，已经被逼到悬崖边上的峰丹波只得豁出去来个鱼死网破了。

更何况身后还有众多道场弟子正看着自己，峰丹波决心就是死也要死得痛快！

人若连死都不惧怕了，还有什么可惧怕的呢？

峰丹波那颗忐忑不安的心此刻终于平静了下来。他和他手下的众弟子此刻一扫方才的惊恐，心平气和地重新打量起眼前的这位冒牌柳生对马守——老家臣田丸主水正。

假冒之人如果保持沉默往往是能够蒙混过关的，但是假冒之人又往往容易难掩心中的忐忑，总会说些画蛇添足的话来。

况且，田丸主水正现在正为自己能够假扮一次源三郎的兄长而喜不自禁呢。

平日里被源三郎使唤来使唤去，还经常被不分青红皂白地骂来骂去。而现在俯视源三郎的机会终于到来了，主水正一本正经地命令道："源三郎，还不速速准备！"

"遵命！"

源三郎一边答应着，一边心中暗骂：好你个田丸！事后再找你算账！

就在源三郎稍微迟疑的片刻，主水正又催促道：

"啰唆什么！源三郎！峰丹波已经在等待了。事到如今莫非你源三郎胆怯了不成？！"

"胆怯？这个糟老头子！胡说些什么！"

源三郎一边低声呵斥着，一边冲着主水正狠狠地瞪了一眼。

主水正一怔，但仍然装腔作势道："无礼至极！源三郎！你竟敢以如此眼神盯看你的兄长！"

无奈之下，源三郎只得说："失礼失礼。兵家胜败之事难料也。我只是觉得说不定这是见兄长最后一面了，所以不由得多看了几眼。"

"怎能如此懦弱！嗯？！还不迎敌而上！源三郎,休要磨蹭！"

此刻的主水正训斥起源三郎来真叫一个痛快。

三

源三郎！源三郎！

这一声声的训斥听起来倒像是在叫卖一样。峰丹波一边做着准备一边冷眼看向对面。主水正的小把戏终于被诡计多端的峰丹波识破了。

哼哼哼！原来是假扮的对马守！

峰丹波虽然识破了对方的诡计,但并不点破,仍然平静地说道：

"源三郎,既然如此……"

这一声低沉的话语之后,峰丹波刷拉一声抽出了自己的那把利刃。

话说峰丹波手中的这把爱刀名曰钓瓶落,乃是一把削铁如泥的宝刀。

只见身高五尺八寸、膀大腰圆、双目如电的峰丹波手提钓瓶落,脚蹬白色布袜,在庭院当中凌然而立。

丹波用眼角的余光瞥向对面的冒牌柳生对马守——田丸主水正。

主水正此刻丝毫没有意识到自己已经暴露了身份,仍然振振有词:"一山难容二虎。峰丹波与源三郎今日一决雌雄,必有一人丧命于此地!好啦!源三郎,莫要心慈手软!"

这话语仍然是一副兄长口气。

源三郎丝毫没有把对面已经严阵以待的峰丹波放在眼中,嘴里一边轻蔑地说着:

"三郎来也!"

一边提起手中宝刀迎了上来。

此刻朝阳已经高高地升了起来。酷暑之日朝阳强烈的刺激之下,庭院中顿时变得杀气腾腾。一旁的一株紫薇花静静地开放着。花柄之上突然响起的蝉鸣声刺破紧张的空气,掠过人们的心头。围在四周的源三郎的手下与道场弟子们都不由得后退了几步,顿时场面大开。

此刻空气变得更加凝重了。众人紧张得纷纷都抽刀在手,准备时刻战斗。

田丸主水正见状挥动着手中的蒲扇大喝一声:

"他人休要插手!"

峰丹波的机会终于到了!

若是源三郎此刻立即挥动起神鬼莫测的柳生刀法,那么峰丹波是必死无疑了。

峰丹波眼珠一转计上心来,口中轻轻地说了一句:"看刀!"

只见峰丹波以迅雷不及掩耳之势挥起手中的钓瓶落狠狠地砍了下去!

四

且说峰丹波手中的钓瓶落刀指何人？

是伊贺源三郎吗？非也！钓瓶落直指那仲裁之人田丸主水正！

若是真的柳生对马守，只消轻轻一挥手中的蒲扇，便能以四两拨千斤之力将钓瓶落拨在一旁。

然而不幸的是这位仲裁之人并非真正的柳生对马守，那个时代里的家臣一般都是些不会武功的说客。这位手无缚鸡之力的主水正见状不禁大惊失色：

"这！这是做甚！你疯了不成？！"

主水正惊叫着逃到一旁，慌乱中完全忘记了自己的角色。

"你！你疯啦！源三郎才是你交手的对象！"

源三郎提刀站在一旁看着主水正一副狼狈不堪的样子坏笑不已。

"哼！你们的诡计被我看破啦！"峰丹波一边嚷嚷着一边继续挥舞着手中的钓瓶落直扑主水正。

"若是真正的柳生对马守，怎会招架不住我丹波的刀法？！恕我手下不留情面！接刀！"

"且慢！且慢！你这人真是急脾气！我只是奉我家藩主之命而来。"

狼狈不堪的主水正抄起一根木棍当做盾牌继续说道：

"你弄错人啦！我可并非对马守，我是老家臣田丸。"

峰丹波这下总算是捡了一条性命，也不由得松了一口气。

"即使你是田丸，想必手上也有些功夫！来来来，你我二人大战三百回合！"

如同猫捉老鼠一般，主水正被峰丹波追得抱头鼠窜。主水正在围着树丛转了几圈之后，哧溜一声从院中窜到妻恋坡的大道上，然后头也不回地向麻布林念寺方向逃之夭夭。

峰丹波并不追赶，而是把刀还鞘，然后慢悠悠地踱着步来到源三郎近前说道："我们约定的可不是这么回事吧？如若没有功夫高出你我的仲裁之人，恕不奉陪！我已经跟你说过此乃我道场的规矩。这样一来，今天的较量就作废啦，作废啦！"

说着，丹波掏出一把扇子，悠然地扇了起来。

人体支柱

「据传言说谁提的建议谁就将被活埋哦！主水正，可是你散布的消息？」

一

几日不见，日光山已经变了模样。

只见在通往日光山的道路两旁挺立的杉木树下行进着两支队伍。一支是如同浮世绘般绵延一里长的柳生对马守一行，他们从由江户麻布林念寺宅院出发而来。一支是别所信浓守等人一行。

这两支队伍在经过了以盛产葫芦干和吊顶闻名的宇都宫之后，又先后经过了德次郎、中德次郎、大泽、今市。

此刻他们来到了立在日光山入口处道路两旁的杉木树下。

安庆元年德川家康去世时最初被安葬在了骏河久能山，而后又根据其遗言改葬在了日光山。这些杉木树是当时的一位大名出资所栽植的。

在那个时代各路诸侯大名为了献媚于德川幕府，都争先恐后地出资出力。

且说当时诸侯中有一位叫做松下右卫门太夫源政纲的武州川越城城主。

"这可着实叫人发愁啊！各路诸侯纷纷出资出力，我可也不能怠慢哪！"

"虽如此说，但怎奈藩中贫瘠，如何负担得起啊！"

"有了！不如栽上一些树木！树木乃是活物，若干年之后便是一片蔚然风景啦。"

于是乎，在这位贫瘠之藩的藩主的无奈之举下，两排小树苗便被栽种在了日光山一带的道路两旁。据说这些杉木的种植活动从宽永元年一直持续到了庆安元年，前后一共经历了二十余载。

杉木带在东照宫附近的今市分为三路，其中的鹿沼街道上的杉木带绵延三里十五城，一直到达文挟附近。而宇都宫街道与会津街道的杉木带分别绵延二里十六城，可谓是一处天下奇观。

当时在各路诸侯的一片苦心下栽种的弱不禁风的小树苗，而今已经长成了一片蔚为壮观的杉木林，成为日本国一处美不胜收的风景画。

"呀。真是煞费苦心啊！"

坐在轿子当中的对马守想到当年栽种这些杉木树的诸侯

的辛苦，不禁感同身受地感慨道。

"昔日的大名为了营造日光山，可谓是耗尽心血啊。"

藏有宝藏秘密的猴壶至今下落不明，虽然愚乐与越前守暗中出手相助，但是对马守心中却是感到怎么也放不下。这分明不是吉宗自己掏腰包吗？

对马守内心里对那只猴壶仍然念念不忘。

那位假扮藩主对马守前去做仲裁之人，而险些丧命于峰丹波刀下的田丸主水正此刻也骑在马上走在队伍当中。

二

此刻队伍正缓缓地行进在一个叫做钵石町的街道斜坡上。

这时耳边传来了淙淙流水声。水流湍急的大谷川近在咫尺。

一座古桥坐落在河上。这里是有日光八景第一景之称的山菅夕照。

一行人一边回味着著名的蛇桥传说，一边将大谷川甩在身后，在翻过一个遮天蔽日的杉木丛的山坡后，众人来到了山王社——柳生对马守与别所信浓守的临时哨所就设在山王社的旁边。

当时的情景被当地史官记录如下。

其一曰：柳生对马守、别所信浓守于东照宫修缮之际，在此处设一哨所，即日发布消火通告。

其二曰：次日于木匠等人引领之下巡视日照宫大殿并拜殿。同时查看临时大殿与哨所。

巡视一遍过后，对马守回到临时哨所。
"都听着！即刻命令临近村庄各家各户出人出力！"

回过头来再说在峰丹波的追赶下仓皇逃回林念寺旁宅院的田丸主水正。
"藩主！在下去了道场查看才得知那双方的比试取消了。那丹波小儿与源三郎之间好像还有些事情在纠葛。所以在下就折返回来了。我估计那妻恋坡上的道场内还要相互对峙一段时间。"
这位主水正竟然用谎言瞒过了藩主对马守。
次日主水正便随同对马守来到了日光山现场。

随同对马守前来的还有那位莫名其妙的侍女阿藤、被奇迹般从伊贺柳生府邸带过来鉴别猴壶真伪的一风宗匠。而以高大之进为首的尚兵馆众人则被安排留守在林念寺旁的宅院里。

田丸主水正也是头一次指挥此类工程，此刻正忙得不可开交。
"嗯，劳力年龄是定在二十五岁至五十岁吧？还有给这些劳力是有些补助的吧？午餐可是我们提供？"

"这些都交与你安排。"

"这可是件难事。一般而言，朝廷所派之事都有个惯例。按照这个惯例行事的话，日光山方圆四十里内十三岁至二十岁间的女子需每月上缴棉线十米。而后由村中的官员收缴后交给二十三岁至四十岁的妇女，再由这些妇女们在一个月的时间内纺织出十米长的布匹来，这些布匹的末端需织上当地地名。之后交由当地官员传送至各个驿站。我说的没错吧？说实在的这可真是件麻烦事。那么，且说各个哨所准备得怎么样了？"

三

主水正所说的哨所指的就是在此次日光东照宫的修缮工程中为了检查进出日光山的行人身份，在并木本村、下幸村、鹿沼新田三个地方按照箱根、笛吹两处现有的哨所模样新营造了三处。

尤其是对于大件行李，无论官私一律严格盘查。

此时位于山王社旁的临时哨所内正一片繁忙景象。

负责文书的师爷将毛笔夹在耳朵上在正厅内踱来踱去，并不住地问："固然开山需要花费一些时日，但是眼下应该首先让工匠们上山来将开工典礼先完成啊。"

又有一人自顾自说道：

"分组完成了吗？完成了的话就排练一遍，我们有必要先记住各组人员的长相啊。"

"老家臣先前也是这么说的。我看还是先问问老家臣吧。"

"田丸上哪里去了？"

"大概是和藩主在一起吧。"

一人说罢此话便急匆匆地起身离去。

所谓的分组就是按照姓名排序，每二十五名工匠配备师傅二人、跟班五十人、杂役三十人，共计一百零七人为一组。

此外，漆工、装饰工、打磨工、石料工等，以二十五人为一组。

所有人等一旦进山直到竣工必须吃住在山内，不得下山。

如果工匠中有谁家中出了丧事，那么此人将立刻被调离岗位。然后请金刚、普贤两院的僧人前来举行法式以消灾免祸、去除晦气。

凡是属于日光东照宫修缮上的事情，不分大小，都有详细规定。

时隔不久，这间临时哨所外张贴出来一张大大的告示。赶来观看的人们议论纷纷。只见告示上写着：

本次修缮工程各司职

木匠总负责人	甲良宗俊
木匠师傅	十内大隅
屋檐负责人	大柳筑前
雕刻师	作阿弥
绘画	狩野洞琢
漆工	推朱平十郎
装饰工	钵阿弥山城
铸造师	椎名兵库

这张名单可以说是网罗了天下的能工巧匠。大杂院来的作大爷的名字也赫然在列。

另外，正殿由谁负责、描金由谁担当，拜殿、栅栏、唐门、护摩堂、神乐殿、神与舍、回廊、轮藏、水房、便所……也都分工到人。

就在众人围着告示议论纷纷之际，有三个人避开众人正影影绰绰地坐在这个临时哨所内的一个角落里。

四

古时据传说日本曾有以活人祭祀之事。

也就是在兴土木时，出于迷信为了安抚神灵，也为了加固地基，便将活人当做立柱活埋。

始于长柄川的故事"野鸡不啼不挨打"在日本流传甚广。

说的是日本弘仁年间要在长柄川上修造一座桥梁，虽然动用了上千人力，投入了万两白银，但是仍然挡不住湍急的河流。就在众人在岸边急得如热锅上的蚂蚁团团转的时候，不知何时人群中流传开了只有将一活人祭祀水神才能挡住水流的传言。

流言一旦传开就如同湍急的河水一般挡都挡不住。

于是长柄官府为了搜寻到一名合适的祭祀之人，就设了一处关卡盘查过往行人。恰巧垂水村的一名叫做岩氏的人路过此处，这位多事的岩氏随口问道："这是出了何事？"

正所谓祸从口出。问清事情缘由的岩氏当时信口开河道：

"哈哈哈，这有何难？将衣裙上有补丁者作为祭祀之人如何？大家说这主意岂不是妙哉？"

在这位岩氏的提议之下，众人纷纷撩起衣裙查看起来。

令人意想不到的是衣裙上带有补丁的竟是岩氏本人！于是不由分说，岩氏便被众人抓住投入长柄川中做了祭祀之人。

话说这岩氏有一女儿天生丽质。这女儿进入大愿寺打算孤守一生来哀悼死去的父亲。然而其闭月羞花般的容貌引来了众多的追慕者。这姑娘本不为所动，但还是被其中一位青年的痴情所打动，然后便随这位青年嫁到了河内国禁野之乡。

然而这姑娘虽然是嫁了人，但是因为父亲的去世却是整日如哑巴般一言不发、郁郁寡欢。如此一来即使这青年如何喜欢，也难熬这姑娘如玩偶般的整日沉默。

于是，最终这宗婚姻还是破裂了。

就在青年送这姑娘从禁野之乡返回娘家垂水村时，途中路过一处名叫交野十的荒地，忽见一只野鸡刚刚鸣叫着从草丛中窜出来就立即被一名猎人给射死了。这姑娘见状不禁又想起了死去的父亲，于是在满腔哀怨之下不由得发出了一句感叹：

"祸从口出，多事的父亲被生生活埋，啼叫的野鸡被射杀。"

这便是这一故事的来龙去脉。

五

青年听到这姑娘的一声哀怨，才终于了解到原来这姑娘并非聋哑，只是由于父亲的死过分悲伤才不肯开口说话。了解到姑娘内心的青年在原地为野鸡修了一座坟墓，并且在坟墓前种植了三株杉木作为纪念。之后，青年与姑娘便和好如初，恩恩爱爱地过起了小日子。

这一故事在日本尽人皆知、广为流传。

此刻位于山王社旁的日光东照宫修缮工程临时哨所内的一个房间内正有三个人密谋着什么。

在当时只要是为了类似的工程而修建的临时哨所内，必然带有一间厚厚墙壁的屋子。这屋子是为了商量工程进度、工程经费等秘密事情而修建的，所以为了防止偷听，往往墙壁奇厚无比。

"那么……"

这时欲言又止的别所信浓守唯唯诺诺地看了看其他两个人。

脸上刻满皱纹的别所信浓守一脸苍白地从喉咙里挤出了两个字后却又停住了。

无须多言，余者二人自然就是柳生对马守与老家臣田丸主水正。

室内充满了紧张、严肃的气氛。

"且说护摩堂的墙壁……"

"嗯。"

对马守与主水正对视了一下之后，便像自言自语般继续自顾自说道："曾经名闻天下的宽永营造一度计划过一个长久之策，但是最终都不甚理想，到后来还是要不停地修修补补。"

对马守想起了手下为自己找到的先前的那些日光山修缮文献记录。

"嗯，想来这日光山修缮确实是每隔二十年就要来一次啊。"

"嗯，确实如此啊。"

主水正一边掰着手指头数着一边接过话头。

"正保二年、承应三年、宽文四年九月、延宝七年……掐指算来，这日光山的修缮次数可是不少了啊。而且，每次都是从护摩堂的北墙壁开始破损。"

"这次也是如此啊。日光山官府的人正是看到护摩堂的北墙壁有些破损，才意识到了整座东照宫已经到了不得不修缮的时候了。于是便将这一情况呈报给了江户朝廷，朝廷便在江户城的大广场上抽签决定了此次修缮的负责人。大概是这样一个梗概吧。"

"这话听起来实在是蹊跷。"

对马守说着眼睛一亮。

说着三个人凑近了脑袋。位于三人中间的烛台在三人的晃动的身形中幽幽地摇曳着诡秘的光影。

"莫非这护摩堂的北墙里有恶鬼作孽不成？"

"恰巧近日有一传言说要在北墙中埋进个活人作为祭祀之用。"

六

对马守忽然哈哈大笑道："到底是谁放出的消息说此次修缮要在护摩堂的北墙之中埋进去个活人作祭祀用？"

别所信浓守与主水正听后都默不做声。

一时间房间内陷入了一片沉寂。

"据传言说谁提的建议谁就将被活埋哦！主水正，可是你散布的消息？"

主水正一怔。情急之下慌忙辩解道："怎，怎么可能！我散布这个谣言作何用？！"

说着主水正不停地左右摇摆着双手极力否认。看主水正的脸色好像比上次被峰丹波追杀时还要紧张几分。

一直盯着主水正看的对马守坏笑了一下说道："哈哈哈！你这双手就好似在墙中挣扎一般啊。主水正，看来这祭祀之人非你莫属喽！"

主水正听后脸色顿时变得煞白，慌不择地抢话说道：

"藩主莫要玩笑！"说着主水正急忙把双手老老实实地放在了膝盖上。

谁知一旁的别所信浓守也添油加醋地说道："嗯，谁提议谁就被活埋，这在以往可是屡见不鲜啊。"

"是啊。"对马守语气沉重地接着说道。

"据说出云国在修造松江大桥之时也是需要找一个活人来作祭祀之用，但是一直也无人毛遂自荐承担这个角色。后来有一个叫做源助的人提议说找一个衣服上有补丁的人来充当这个角色，万万没想到的是身上有补丁的竟然还是这个提出此建议的源助本人。于是这源助就被活埋在了桥墩之中。至今还有源助柱的说法啊。主水正啊，你看你也是一把年纪，所剩时日也不多啦，与其费力寻找祭祀之人，还不如你主动点自己进去就解决问题了嘛！然后还可以起个名字，嗯……就叫做主水壁。嗯，也不好，这名字听起来不大吉利。要不叫做田丸壁。哈哈哈！妙哉妙哉！"

"藩主。藩主戏言啦！"

别所信浓守冷冷地看着伏地抖作一团，一脸惊恐的主水正说道:"呵呵,柳生藩主,依在下看来护摩堂的祭祀之人不如是一对为好啊——埋入母子二人则更妙啊。"

像是抓住了一根救命稻草般,主水正急忙抬起头说道:"此话甚是有理!甚是有理!我这一把老骨头,怎配得起那华丽的护摩堂啊。终于得救了,得救了!"

"嗯。母子二人。这样说来……"

这护摩堂屋顶乃是由从中国运来的上好木材所造,据说原来这屋顶上刻着一头母狮子和一头小狮子。那头母狮子乃是狩野秀信的作品,小狮子乃是其子狩野助信所作。

可能是由于这个缘故,坊间也曾流传着只有将母子二人埋入北墙,护摩堂才能长久不坏。

"如此说来,只能是寻找路人中的母子二人来充当这个祭祀之人了!主水正!这就交给你了!你前去鹿沼新田哨所严密盘查过往行人,一定找到合适的母子回来!还有,此事必须严格保密,不得泄露半点!"

母女二人行

被活生生埋进墙壁之内,这是何等优厚的招待。

一

"喂!那边站着的不是小美夜吗?"

打招呼的是正光着一只臂膀,手里拎着一个长把勺子的石金。

原来这位住在大杂院入口处的石金正在给路边的花草浇水。

"我说你这小姑娘站在阴暗处,我还真没注意到,水溅到你脚上了吧?真是抱歉啊。"

石金一边这么说着,一边用力甩了甩长把勺子上的水,然后走近了小美夜。

夕阳斜挂下,只见小美夜模糊地映照在余晖中。

此刻的江户城告别了炎热的一天,大自然随同落日一道,毫无偏颇地将徐徐凉风送到了包括这所大杂院在内的整个江户城。

　　大杂院入口处柴棚上爬着的丝瓜，还有近处龙泉寺里的橡子树上的橡子都在微风中轻轻摇曳着。

　　街道上到处都是出来乘凉的人们。路两旁有下棋的，有三五成群站着聊天儿的……这就是往昔江户城里最为生活化的夏日傍晚的场景。

　　石金低头看着小美夜裙子上滴滴答答滴落的水滴，脸上立刻显得尴尬万分。石金将一只手搭在小美夜肩头说道："啊呀，实在是对不起啊。我怎么把水给溅到如此可爱的小美夜身上了呢？啊呀，都湿透了。小美夜可要原谅我啊。哎哟，小美夜怎么哭了呢？"

　　石金凑近了才发现小美夜脸上确实挂着泪珠。

　　"也就是身上溅了点水嘛，用不着哭的嘛。虽如此说，女孩子家弄脏了衣服也确实是不好受啊。确实是我不好，是我不好。好啦好啦，不要难过了，快回家去吧，回去吧。"

　　尽管石金一个劲儿地哄着，小美夜却丝毫不为所动，只是不住地抽泣着。

　　只见小美夜如泥塑石雕一般站着一动不动，大颗大颗的泪珠从脸庞上滑落掉在地上。

　　石金看向小美夜的眼睛，只见小美夜看都不看他一眼，只是一眨不眨地望着远处天际边残阳映射下如血的浮云。小美夜似乎根本没有注意到衣裙上滴落的水珠。

就这样好一阵沉默之后,小美夜突然没头没脑地说了一句:"石金大叔,你说作爷爷他在那朵云彩下面吗?"

石金听后不禁吃了一惊。

"嗯?作大爷?哦哦哦,真是可怜啊!原来小美夜一直都在想着作爷爷啊。"

"石金大叔,你说那朵红红的云朵下面是不是有个叫做日光山的地方?"

"日光山啊,日光山还在更北边呢。"

说着石金抬起手指向了北边那片昏暗的天空,然后又自言自语道:"是啊。生母不如养母亲啊。本以为亲生母亲莲夫人回来了,小美夜能够高兴起来呢。看来小美夜还是忘不了将自己一把屎一把尿拉扯大的作爷爷啊。可以理解,可以理解。"

二

突然,身后又传来了另一人的抽泣声。石金猛地回头看去,原来不知道什么时候小安也立在了身后。

只见小安身上穿着一件薄汗衫,挽着袖子,手里捏着一卷毛巾,正伫立在屋檐下水桶旁的阴暗处。

"喂!不要哭!有什么好哭的!"

说着,小安用手中的毛巾擦了擦鼻子上的泪水,然后噌地窜到了二人的面前。

"我说石金大叔,你可要好好听我说说。你也是知道的,自从作爷爷被那个什么柳生对马守的老奴才带走后,小美夜就整日茶不思饭不想,不分昼夜思念着作爷爷,连眼泪都快流干了。看着小美夜这么难受,我也忍不住,忍不住掉下了眼泪啊。"

"啊,小安,你是什么来的?我刚刚问了石金大叔,日光山啊就在……对了,你看那边当铺的仓库房顶上不是能看见一个高台吗?那个高台右边有一朵像鱼儿一样的云彩,日光山就在那朵云彩下呢。作爷爷就在那朵云彩下边。我真想成为那朵云彩啊。"

"哼!"

小安生气地扬起小脸回过头来看着石金说道:"不要对小孩子胡言乱语!我正想着怎么能让小美夜慢慢忘记这件事情呢,你可倒好,让你这么一说,小美夜更加忘不掉了,更加伤心啦!"

在小安的责怪之下,石金只得自己给自己打圆场道:"嗯,你来了我也就放心了。只消小安三言两语,一定能让小美夜忘记悲伤的。"

说罢,石金转身就要往家里走。

"呸!亏你说得出口!"

小安紧接着对小美夜说道:

"小美夜啊,咱们不要站在这里了,在这儿会被蚊子吃掉的。再这么哭下去,眼泪也流干了,眼睛也要哭瞎了。快看啦!快看啦!大杂院里神通广大的小安来也!小安给你表演一只馋猫是如何蹑足潜踪去偷吃小鱼的。"

说着,小安一挺腰翻了个筋斗,然后又四肢张开趴在地上装作一只馋猫的样子围着小美夜的脚下不停地蠕动着。

小安一心只想着让小美夜开心起来。

"接下来,是一只猴子倒穿着马褂来到了火灾现场。"

小安一边嘴上说着,一边开始忙活起来。

只见小安伸手撩起衣裙蒙在脑袋上围着小美夜身边左右转了起来。

"哦?这样都不笑啊。嗯,有了!这回啊,我给你表演一个按摩师在疯狗的狂吠下不知所措的样子。汪!"

小安说着装作一副稻草人的样子一动不动。片刻之后小安微睁开眼睛望向小美夜,只见小美夜看都不看自己一眼,仍然泪眼婆娑地盯着北边天空。

"啊。使出了浑身解数怎么也不能把你逗笑啊。累死我了。"

小安一脸哭相,扑通一声一屁股蹲儿跌坐在了地上。

三

"你要知道作爷爷可是像父亲一样把我养大的,我思念作爷爷也是理所当然的啊。"

小美夜终于用手抹干眼泪开口说了话。

"小安你不也是整天盼星星盼月亮盼着早一天见到你的父亲母亲吗?"

被小美夜这么一说，这回轮到小安情绪低落起来了。

但小安毕竟就是小安，稍作思考后马上歪着小脑袋反驳道："要这么说，你现在不是有一个雍容华贵的自称莲夫人的母亲出现了吗？我虽然甚是讨厌她，但是想想，我小安至今还没有见过我父亲母亲长什么模样啊！你说我可怜不可怜？"

说着小安垂下了脑袋，显得沮丧至极。小美夜见状立刻上前安慰道："这究竟是怎么回事呢？我想那位官老爷应该是不会撒谎的啊。"

"哪个官老爷？怎么回事？"

"前些时候泰轩先生让我去樱田门外的大冈守护大人那里送茶壶来着。当时那位官老爷夸了我好一通，还说要奖赏我一些什么，我就说我什么也不需要，只要能帮着找到我小安哥哥的亲生父母就行了。当时他也答应我了，可是时至今日怎么连一点消息都没有呢？"

"原来小美夜这么替我着想啊。真是太感动了。"

多愁善感的小安听小美夜这么一说，不禁有些抽泣起来。

"原来是大冈。"

这话听起来有些像小安所敬仰的泰轩先生的口吻。

"还不仅仅是那个什么大冈守大人呢。小美夜你还记得吧，前几天作爷爷出门的时候，对那个自称是柳生藩老家臣的田丸千叮咛万嘱咐，让他帮忙一定要找到我的生身父母。我原本也以为既然都是伊贺柳生藩的人，就一定能找到一些什么线索。可是都过去这么多天了，至今就好像是石沉大海了一般毫无音信。看来从一开始,那个田丸王八蛋就是想骗作爷爷和我们!小美夜,你说怎么全世界都在欺负我啊!我怎么这么可怜啊!"

"不要这么说啊。这么说起来,小安哥哥你要体谅一下我思念作爷爷的迫切心情啊。"

"嗯,知道的知道的。当然体谅。"

"嗯,所以啊,我现在在想能不能求求那个莲夫人,让她带我一同前往日光山去寻找我的作爷爷。"

即使已经知道了那位莲夫人是自己的生身母亲,但是小美夜从心里还是难以接受这个半路突然冒出来的莲夫人为自己的母亲,所以一直称呼其为"莲夫人"。

"什么?你说你要去日光山?还要和那个狠毒的女人一起?"

"哈哈哈,狠毒的女人?这话说得有点不恰当吧?这么一说,我越发想去日光山了。"

"小美夜!我问你,你对那个莲夫人到底是怎么看的?莫非你喜欢她不成?"

"讨厌啊,非常讨厌!我压根儿也没把她看成母亲!"小美夜不假思索地回答道。

"那你还说要和她一起去什么日光山?!"

"但是我想见到我的作爷爷啊。"

两个人就这样纠缠不清起来。

四

小安见无法说服小美夜，便一把抓起小美夜的手臂，拉扯着回到了家。

此刻的大杂院已经是灯光闪烁。在主人作大爷离开的家中，莲夫人正围在水池边上忙活着准备晚饭。

人的心境总是会随着环境的变化而发生变化。

直到昨天为止，莲夫人的身份还是司马道场著名的一代剑师的亡妻，过着前簇后拥、养尊处优的生活。

莲夫人最近才痛下决心斩断了对源三郎的思恋，同时也决心从峰丹波之流中抽身而出。

幡然悔悟的莲夫人首先想到的就是抛弃在大杂院里多年不曾问起的父亲作阿弥，以及自己从来没有抱过的亲生骨肉小美夜。当其断绝红尘，抛弃了一切恩恩怨怨来到大杂院的时候，不巧的是恰逢父亲作阿弥正要被召唤到日光山去做工匠。

而自己的亲骨肉小美夜却迟迟不肯认自己这个亲娘。再加上一个小毛孩子小安，和小美夜混在一起，整天给自己的除了白眼还是白眼。

"本来就是你办的坏事嘛。身为母亲却对自己女儿不管不问。要我说你这就是自作自受。"

虽然泰轩居士毫不留情面地指责着莲夫人，但是这些指责之词在此刻穷途末路的莲夫人看来就如同救命稻草一般珍贵。

来到大杂院之后的莲夫人就如同换了一个人一样。只见这时的莲夫人发髻高盘，弄得利利索索，腰间系着围裙，手里拎着抹布，就好像大杂院的主妇一样。

若是这个形象被道场的弟子们看到了的话，他们该是什么反应呢？

莲夫人一边在水池边忙活着掰弄着海鲜贝类，一边忙不迭地说道："啊呀，快请，快请！先生往里面来。"

说着莲夫人回头看了一眼屋里接着说道："呵呵，说是屋里吧，里面实在是狭小。哟，这么说着，先生可就躺下了啊。哦，对了先生，刚才有位叫做铜义的人过来找您。"

话音未落只听那个叫做铜义的人的声音就传了过来："真是不好意思啊。我有一事请教先生。我家里那个母夜叉实在是把我给气坏了。"

说着这位铜义便毫不客气地进屋里来，一屁股就坐在了泰轩居士的面前。

不用介绍，这又是一位前来找泰轩先生评理的乡里。

在泰轩先生高尚品格的感化之下，大杂院已经从原来的又脏又乱又差变成了远近闻名的整洁有序、团结友爱的社区了。

同时泰轩居士也因此声名远扬，这不，眼前的这位铜义就是大老远赶来求教泰轩先生的。

"您就是闻名遐迩的泰轩先生吧？我是住在深川古石场的

铜义，有一事相求。我这个人吧，生性讨厌吃青花鱼，而我家里那个不明事理的老婆却偏偏今天吃青花鱼，明天还吃青花鱼，天天如此。真是气死我啦。"

"我还以为是什么事呢。来的这位可是位不可小视之人呢。"

泰轩先生苦笑了一下，翻身起来。

"泰轩叔父！我有一事相求！"

这时，门外传来了小安的声音。

五

铜义刚想向泰轩先生诉说一番关于自己老婆的苦衷，没想到刚开口就被从门外闯来的小安拦腰截住了。

"叔父！你听我道来！"

泰轩居士未曾开口说话之前，先抬起手捋了捋下巴上的长须。

"小安不可无礼。没看到有客人来了吗？你的事情过后再说吧。"

"什么？客人？难道我就不是客人吗？"

说着，小安用膝盖磨蹭着凑近泰轩先生接着说道：

"小美夜不听我的话，请叔父劝说劝说小美夜吧。"

"哦。我说小安啊，没想到你们二人这么快就开始小夫妻一样吵架了啊。真是太快了啊。啊哈哈哈！"

一旁的铜义直听得云里雾里,一时间呆坐在那里如同泥人一般。

"小美夜说要同莲夫人一同前去日光山找作爷爷呢。"

小安话音未落,只见厨房的莲夫人一把拿起抹布胡乱擦了擦手,连滚带爬一般地来到众人近前迫不及待地问道:"美夜,你说的可是真的?啊……我的美夜啊,高兴死为娘了啊。自从你爷爷匆匆离去,为娘我也是日夜挂念呢。我说泰轩先生,求您让我们母女二人前往日光山吧。"

面对着眼前这个意外的"友军",小美夜眼睛里立刻闪现出异样兴奋的光彩。

"原来母亲也想去见爷爷啊?嗯,那正好我们一起去吧。"

闻听此言,大颗大颗的泪珠从莲夫人眼眶中滚落。莲夫人一把抓起小美夜的小手激动地说道:"谢谢!谢谢美夜!你这还是第一次叫我母亲啊!听着这一声母亲,为娘我,死了也心甘情愿啊。"

说着,莲夫人一把将小美夜紧紧地搂在了怀中。

一颗颗热泪从莲夫人脸颊上滑落,滴在小美夜的小脸上。

被莲夫人一把搂过去的小美夜先是一惊,而后反而像是异常享受似的喃喃地说道:

"嗯,起初有些不习惯,渐渐地我觉得你是我的母亲了。所以我才想求求泰轩叔父,让我们一同前往日光山。"

一旁的小安闻听此言,不禁吃惊地大张着嘴巴看着眼前不可思议的一幕。

"嗯……那么，我改日再来打扰。"

这时一直沉默不语的铜义终于醒过味道来，退回到房门处冲着小安深施一礼，然后如同空气一般转身无声地离去了。

一直沉思不语的泰轩先生终于开口说道："小安啊。"

泰轩先生此刻的话语声显得极为低沉。

"你不该阻拦啊。"

"嗯？那该怎么办？莫非就让小美夜跟着眼前的这个莲夫人去日光山不成？"

"一个是迫切想见到自己爷爷的小美夜，况且还是像父亲一样将自己拉扯大的爷爷。一个是为了抓住人生的最后一次机会求得父亲原谅，想尽一份孝心的莲夫人。无论如何我们都不该阻拦和拆散她们二人啊。小安，你懂吗？"

"泰轩叔父！看你净说些什么？！要这么说，我也要去！"

小安瞪大了眼睛嚷嚷道。

六

"我们这就叫做守株待兔。"

负责这一哨所的柳生藩衙役津田玄蕃抬起手中的六尺大棒往地上一戳。

"是啊是啊。自从日光山东照宫修缮工程开始以来，方圆四十里都封山了。沿路盘查之严格是尽人皆知的事情，哪里还有什么母女结伴前来日光山这个是非之地呢？"

"说的是啊。还有啊，这条山路要是还通往他处还成，遗憾的是只通往日光山一个地方啊。这样想来要是有那么一对母女能主动送上门来，那可真叫一个巧啊。"

点点繁星点缀着的星空下，哨所周围篱笆林立，入口处燃起了熊熊篝火。

这所建在鹿沼新田的新哨所是为了重修日光东照宫而临时增设的。

"到底是谁出的主意？为什么偏偏要将一对母女封入护摩堂的北墙壁？"

"嘘！小声说话！据说这是我家藩主为了能够顺利地完成本次大修，才想出了这个方法啊。"

"谁出的这个主意又与我们何干？我等只管捉住一对母女交差就是了。"

路静人稀之下，哨所外篝火旁的人众说纷纭。

云层间时隐时现的月亮，如同一片白色粉末一般散发着混沌的光芒。在这片浑浊的光芒中，草木摇曳，人心浮动。

这时从对面走来一高一低两个女人的身影，已经筋疲力尽的她们止住脚步，远远地望着前方篝火映照下脸色赤红得如同厉鬼般的衙役们。

这时只听一只手里挂着不知从何处捡来的细竹竿，一只手牵着一名小女孩的貌似母亲的女人开口说道："小美夜累坏了吧？脚疼不疼啊？"

"不疼，我一想到被带进大山的作爷爷，脚就一点都不疼了。"

"啊，小美夜如此思念爷爷啊！……小美夜和爷爷生活的这么多年里，我身为母亲竟然不管不问。"

"爷爷经常告诉我说：你的母亲是个没有人性的人。所以我从很小开始就以为我母亲并非什么好人呢。"

"美夜不要说这些了。不过即使你这么想母亲也是无可厚非的啊。从今往后，母亲再也不会离开你半步！"

母女二人从江户城一路风餐露宿，眼见着日光山近在咫尺了。在这段路途上，母女二人的关系一下子拉近了。正所谓血浓于水，骨肉亲情总是难以割舍的。

经过一路的交流，已经完全亲近了莲夫人的小美夜此刻正拖着绑腿和草鞋紧跟在莲夫人身后。

"母亲啊，是不是马上就到日光山了啊？"

"嗯，是的，再稍微忍一忍，马上就到了。"

说话间两个人就来到了哨所前。

"站住！"忽然从旁边蹿出个大汉手持大棒横住了去路，"不问你们姓字名谁，也不问你们来自何方，我只问你们可是母女？"

七

换作以前的莲夫人遇到这样的事情必定是一脸淡然、不怒自威地喝问："休得无礼！还不速速退下，免得一死！"

而现在的莲夫人只是一名不知名的过路人。

"官老爷,"只见莲夫人轻启朱唇,双手撩起衣裙,一边朝地上跪着一边对小美夜说道:"美夜!别傻站着。在官老爷面前莫要失礼。"

进山心切的莲夫人如此卑躬屈膝正是为了摆脱眼前官府的衙役,尽快通过这个哨所。

横住去路的衙役怀抱木棒接着问道:

"以防万一,我再问一遍。你们二人可是母女?"

对于此刻的莲夫人而言自己与小美夜被人承认为母女可谓是求之不得之事。所以在听到眼前衙役的问话后不禁喜上眉梢。

莲夫人笑呵呵地迫不及待地回答道:"正是。如官老爷所见,我们正是母女。真是太感谢了。"

"哼哼哼,这回答可真是奇怪。看长相倒确实像是母女。"

"官老爷说哪里话来。不管何人问起,这美夜都是我的女儿,我也是美夜唯一的母亲。好啦,我母女二人还要急着赶路,既然官老爷也问清楚了,那么能不能行个方便,放我们母女二人过去?"

小美夜也从一旁说道:"母亲,母亲,快求求这位官老爷,让我们早点过去吧。"

听到小美夜的这句话,一直死死盯着这母女二人的衙役重重地点了点头说道:

"好!我这就去写通行文书,在此稍候片刻!"

说罢，这衙役转身飞一般地来到哨所内嚷嚷："各位各位！老天开眼！终于来了一对母女！而且还是一位风韵的大美人儿领着一位可人的小美人儿。我们立功的机会终于来了！"

正在喝茶的津田玄蕃闻听此言急忙起身说："甚妙甚妙！如此我也就放心了。诸位，按预定计划行事！"

在玄蕃的低声命令之下，众衙役起身赶往外面。

"来得真是时候！你们母女二人尚不清楚吧，此次我柳生藩奉旨重修日光东照宫，为了图个吉利，特意在此处设了一处哨所，为的就是请通过此处的第一对母女前去一同庆祝。你们母女二人算是来着了，我们可要好生招待你们一番啊。"

被活生生埋进墙壁之内，这是何等优厚的招待。

被蒙在鼓里的莲夫人一时间只觉得莫名其妙。玄蕃见状继续哄骗道："也就是说你们母女二人从现在起就是我们藩主的座上宾客啦！我们几个这就护送你们去见我们藩主！来人！准备轿子！"

随着玄蕃的几声击掌声，只见几个大汉抬着一顶轿子出现在火光映照的光影中。

"无须客气！来！请上轿！"

不容分说，母女二人便被众衙役抬到了轿子之上。——如此重要的人体栋梁，岂容逃脱？

艺术之心
熊熊燃烧的阿修罗

"嗯,若是能雕刻出个精品之作置于东照宫,那我作阿弥也能与大佛师法眼康音、左甚五郎等名匠齐名啦!这样想你也能永远留在菩萨身边嘛!嗯,这样来也不算什么嘛!不就是稍稍忍耐一段时间嘛。"

一

夏日的毒辣的日光里,午后突然刮起一阵秋天般凉丝丝的风来。

这里现在已经变成了一所小学。沿着这条道路往前走然后左拐,过了四本龙寺之后,在不远处的右手,一座吊桥横卧在稻荷川上。

过了吊桥往左转便是外山了。

然后一直走下去就到了雾降道。

从吊桥处开始过了大概五六个街道也就到了外山的山脚。山脚下奇石林立。外山上的风景被称为日光山第一美景。

经过吊桥不远,便能看到律院和梅宅,而后在渡过了架于溪流之上的一座小桥之后便到了名为小仓山的一块高高的平地处了。

顺着这片平地再往前走上一里地左右，耳边传来的是哗哗的击水声。

这里是日光山三大瀑布之一的雾降瀑布。

雾降瀑布高十三丈、宽三十尺，上下两层。

从山顶飞流直下的瀑布水重重地击打在层层岩石之上，击起大片大片的水雾。水雾弥漫着盖过了四周的树木。

巧的是此刻正有一弯七彩虹横着架于瀑布前方。

在这弯七彩虹的一侧有一处观景台。观景台处向外的草丛裂开了一条缝隙通往对面的峡谷深处。

峡谷幽深。虽为白昼，此处却犹若黄昏。

沿着草丛中的这条羊肠小道一直走到峡谷深处，只见在树木掩映之下，一座白色的小房子映入了眼帘。

住在这里的该是有何等闲情逸致的人啊。原来住在这里的就是已经白发苍苍、老态龙钟的作阿弥。

从观景台往峡谷中望去，看见的只是满眼的过人高的杂草与灌木丛。在这些杂草与灌木丛的遮掩下，作阿弥的这座小房子简直就是与世隔绝。

原来作阿弥向对马守提出了一个要求，希望在一处与世隔绝的三昧之地专心致志地埋头雕刻。对马守不敢怠慢，立刻差人在这个人迹罕至的峡谷内建造了这么一座小房子——作阿弥的工作室。

每天早上与傍晚，作阿弥都会蹲在屋子边上的小溪旁淘淘米、刷刷碗什么的。每到这个时候偶尔能看到从山林中打柴经过的樵夫在对面经过。

虽说是孤零零的一个人待在这个幽静的峡谷内,但作阿弥却并不觉得孤单。

"嗯,若是能雕刻出个精品之作置于东照宫,那我作阿弥也能与大佛师法眼康音、狩野探幽、左甚五郎等名匠齐名啦!这样你也能永远留在菩萨身边喽!嗯,这样想来也不算什么嘛!不就是稍稍忍耐一段时间嘛。"

作阿弥时不时地都会跟自己进行一番对话。

"看嘛!往这里来一下,看上去马上就不一样了嘛!立刻活了起来!"

然后就是绵延不断的凿木声。

虽然是一片幽谷,但是千百的虫鸟鸣叫声却使得人耳朵刺痛。

二

静悄悄的小屋内突然响起了说话声。

"不要动!不要动!嗯?什么?累了吗?站的时间太久了?哈哈哈,好吧,休息一会儿吧!"

作阿弥此刻的说话声听起来既有生气又非常的圆润。

是作阿弥在自言自语吗?不对啊,分明像是在跟谁说着什么。

如果此刻有谁从这间小屋的窗户缝隙里窥探一下的话，一定会对眼前所看到的情景感到吃惊的。

屋里虽然是作阿弥孤身一人，但他身边却是有一个伴儿的。

这个伴儿就是一匹马——用来当做模特的一匹马。

虽然心中对马匹的骨骼、体形了如指掌，但是这次为了能够留下一个传世之作，作阿弥便想到了要一匹马作为样本。

"这匹马并非单单是个样本。我想在与马匹的朝夕相处过程中，能够更好地将马匹的习性雕刻到木雕作品中。这才是我的真正想法。"

对马守虽然在修缮日光东照宫工程上有些捉襟见肘，但是作为一藩之主，家中除了有数不尽的刀枪棍棒，自然也少不了名贵马匹。

作阿弥提出这一要求还是在未动身前来日光山之时。

接到作阿弥这一请求的对马守，立刻差人领着作阿弥来到马厩前的空地上，然后挨个一匹一匹地将马拉到作阿弥近前，让其挑选。但是作阿弥没有看上任何一匹。

最后牵出来的是对马守的一匹爱马——"足曳"。作阿弥只是稍稍瞥了那么一眼，便重重地点了点头。

有古诗云：

足曳之鸟，疾飞如电。

话说这匹足曳马真是一匹宝马良驹，若将其松缰于原野之上，那将是一匹风驰电掣般穿梭于林木间的洒脱奔逸的骏马。

样本之马非此马莫属。此刻这匹宝马良驹正站在踌躇满志的作阿弥老人面前。

"嗯，该喂些草料给你啦。"

作阿弥就像跟人对话一般，一边用手抚摸着马的鬃毛一边接着说道：

"接下来可要乖乖地仰首凝视前方哦。"

虽然眼前的这匹宝马良驹异常的通晓人性，但是要想让其完全听从作阿弥的命令还是有些难度。

作阿弥丢掉手中的工具，然后退后几步眼睛盯着雕刻到一半的马头一动不动。

虽然眼前站立着的还只是木马的雏形，但是已经让人感觉到了一股犀利的威风。

不愧是作阿弥手中的作品。

"嗯，据说阳明门①两侧的两条龙一到晚上就出来饮水，那我这匹骏马今后可以载着它们飞跃雾降瀑布！"

"不错！妙哉！"

作阿弥自言自语道。

这时突然传来了窸窸窣窣的声音。

在这个人迹罕至的峡谷里，会是什么声音呢？

莫非是足曳马开口说话了？

作阿弥回头一看。

---

① 日光东照宫的大门。

三

作阿弥回头看去，吃惊地发现不知何时柳生对马守与老家臣田丸主水正已经悄无声息地来到了门前。

看来是对马守不放心，前来微服探访的。

"如何啊？足曳还算老实听话？"

说着，对马守抬脚迈过散落在地上的凿子、木屑等杂物进入屋内。

这间屋子地板一半是木地板，一半是土地。对马守的坐骑足曳被拴在土地的一侧。起居室兼马厩的这间屋内散发着一股恶臭。

作阿弥一看到对马守走了进来，急忙抓起一张油布呼啦一声蒙住了木雕马像。在作品完成之前，作阿弥不想让任何人看到，即便是柳生对马守。

作阿弥将木雕马像蒙好后立即把脸色一沉，死死地盯着对马守与主水正主仆二人厉声问道：

"无礼之至！你们和谁人打了招呼？！竟敢擅自闯入！"

此刻的作阿弥仿佛就是被艺术之熊熊火焰包围着的凶神恶煞般的阿修罗，已经忘记了站在自己眼前的人是谁了。

"不到最后一斧子落下，我的作品是不给任何人看的！我将自己关在这个与世隔绝的峡谷中正是出于此目的。你们难道不知道吗？！"

面对眼前怒发冲冠的作阿弥，一藩之主的对马守也不由得后退了两步。

"先生莫急，先生莫急。因为木雕马像的放置之所已定，我就想过来看看现在您这里到了什么程度，所以就不由自主地来了。"

这时，主水正迈步向前说道：

"作阿弥老先生！说话可要注意！虽说你的一片赤诚之心也可谅解，但是也要分分对象吧？莫非是过分地集中精力，有些老眼昏花了不成？"

"放置于何处与我何干？！请速速离去！"

"呵呵，也罢，也罢！"

对马守却并不生气，而是眯缝着眼睛打量着眼前这位一本正经的作阿弥。

"这木雕马像可是要作为护摩堂的门神永久置于堂前的哦，作阿弥先生。"

主水正接过藩主的话茬说道：

"作阿弥仔细听着！这里面可有一些说道。历史上东照宫都是从护摩堂的北墙壁开始损坏，说来这事甚是蹊跷，想必其中必有什么妖孽作祟。于是在本次修缮之际，为了镇住这妖孽，同时也是为了保佑此次修缮工程顺利完工，遂决定捉住母女二人活埋于北墙内作为祭祀。"

作阿弥闻听此言，立刻变得不安起来。

"什么？！母女二人？"

"正是。有这母女二人永久守护那面北墙壁，同时在其前方放置这匹木雕马像放哨警戒，可保东照宫百年岿然不动！作阿弥，你可知你肩头的责任有何等之重？为了镇住那母女二人的游魂，你可一定要造出一匹传世之作啊！"

作阿弥听罢只觉得身上一阵发冷。

"如此说来，那，那母女二人已经定了下来？"

"嗯，正好生款待着呢。那母女二人还被蒙在鼓里。我还未曾见过这母女二人呢。"

主水正答道。

竹筒

莲夫人这才想起来，自己每天白天在门口都会看到一股溪流之水流过不远处的杉木树旁，然后顺势而下。

一

穿过横架在田母泽①之上的一座桥后再往前走不远，左手看到的就是大日堂。

顺着荒泽桥前面的上坡路往右手走，不久一条瀑布便出现在眼前。

在通往这个瀑布的道路的一侧是一片茂密的树林。在这片树林的某处，有一条通往树林深处的羊肠小道。毫不知情的附近的几个百姓顺着这条小路往里走去。

刚走不远只见一旁的草丛中两三个人影赫然伫立着。

"站住！来此何干？！"

几个百姓吓得点头哈腰地说道：

"嗯。我们是来这峡谷中割草的。"

---

① 田母泽以及下文的荒泽均为河流名称。

"速速离去！此路不通！"

对面的两三人齐声怒斥道。

"有官府告示在此。你们几人大概不识字吧?！不识字就念给你们几个听听！"

"此路禁止通行。亦禁止靠近！"

如此，所有靠近这个羊肠小道的百姓都被驱赶散去了。唯有几个捉蜻蜓的孩子幸运地躲过了这二三人的盘查来到了这条林间小路通往的树林深处。

从对面茂密的树木中隐隐约约看见的是一个茅草屋顶。周围死一般的寂静，毫无人迹。

但是当这几个孩子刚刚要靠近这所茅草屋，突然不知从哪里冒出了几个衙役模样的人来。

"居然能深入到此处！"

几个衙役怒瞪着双目将几名孩子送出了树林。

此处可谓戒备森严。

看来围着这所小茅草房，方圆几里都设防布哨了。

这所房子好像一直都住着人，外观显得小巧玲珑。从外表看不出什么特别之处，缘何搞得如此神秘兮兮？究竟住在此处的是何许人？

或许你觉得房中是不是囚禁着什么重大犯人。

其实屋内端坐的却是一名貌似武士妻子的风韵女人和一

名娇小可爱的女孩子，以及一名照顾她们起居的二十岁上下的女仆。

一阵秋风吹过，将一卷落叶带到了正依靠在屋外一个立柱上的莲夫人脚下。莲夫人自言自语道。

"究竟要在此处待到何时啊？"

这阵秋风仿佛是施展了魔法一般，令平日里只能远远望见的日光山连绵的山峦，还有山上的男男女女都清清楚楚地呈现在眼前。

听到莲夫人的感慨，小美夜也凑过来娇滴滴地问道："母亲，这里就是日光山了吗？什么时候能到爷爷身边啊？"

莲夫人一脸愁容地将双手插在前胸无精打采地说道："嗯。这个母亲也不知道啊。"

"这么说这里还不是日光山吗？"

"呵呵呵。这里倒是日光山，但是什么时候能见到你爷爷。可就不好说了。"

二

沉思不语的莲夫人突然一脸不解地又说道："嗯，这到底是怎么一回事呢？在鹿沼新田那个哨所被盘查时，那些衙役为何特别在意我们二人是不是母女呢？"

就像是在和秋风说话一般，莲夫人接着自言自语道："母女二人究竟意味着什么呢？当我说了我们确实是母女之后，那些衙役为何那样兴奋？还立刻派了一顶轿子特意将我们母女二人送到这个房子里？"

就在母女二人被送往这里的途中，莲夫人隐约听到跟随前来的衙役在轿子左右窃窃私语。
"这可是尊客啊！"
"真没料到能有母女二人在此通过啊。真是幸运之至。"
莲夫人听着这些话只觉得有些蹊跷。如此说来，这所茅草屋也是事先准备好了的。

这间屋子也一定是从百姓手中买下，为了迎接客人最近才刚刚清扫过的。

百思不得其解的莲夫人心想明日一早一定有衙役前来传唤，到时再问个水落石出。然后再将我们母女二人前来寻找在日光东照宫做匠人的雕刻名师作阿弥这一目的告知他们就可以了。

这么一想，莲夫人虽觉得一路劳累，但是最后碰上这等好事也是实在难得。于是当夜晚间便放心大胆地美美地睡了一觉。

然而日复一日，却不见任何动静，这母女二人就像是被幽禁在此处被遗忘了一样。

每日的饭菜也不知从何处送过来的，反正一日三餐，餐餐山珍海味。

另外身边左右还有侍女伺候,可以说过的是饭来张口、衣来伸手的悠闲生活。

如此一来,这母女二人仿佛成了贵宾。虽然莲夫人急不可待地想见到作阿弥,但是连个传话的人都找不到。

就连身边的那位侍女也是一个——哑巴。

小美夜实在是有些焦急了。

"母亲,我们赶快去日光山找我爷爷去吧!"

"是啊!在这里要耗到何年何月啊。路上要是能碰见个官府的什么人,兴许还能知道你作爷爷的下落啊。"

表面看上去此处看管得并非十分严格,周围也并没有什么篱笆阻拦。莲夫人拉起小美夜的手在庭院当中溜达了那么一会儿,忽见杂草丛中有一条小道。

母女二人顺着这条小道刚刚走了没几步,忽然从两侧闪现出五六个大汉拦住了去路。

莲夫人这才发现原来母女二人是被软禁在了这里。

"我们母女二人是来山中寻找作阿弥的。请各位高抬贵手,让我们见见作阿弥吧。"

不管莲夫人如何祷告哀求,那几个壮汉却是置若罔闻。

三

被布置在林中的这间小房子周围的衙役均被上司告之住在此处的母女二人是精神癫狂之人,无论说什么都不要信以为真。

"嗯，看起来就是疯子。这闺女嘛，还跟刚出生时的孩子一般愣头愣脑。光是孩子傻也就罢了，母女二人同时精神失常，实在是可怜啊，可怜！"

"时值日光东照宫大修之际，方圆几十里可谓是五步一岗十步一哨。想来甚是奇怪，这精神失常的母女二人是怎么进入日光山的呢？"

"大概是从外地来迷失了路途，误闯误撞来到了鹿沼新田哨所吧。"

"听说这母女二人在回答哨所的盘问之时，所答之词也是不知所云。在交到我们这里时连个名字还没有问出来。让这样精神失常的母女二人搞得团团转叫什么嘛！那些人在如此清净森严的日光东照宫简直就是碍眼之物！也给此次大修丢人哪！"

"要我说，干脆把她们赶出去不就行了吗？"

"嗯。这妇人虽然身着陋装，但是言谈举止之中却带着些大户人家的痕迹。若是就这么将她们赶出山，事后万一发生了什么事情，对力求尽善尽美之此次大修不是带来麻烦嘛。"

"哈哈哈，明白了，明白了。让她们母女就那么进山吧，又怕引起什么骚动。然后呢，又不能赶出山。所以呢，只好找了这么一户人家的小房子，安顿在此处。又安排我们几个来看守。唉，真是横生枝节啊。麻烦，麻烦。"

"嗨，这母女二人一个疯子，一个年幼无知。只要看好了不让她们出了这个屋子就成。咱们呢，就当是休假了嘛！也是没办法嘛，让干什么就干什么。"

如此，在草丛中盘腿围坐在一起的几个衙役一边晒着太阳，一边侃着大山。

奇妙的是在疯子眼中的正常人往往也是不正常的。疯子眼中的人们要么是脸色不对，要么是笑声不寻常。如果你冲着对以上观点深信不疑的人辩解说："我才不是什么疯子。"

那么这些人就会认为这是你疯言疯语的开始。

例如，他们就会冲你说："什么上天保佑，什么阿弥陀佛的。满口疯言疯语！""什么啊？！想说什么就直截了当地说嘛！"

这样一来，莲夫人是有口难辩的。

莲夫人现在一日内要几次来找这群衙役。

"恳求几位老爷，能否烦请通告一声，小女子想求见几位的上司。"

"好的好的，明白了明白了。不管是藩主也好，还是朝廷也好，我们一定向上禀告，放心吧。你们母女二人只需要在屋内安心等待即可。"

三番五次之下，莲夫人实在是有些按捺不住心中的怒火，大吼一声："哼！一派胡言乱语！莫非这日光山中尽是些疯子不成?！真叫人生厌！"

众衙役闻听此言，不禁都扑哧一声地笑出声来。

"哈哈哈。这女人是没救了啊。被她这么一说，我们成天守着个疯子,不知不觉中是不是受了影响,精神是否也变得有些不正常了呢?"

"你们说什么?我是疯子?!"

"不是,不是!这是哪里话。说的不是贵妇人,我们怎敢对您说如此失礼之词!"

四

还被蒙在鼓里的莲夫人只得再次哀求道:"我还是恳请几位,我们母女二人只是来此寻找作阿弥的。"

"哈哈哈!来啦,又来啦!又开始疯言疯语了!啊哈哈!"

几人捧腹大笑。其中一个好事之人竟然没羞没臊地凑到莲夫人近前说道:"我说疯子贵妇人哪,我们是不会让你去见什么作啊弥啊的。你看啊,太阳一下山,那座太郎山顶上就会冒出无数颗星星来,闪啊闪,闪啊闪……"

"嘿嘿嘿!得了,得了,别说了!"

"还有哇,为什么要跟你说星星闪烁的故事呢。说的是啊,这星星神仙每晚都要下凡,于是啊,每天晚上都会从天上投下一缕青丝来。然后呢,这疯子啊顺着这根青丝,哧溜哧溜地就下来了。对了,你看到那边那棵杉木树梢了吗?疯子啊就是落在那个树梢上的哦。嘿嘿嘿……"

"叫你别说了!人家要是当真了,你就闯下大祸了。"

莲夫人听罢此言大张着嘴巴,吃惊地死死盯着眼前这个相貌滑稽的家伙，像是要把此人看穿了一般。

　　江户城外，遍布妖怪。虽然有这么一句俗话，但是莲夫人实在不敢相信自己的耳朵和眼睛。日光山里竟然聚集着这么一大群非人非怪的家伙！

　　莲夫人气得几乎欲哭无泪，无奈之下只得又沮丧地回到屋内。

　　屋内只有那位侍女正在把弄着从外面采来的一些花草。此刻或许只有这位侍女心中对这母女二人还有些怜悯之心。

　　莲夫人无力地坐到侍女身旁说道："唉，难道就真的没有办法了吗？我说你能不能去通禀一声啊？唉。我又给忘了，你是个哑巴啊。真是叫人着急啊。"

　　这侍女始终都是一副含笑的脸孔，一边审视着自己做的插花，一边伸手除掉多余的枝叶。

　　就这样日复一日，三餐照旧。

　　就好像是要将这母女二人养得白白胖胖的，以便日后使用。这样说来这母女二人同等待出售而被圈养在圈里的猪牛并无差异。

　　人情这个东西实在是奇妙。

　　即使是两个仇人，如果同住在一个屋檐之下，日久便会生情。尤其是残疾之人，更容易对身边的人产生依恋的感情。

这个哑巴侍女名叫阿楮。

原来这个阿楮是随同其兄长伊助——一个泥水匠领班,从京都稻荷山一路艰辛来到日光山的。阿楮来到日光山后一直帮助着自己的兄长和其他泥水匠做些零碎的小工。

虽然是个哑巴,不能开口说话,也听不见声音,但是却能够从兄长伊助的言谈举止中读懂意思来。这就叫骨肉相连,不足为怪。

在来此小房子之前的晚上,其兄长伊助用手比画着告诉了阿楮护摩堂的墙壁中要活埋进去母女二人。

此刻也只有阿楮一人知道莲夫人母女二人接下来的悲惨命运了。

五

陆地上的一座孤岛——这就是此刻莲夫人生活的真实写照。

莲夫人、小美夜、侍女阿楮三个人被完全从世界中隔离。真的就像被同时流放到了一座荒岛上一样。

日久生情。

小美夜就像是只笼中鸟一般憋屈在这个三尺禁地,百无聊赖之中小美夜和侍女阿楮玩起了过家家、捉迷藏。

小孩子是很容易依恋上一个人的。相互熟悉起来之后,现在的小美夜到了晚上有时甚至都会抱着枕头跑到阿楮的床里去睡觉。同时,阿楮也对小美夜产生了爱怜之情。

身为哑巴的阿楮从小便被人排挤，内心始终是压抑和灰暗的。而眼前的天真烂漫的小美夜第一次让阿楮心中封闭的蓓蕾开放了起来。

在阿楮那片万籁俱寂的世界里，人间之美终于大放异彩。

虽然嘴巴不能说话，但是并不妨碍阿楮传达自己的感情。

不知不觉之中，阿楮与小美夜二人成了一刻不能分离的好朋友。这真是一段奇缘。

"阿楮啊。等我爷爷山里的工作完了，你跟我们一起回江户城吧。我有一个特好特好的哥哥——小安，在家里等着我呢。"

不管小美夜说什么，阿楮都是一副笑脸，时不时地掩口而笑，又时不时地挥动着双手做着像是往墙壁上要涂抹什么一样的动作。小美夜见状忍俊不禁道：

"呵呵，阿楮就好像是在跳舞一样。只可惜不能说话，真是可怜啊。"

说着小美夜拿起阿楮的手也嫣然一笑。

这两三日来，阿楮明显的有些郁郁不乐。

"难道一定要把如此可爱烂漫的小美夜与莲夫人一同活埋到墙壁当中去吗？"

随着对这母女二人的爱怜进一步地加深，阿楮心中的哀愁也在一点点加重。这就是情之所在。

以活人祭祀之事虽然是在极其隐秘的情况下作出的决定。但是隔墙有耳，天下没有不透风的墙。这在临时哨所周边劳作的工匠们当中已经是尽人皆知的事情了。

就连这位哑巴阿楮,通过自己兄长的举止也已经明白了事情的真相。

或许也正是考虑到哑巴不会泄露秘密,所以阿楮才被挑选过来照顾这母女二人。

投之以李,报之以桃。众衙役似乎并没有注意到阿楮对这母女二人日益加深的爱怜之情。

看着近日整天无精打采的阿楮,起初莲夫人还以为她是生了什么病,可是用手摸摸其脑袋,也不觉发烧,看其脸色也是正常,而且也不听其痛苦呻吟。

阿楮只是不住地摇着脑袋。并非头痛,也非腹痛,阿楮什么病也没有。

可怜之人内心必有哀愁之事,所以阿楮才会这么消沉。莲夫人与小美夜看着阿楮整日郁郁不乐的,对其更是体贴有加。

如此一来阿楮反而更加自责。

终于有一天傍晚,阿楮难耐胸中郁闷,一把死死抓住莲夫人的裙子。

六

傍晚时分,林中突然下起雨来。

山中的天气真是瞬息万变。随着几滴雨的落下,整座山便瞬间被罩在雨幕之中了。斗大的雨滴打在山石上，落到竹叶上，啪啪作响。

大雨沛然而至，加之雷声滚滚，莲夫人慌忙站起来说道："小美夜啊，快过来帮帮我。阿楮近些天整日闷闷不乐，一丝笑容都不见，看着怪可怜的，就不要使唤她了。好孩子，过来帮着把窗户关上。"

"是啊，阿楮到底是怎么了呢？母亲，她现在还坐在厨房里抽泣不止呢。看着真叫人伤心。"

说着，小美夜撩起裙子盖住脸庞，也做出哭泣的样子。

"好啦好啦！快些把窗户关上吧！雨都进屋里了。"

母女二人费了好大力气终于把窗户合上了。

这时只见哭得双眼红肿的阿楮手持灯笼走了过来。莲夫人以为阿楮放下灯笼后会转身离开。没想到阿楮将手中的灯笼随手往地上一扔，一把揪住了莲夫人的衣服裙角。

"咦，你这是怎么了啊？"莲夫人转过身子诧异地问道。

只见阿楮脸色苍白、双眼红肿、脸上挂着泪痕与散乱的发丝，发丝遮掩下被嘴唇死死地咬在牙齿中间。这样子看起来有些让人害怕。

"咦？！这孩子，这孩子是怎么了？精神是不是有些错乱了？"

莲夫人心中一惊，同时在阿楮死死地拽动下，一屁股瘫坐在了地上。

紧接着，阿楮伸出另一只手拉过来在一旁看得目瞪口呆的小美夜紧紧地抱在怀中。小美夜一阵尖叫："啊……啊……"

莲夫人此刻察觉到阿楮必定有什么话要说,可是又不能开口说话,所以才急成这个样子的。

于是莲夫人整理整理衣服,重新面对着阿楮坐好问道:"什么事啊?"

阿楮像是听懂了问话一样,霍地站立起来来到墙根处。

只见阿楮张开双臂,面对着眼前的母女二人直挺挺地站立着,同时泪流满面,啊啊啊地开口干叫着。

阿楮是想用手势告诉这母女二人:你们马上就要被活埋进墙壁当中去了。

然而,要想用如此简单的手势告诉对方以活人祭祀这件复杂的事情实在是太难了。

莲夫人一脸不解地回头看看小美夜说道:

"这是什么意思呢?"

"母亲,我觉得有点害怕。"

说着,小美夜吓得直往莲夫人身后躲。

也难怪小美夜感到害怕。这场面也确实有些诡异。

只见哑巴阿楮疯了似的使出浑身力气在房间内手舞足蹈、左蹦右跳,灯笼发出微弱的光芒将其身影大大地映射在墙壁上。

窗外还依然下着震撼人心的瓢泼大雨。

七

阿楮见这母女不解其意,便将身体紧紧地贴在墙壁上,伸出双手做出往墙上涂抹泥巴的动作。身为水泥匠的妹妹，对这个动作是再熟练不过了。

紧接着，阿楮手指莲夫人与小美夜，紧闭双目，闭住呼吸，装出死亡的样子。这样子在外人看来，只是一通莫名其妙的舞蹈，莲夫人与小美夜更加不解其意了。

看着目瞪口呆的母女二人，阿楮焦急地抽动起身体来。

阿楮像是想起了什么好方法一样，突然嫣然一笑，然后张口胡乱地哼哼着：

"嗯……嗯……"

紧接着阿楮一把拉起眼前母女二人的手，不由分说将二人拉了起来。

一时间窗棂纸瑟瑟发抖，屋顶摇摇欲坠。这座茅草房好像顷刻间要被吹散一般。

光线昏暗的室内摇曳着阿楮疯子般的身影。这是一个多么让人毛骨悚然的场景啊。

哑美人。不由得让人联想起美女与野兽。

此刻小美夜已经惊吓得浑身瑟瑟发抖。莲夫人觉得像是鬼魂附体了一样，战战兢兢地直起膝盖喝问道："你想干什么？！阿楮！"

"母亲，我害怕！"

啊……啊……阿楮嘴里不住地发出奇怪的声音，一边使出浑身力气，用那双细细的胳膊将母女二人拼命地压在了墙壁上。

接着阿楮做出往墙壁上涂抹泥巴的手势。

这样还是不能理解吗？！——阿楮情急之下，涨得满脸通红，眼睛中噙满了泪水。

莲夫人与小美夜并排站在墙壁前，莫名其妙地看着眼前发了疯一样的阿楮。阿楮一遍又一遍地重复着泥水匠的动作。莲夫人看着看着猛然间像是看出了什么门道一样心中一惊。

莲夫人在一刹那间想起自己小时候曾经听自己的乳娘好像说起过类似活人祭祀的故事！虽然记忆已经有些模糊，但是莲夫人仍然记得乳娘当时说过每逢什么重大土木工程之时，为了慰藉众土木神灵，总会捉来一些活人用来祭祀。

恰巧今夜又是雷雨大作。

随着劈开暗夜的那道犀利的闪电，所有事情都在莲夫人心中变得清晰起来。

被活埋用来祭祀！很有可能！

连同小美夜，母女二人一起被活生生地埋进不知何处的墙中？！顺着这个念头回想一遍，莲夫人觉得所有的事情都变得清晰明朗了。怪不得在鹿沼新田哨所被拦住时，那些衙役反复询问我们是否是母女。原来是一定要找出母女二人来活生生掩埋！

所以才把我们母女二人关在此处养着，只等掩埋之日的！

莲夫人血红着双眼死死地盯着房顶。

"小美夜！振作起来！"

说着，莲夫人紧紧地抓住了小美夜瘦小的肩膀。

八

一切都明白了！

莲夫人迅速地冲着阿楮点了点头，意思是告诉阿楮她明白了其用意。阿楮虽然耳朵失灵，但是看到莲夫人的点头，终于大大地出了一口气，停下从刚才开始一直不断重复着的手势，筋疲力尽地一下子瘫坐在了地上。

如果能见到父亲作阿弥的话……
"只要能实现这个愿望，不管发生什么都没什么好怕的！"
莲夫人的这一句自言自语刚出口便被窗外如注的暴雨声给吞没了。而阿楮如同死人一般用衣裙蒙着脸庞曲着身子倒在地板上一动不动。

怎样才能见到自己的父亲作阿弥呢？
监视着自己的那些衙役已经被告知自己是疯子了。即使再去哀求他们大概也是毫无效果。即使趁着暗夜与风雨逃出这座小房子，恐怕也是困难重重。这房子周围戒备森严，这点莲夫人比谁都清楚。并且日光山方圆四十里哨所遍布，正所谓五步一岗、十步一哨。自己一个女人带着一个孩子如何能从这座大山中逃脱！

想到此处，莲夫人内心猛地揪了一下，然后紧紧地抱住小美夜，紧咬牙关、圆睁双目。难道就这么等死不成？！各种想法穿梭在莲夫人脑海中。

小美夜抬起头,一脸天真地看着颜色更变得近乎狰狞的母亲:"母亲,阿楮好像睡着了啊。就这么躺在地上睡的话,很可能会感冒的呀。"

"嗯,是啊。"随口答道的莲夫人的心已经悬在了半空中。莲夫人陷入了沉思之中。

暴风雨在最激烈的时刻往往会有片刻陡然的间歇。这段间歇里暴风雨就像是突然间被切割开了一样,骤然停止,令人毛骨悚然。

此刻就是如此。

暴风也好骤雨也罢,一下子失去了气势。被风雨蹂躏得东倒西歪的树木、摇摇欲坠的房屋都在一刹那间陷入了如地狱般的死寂之中。

在这片死寂中传入耳中的是一股潺潺的流水之声。这说明在这间房子后面应该有一条溪流流进下面的山谷之中。

莲夫人这才想起来,自己每天白天在门口都会看到一股溪流之水流过不远处的杉木树旁,然后顺势而下。

"有了!谋事在人,成事在天!看来只有这一个办法了!"

暗自打定了主意的莲夫人。往室内四下望去,然后眼睛停在了阿楮刚刚的那个插花花篮上。

那个插花花篮里正躺着一个竹筒!

莲夫人整理了衣裙,三步并作两步来到屋角的书桌旁,

一边把笔墨纸砚拉近,一边对小美夜说道:

"小美夜!为娘虽然不忍心让你做这样辛苦之事,但是我们母女二人已经是命悬一线了。母亲这就写封信装到这个竹筒之中,你偷偷地到屋后把这个竹筒扔到溪流之中让其顺水流下山去!听明白了吗?!"

代为拜佛

左膳……紧走几步来到轿子近前,伸手刚要撩开轿子帘栊,忽听轿子中传出说话声来。

一

宇治道中载有茶壶的轿子均被洗劫一空。丹下左膳在东海道上刮起了一阵白色旋风。

虽然到手了数只茶壶,但是自己所寻找的那只猴壶却依然是下落不明。

壶中天地,乾坤之外。一旦执迷于一件事情,便一条道跑到黑。这就是丹下左膳。

丹下左膳一路追寻着猴壶,不知不觉之中又来到了江户城。

江户城乃是其第二故乡。

白发涉江寻旧路。虽然并非阔别江户几年,但是丹下左膳还是有些不认识路了。

脸上灰尘满布,衣服上浸满鲜血的丹下左膳腰间斜插着的是他那把削铁如泥的利刃——濡燕刀。

乱蓬蓬的发髻被高高地盘在头顶用野草系着。

真是一副怪相。

自不必言，还有那独臂斜插在骨瘦如柴的怀中。

眉头紧锁的脸孔上从右眼处斜卧着一道深深的刀痕。

丹下左膳扬着脸，一边踉踉跄跄地走着路，嘴里一边念念有词。

"燕雀何徘徊，意欲还故巢。"

忽后又絮絮叨叨地不知说些什么。

"嘿嘿，左膳啊左膳。看你就这么空着手回到江户，你也太过思乡心切了吧？"

在丹下左膳的一步三摇之下，腰间的濡燕刀不停地发出当啷当啷的响声："想杀人！想杀人哪！"

那个小安小子怎么样了？柳生源三郎呢？萩乃呢？

想到这些，丹下左膳不禁思绪万千。

不如先到小安所在的那个大杂院看看去，说不定能从那里得到一些之后的消息。

从品川一路下行进入江户，左膳径直横穿过蔬菜店街道，来到了上野山下的三枚桥前。

此时刚好到了子夜时分。山上郁郁葱葱的树林上，一弯明月静静地挂在那里，周围散发着如同水墨画一般的淡白色。

两侧的商铺早已大门紧闭。店铺门前的水桶上写着大大的"水"字。水桶旁一条狗蜷缩着睡得正香。

这个晚上像是要发生些什么。

"嗯？如此深夜怎会有一乘轿子？"

一只脚刚刚踏上三枚桥的丹下左膳一眼看见从上野山上一乘轿子被忽悠忽悠地抬着从正面走了过来。前后左右簇拥着五六个人高马大的衙役警觉地四处张望。这架势显得神神秘秘。

左膳一看轿子前面的灯笼上的花纹——似曾相识！分明就是柳生藩的标志！

此刻的左膳看到轿子，脑海中闪现出来的只有茶壶。

"不会是运茶壶的轿子吧？"

左膳一闪身躲到了小河边的柳树树影之下。透过月色，左膳打量着不断走近的这乘轿子。只见这是一乘蜡黄色的女人乘坐的轿子。

忽然，只见夜空中一道寒光闪过，随后只听轿子边上的一人"哇呀"一声惨叫捂住肩头倒在了地上。

"站住！这轿子借我一用！"

二

"呀！竟有劫道之人！"

"看错了吧？休要慌张！"

"啊！大事不好！"

惊慌之中，众衙役、武士将轿子挡在身后，一字排开站定了。

肩头被砍了一刀的那个家伙像是有什么急事儿一般，跟跄着紧走几步，刚过了桥便一头栽倒在地。

其余众人无暇顾及这个受伤的同伴,齐声喝道:"来者何人?!我等乃是柳生对马守藩中。"

"哼哼哼,正因为你们是柳生藩的人,才要借轿子一用呢!"

丹下左膳手中拎着鲜血淋漓的濡燕刀,摇晃着往前走了两三步接着嚷嚷道:"嘿!让我看一眼轿子中是否有茶壶!要不是茶壶的话,我自然会放尔等过去的!"

左膳一边扭动着身躯靠近众衙役,一边冷笑着。

这冷笑后面暗含着的是左膳腾腾的杀气。左膳大开杀戒之前,往往都是这副醉汉模样。

这个模样说明左膳已经到了嗜血的最高峰。

其中一人毫不识相地大吼:"大胆!"

话音未落,只见此人像是要跳起来一般,双腿大张,腰际刚要弯下去,整个人却一下子扑通一声头朝着左膳跌倒在地!

濡燕刀的刀锋上闪烁着惨白的月光。

随着方才如同浸满水分的蒲团落地的扑通一声响,眼看着濡燕刀刚要收回左膳腰际之间。

就在这一刹那,左膳轻轻地一抖手,濡燕刀滴溜一声反身又是一扫!只见又有一人被横腰斩断!

不可思议!濡燕刀就像是生出了双翅一般。

被拦腰斩断的那人的上半身"咚"的一声跌落在地上。这声音听起来就好像是濡燕刀在欢呼雀跃一样。

"上来呀!来呀!"一脸怪笑的左膳在惨白的月光的映照下越发得显得阴森邪恶。

转瞬之间就失去两名同伴的柳生藩众武士不禁有些乱了阵脚。

"不如夺路而走，妻恋坡也并不算远。"

"嗯，看来凭我们几个难以对付此人。还是快快请来少主人源三郎助阵为妙。"

三十六计走为上策。其中一人拔腿就跑，余者三人紧随其后顺着右侧的街道一溜烟跑了下去。

这样看来所谓的名扬天下的柳生刀法也不过是徒有其名罢了。

左膳冷笑着目送着这些人狼狈逃去，然后将鲜血淋漓的濡燕刀插在地上，紧走几步来到轿子近前，伸手刚要撩开轿子帘栊，忽听轿子中传出说话声来。

"别来无恙？丹下大侠？呵呵呵，听声音便知必是你左膳无疑啊。"

三

轿子中传出了一个女子声音。

就在丹下左膳一愣的瞬间，轿子帘栊被从里面撩开了，暗夜之中立刻出现了一朵盛开的鲜花——出来的竟然是浓妆艳抹的阿藤。阿藤出来后轻轻地拍了拍左膳的肩头说道：

"哟。你倒是跑到何处去了啊，为何杳无音信呢？想得我好苦啊！"说着，阿藤凑近了左膳。

左膳满以为深夜急行而来的轿子里必然载着猴壶,然而万万没有想到从轿子里竟然走出个女人!而且是自己撇在驹形尺蠖横町不管的阿藤!真是令人难以置信,阿藤如何会以这副模样出现在柳生藩的轿子当中呢?!

一脸不悦的左膳一边把濡燕刀还鞘,一边冷冷地说道:"是你啊。一副贵妇人打扮,看来混得不错嘛!我不管你是如何混到这个身份的,总之你我毫不相干!后会有期!"

左膳撇了撇嘴,扔下这句讽刺之言后拔腿就走。

面对阿藤,左膳还是冷漠无情的左膳。

"哼。这世上怎么会有像你这样无情无义之人?我今日如此打扮也是为了能早日遇到你。你却白费了我的一片思念之情!刚见面还没把话问个清楚,你却拔腿要走?!"

阿藤不愧是阿藤,言毕伸手扯起身上的长袍一把摔在地上气鼓鼓地接着说道:"好吧!今天也让你知道知道谁是阿藤!纵使你到了天涯海角,我也跟定你了!"

说着阿藤撩起衣裙露出了白皙的脚踝,刚想迈步去追左膳,却又突然想起了什么。

"啊。不行,差点把孩子们给忘了。"

说罢,阿藤返回身伸手往轿子里划拉了一通。取出来的是一个包袱,还有一把折起来的三弦琴,一个装有尺蠖的箱子……这些就是阿藤用来做买卖的工具。

这些家当阿藤是时刻带在身边的。这不,这次外出阿藤也将这些家当带进了轿子。

弯月斜挂的星空下，阿藤提着衣裙角隔着两三丈的距离紧紧地跟在前面急步如飞的左膳身后。

这一前一后的两人看着甚是有趣。

只听阿藤不住地嚷嚷着："什么侍女，我阿藤早就不想干了。今日正想趁机逃掉，打算明日就去找你。真是踏破铁鞋无觅处，得来全不费工夫，今天恰巧在此碰到了你。"

前面的左膳像是没有听见阿藤的嚷嚷一样，连头也不回。

"你这浑身是血，到底发生了什么事？！"

"我看你刚才和我说话的语气，还是有些在意我的嘛！我在东海道上与那个与吉被捉住时，柳生对马守说看我是个能弹会唱的女人，便将我留在身边做了个侍女。现在那个柳生对马守去日光山忙着做日光东照宫大修的事情去了，撇下我一个人照顾一个百十来岁的糟老头子，每日里心情抑郁。真是万万没有想到竟能在此处再次碰到了你！"

四

话说柳生对马守为何一眼看到阿藤便觉得这个女人有用？对马守究竟是出于什么目的将这个女人留在身边做侍女的？

而令人奇怪的是柳生对马守将阿藤留在身边之后也并不见对其做什么特殊的安排，只是留在身边当丫鬟使用。这次柳生对马守前往日光山料理东照宫大修之际，也不见其将阿藤带上，而是让阿藤留下来照顾那个一风宗匠的衣食住行。

且说现在的阿藤，依然深一脚浅一脚地紧随着丹下左膳。

"那个柳生对马守走了之后我的工作只剩下了照顾那个叫做一风的老爷子的起居，还有就是每天半夜起来坐着轿子去上野拜佛祷告日光东照宫大修工程顺利完工。"

这时只见走在前面的左膳的肩膀微微颤动了几下，看似是有些忍俊不禁。

"呵呵呵……让你去祷告，原本能顺利完工的日光东照宫大修岂不是要适得其反了啊。"

"少要取笑于我啦！你以为我想干这个莫名其妙的活计啊！我也是万般无奈才代替那个一风老人每晚去拜佛祷告的嘛！不过呢，这其中倒是也有些有趣之事呢！"

接着阿藤便饶有兴趣地将事情的原委讲述了一遍。

说起来真是奇妙。原来自从这个浓妆艳抹的阿藤开始朝夕照料一风宗匠以来，这位老爷子突然显得日渐精神起来，就仿佛是换了个人一样。

一个一百二十余岁的少有的高龄老人与阿藤之间自然不会发生什么男女之间的事情。但是这位妖艳女人阿藤倒确确实实给一风宗匠带来了一阵清爽之气。

一风宗匠每日呼吸着阿藤带来的这股清爽之气，竟然像枯木开花、燃尽的油灯重获灯油一样气色奇迹般地日渐好转起来。

荷尔蒙一词虽是近代才流行的说法，但是身处享保年间的柳生对马守或许已经知道了荷尔蒙的妙用。为了找到猴壶，而后让一风宗匠鉴别真伪，柳生对马守可谓是费尽心机，无论想什么办法都想让这位老爷子多活几天。

这位事关紧急的一风宗匠自从从伊贺经过长途跋涉被送到江户以来，身体日渐衰弱，在眼看着就要撒手归西的紧要关头，来到其床榻前的就是这位阿藤。

柳生对马守看到这位妖艳的半老徐娘第一眼，一定是想到了可以利用其来使一风宗匠抖擞精神，所以才会将其留在身边。

"原本像个婴儿般需要人悉心照料的老爷子近些日子突然能独自下床在屋内溜达起来了，而且耳朵也能听得见了！

"我这么一瞧，心想说不准这老爷子返老还童，还能把活过的百十来年再活一遍呢！于是觉得照料这个老爷子也算是功德无量的一件事。并且我觉得这中间你丹下左膳也一定会提着猴壶来请这位老爷子鉴别真伪的。

"今天既然在此碰到了你，说什么也再不会离你半步啦！说什么我也不会回那个柳生家中了！"

丹下左膳依然是沉默不语，好像是默许了阿藤的紧紧跟随。

左膳脚下加急，直奔浅草龙泉寺方向。

阿藤紧随不放。

二人一前一后，看着甚是奇怪。

生命的十字路

> 在这次大修的竣工仪式上会有一个身穿紫袍的人出现,那个人就是你的父亲。

一

一个女人如果对一个男人过分地倾心,那么那个男人对这个女人的兴趣就会日渐减弱。尤其将男女之情玩弄于股掌之间的男人更是如此。柳生源三郎就是这样男人中的一个。

柳生源三郎心中自然十分清楚腼腆的大家闺秀萩乃对自己的爱慕之情。

而且如果与萩乃小姐喜结连理的话,司马道场将永远成为自己的囊中之物,但是源三郎却怎么也提不起兴趣来。

因为那里还横挡着一个绊脚石,那就是——峰丹波。

司马氏之遗孀莲夫人自从夜半独自离开道场后至今下落不明。峰丹波依然在道场的一栋房子里负隅顽抗着。

虽然田丸主水正依计冒充源三郎之兄对马守前来充当仲

裁之人，但是由于其言语不慎，导致源三郎原本打算在比武中将峰丹波除掉的计划落空了。峰丹波还能苟延残喘些时日。

萩乃现在与源三郎住在同一所房子内。幽幽深夜，此刻的萩乃正在其走廊尽头的房间内独自一人想些什么呢？

而源三郎正身披裘衣在案前的灯盏下看着什么书籍。这时突听门外廊下响起了窸窸窣窣的脚步声，源三郎立即挺身问道："何人？"

话音未落，只见门扉大开，两三个年轻武士神情紧张地禀告道："启禀我主，大事不好！方才有消息传来说林念寺前府邸一行人护送着代替一风宗匠前往上野求神拜佛的那个侍女，在归途中行至三枚桥之时，遭遇一白衣强盗，特前来请救兵。"

白衣强盗？！源三郎闻听此言，脑海中不由得闪现出了一个人。

"呵呵，莫非是他？"源三郎一边自言自语着，一边像是想起了什么一样猛然问道，"即使现在赶过去，恐怕也来不及了吧。从那边来报信的是何人？"

"是高大之进手下尚兵馆的两三个人。"

"嗯。好！叫上三两个人随我来！"

源三郎微微一笑伸手扯下身上的裘衣。外间的侍从见状赶忙准备好了外出的物件。

这位素有"伊贺狂徒"之称的源三郎自知并非什么大事，于是便没有惊动其余众人，只是带着几个武士悄悄地来到了后门。到了后门一看,果然林念寺府邸的几个年轻武士正气喘吁吁地站在那里。

"你们所见到的可是一位独臂之人?"

"正是。好像是只有左臂。不过那只独臂实在是厉害,只一眨眼的工夫两个人就丧命在其刀下。"

必是久未谋面的丹下左膳无疑。

心中下了准确判断的源三郎一时间被友情、剑术上的竞赛者等种种想法所包围着。源三郎沉默着在疾步如飞之中,一边用刚才随手抓起带来的黑头巾蒙住脸,一边说道:"要是那左膳还在那边逛荡就好啦!"

加上其他武士,一行六人在深夜里深一脚浅一脚地急着向前赶去。

源三郎此刻可谓是会友心切。

二

"就是这里!就是这里!"

其中一人一边大叫着,一边来到三枚桥去往黑门町方向的路旁,只见在灯笼的光亮映照下,一具死尸直直地倒在地上。

"呀!已经不行了!藩主!此人已经气绝身亡了!"

"应该还有一人被砍倒了。"

其中一个武士一边自言自语着,一边在夜色之中四下搜寻着。

这时，只听从不远处传来断断续续的呻吟声。这呻吟声像是从地狱中传来的一样。

耳朵异常尖锐的源三郎循声找去，只见就在左侧一户人家的大门口外，一个武士正躺在血泊之中口里不停地念叨着：

"轿子……轿子……"

"轿子在此处！坚持住！"

说着，源三郎伸手搭在此人肩膀上，俯身看去时，只听这名武士说道：

"轿子，轿子虽在此处，但是阿藤跟在那人后面追了过去。"

"那人去了哪个方向？"

"……那、那人……去了山下的车坂……方向。还……有听二人……说话的意思……"

"二人的谈话？你的意思是那个侍女和劫道之人认识？那你听二人的谈话，他们去了什么地方？"

"……去了……浅草龙泉寺的……"

"喂！坚持住！浅草龙泉寺的哪里？！"

"……我只听见……我在黑暗中只听见他们说去龙泉寺的大杂院……"

夜半的杀人惨事。路两侧的居民们都纷纷将大门拉开细缝往这边偷偷观瞧着。接到巡夜报告的当地官府派出的衙役也快要赶到了。

源三郎担心与当地官府派来的人碰上会纠缠不休，于是便将处理现场的事情交给了府邸的几个武士,自己则带上几个人风一般地朝着浅草方向追赶过去。

　　话说那个已经耳熟能详的大杂院。
　　隐姓埋名与小美夜二人隐居于大杂院的作阿弥被柳生对马守请出并前往日光山之后,紧接着小美夜与母亲莲夫人二人便随后向日光山追赶了过去。
　　现在只剩下了一老一小二人过着奇妙的生活——蒲生泰轩与小安的二人世界。
　　现在的小安感觉到生活真是无聊之至。生来从未与自己生父生母谋面的小安一路唱着"十字路口的菩萨"这首曲子来到了江户。
　　来到江户之后几经搜索也没能找到生父生母的小安不仅与那个"义父"丹下左膳走散了,而且那个如同自己亲人般的作爷爷也被请到日光山去了。
　　而且,小安心中一直爱恋着的小美夜也被一个半路突然冒出来的自称母亲的女人带上赶往了日光山。
　　剩下的泰轩先生整日一边酗酒一边接纳着来自江户大街小巷涌来的大事小情,唯独对于小安的"寻人启事"一筹莫展。
　　寂静了有些时日的家中在今晚突然有客人造访。

三

时间是在夜幕刚刚降临的时分。

"大作啊,你暂且在这里等候吧!"

只见一名身穿便装、体态健硕的蒙面人说完这句话便一脚踩过大杂院当街路上的一个下水井盖向前走去。

南町大冈越前守的得意武士——伊吹大作一个人留在路口处望着刚才说话的蒙面人的背影渐渐远去。看来这蒙面人应该是伊吹大作的上司,抑或是什么重要人物。

蒙面人一边挨家挨户探看着一边往前走去,不一会儿便来到了位于街道中间位置的作大爷的家门前。蒙面人靠近门扉口轻声问道:"请问小美夜可在家否?"

恰巧小安正抱着膝盖坐在门框处。

"小美夜啊,去日光山了。你是何人?来我家探访,缘何还要蒙面?!"

蒙面武士毫不理会小安的质问:"什么?去了日光山?这可如何是好?我是赴约前来的啊。"

刚刚还摆出个"大"字横卧在草席之上的泰轩先生闻声起身向外面探出脑袋说道:

"哦!这不是南町的……"

"嘘!这不是泰轩老儿吗?呵呵,我从你差遣的那个小美夜来到我府上送茶壶之时说你待在此处,可是万万没想到时至今日你还赖在这里啊！近况可好？话说你送给我的那个茶壶啊，是个假货啊！假货！"

这位体态微胖的蒙面之人也不管目瞪口呆的泰轩先生与小安，一边自顾自进到了房间内，一边接着说道："茶壶的事情先放下不说。且说小美夜给我送茶壶之时，我原本想着赏给小姑娘一些什么东西，结果我那么一问啊……"

"嗯。你说的事情我泰轩后来也知道了。小美夜这姑娘当时说不需要任何奖赏，只要你，啊不，只要大人您能帮着找到小安的生父生母就好。你瞧，坐在这里的就是小安。"

说着，泰轩居士伸手在依然目瞪口呆的小安的小脑袋上摸了摸。小安终于醒过神来，同时也意识到了来人不是等闲之辈，于是急忙整理衣衫盘腿坐好了。

"哦。这就是小安啊。"蒙面人说着冲着泰轩说道，"呵呵呵，你不要把我看成官府之人，今晚只要把我当做普通客人便可。"

说着，蒙面人微微一笑，将语调降低继续说道："你泰轩也是知道的，那个愚乐老人啊在全国可谓是遍布耳目，于是我便想到了让其帮着打听打听。结果啊，这愚乐老人仅凭着小安的父母是伊贺之人这一线索竟然把人给找到了呢。"

"这么说，这么说我的父亲和母亲……"

"嗯。有下落了啊。今天刚刚有了下落。因为在下是和小美夜约定好了的，所以我今日才来此。哦，对了，你父亲啊，他现在就在日光山呢。要不你也去日光山吧！在这次大修的竣工仪式上会有一个身穿紫袍的人出现，那个人就是你的父亲。

四

"泰轩叔父！我们这就出发吧！听见了吗，我的父亲就在日光山呢！还等什么呢，这就出发吧！"

只见小安鼻翼一张一合，瞪着泪汪汪的双眼嚷嚷着。

"我父亲在这次的日光山大修竣工仪式上要穿着紫袍出现呢！要是错过了这个仪式可就糟了！叔父！不要等了，您这就带着我去吧！小美夜和作爷爷他们也都在日光山呢！"

小安兴奋得手舞足蹈，一时间忘记了自己的身份，竟然用一副教训人的口吻对着泰轩先生说道："嘿！我说泰轩！快快出发吧！"

方才的蒙面人这时冲着泰轩先生点了点头，随后便转身离去了。

看着眼前兴奋不已、眼睛里大放异彩的小安，泰轩先生只得说道："嗯。无可厚非啊。这正是父子连心啊。"

"啊呀！啰唆些什么啊。什么无可厚非的，快快出发！"

催促之下，泰轩先生伸手拉起小安便准备走进漆黑的夜幕中直奔日光山而去。

或许有人会问：难道不作些出门的准备吗？

二人早已急不可待，只是随手抓了些干粮，蹬上草鞋，将衣襟往屁股里一掖便出门了。泰轩先生合上房门，来到大杂院的当街之上，以洪亮的声音冲着整个院子喊道："各位父老乡亲！我要和大家暂别一时了！我泰轩与小安这就前往日光山。小安的父亲找到了！"

话音未落，大杂院的男女老少便纷纷出现在街道上。交头接耳之中只听有人说道：

"小安，祝贺你啊！终于找到自己父亲的下落了！"

"小安哥哥，真是替你高兴啊。你父亲现在在哪里，是什么样的一个人啊？"

小安寻亲一事在这周围可谓是人人尽知。现在当大家得知泰轩先生要带领着小安去认父的消息后，都如同自己的事情一样高兴无比。大杂院的众人将泰轩与小安一直送到龙泉寺的拐角处。泰轩、小安与众人洒泪分别后便直奔日光山而去了。二人的身影不一会儿便消失在了夜幕之中。

这时时刻已经到了午夜时分。

只听大杂院的石匠石金的家门外有人砸门。

石金睡眼惺忪地开门看去。

只见一位单眼独臂的白衣武士站在门前，身后还站着一个侍女模样的妖艳女人。只听这武士用嘶哑的嗓音问道：

"我记得这大杂院内曾经住着一个叫做小安的孩子？"

"哦。那个孩子啊。就在刚才说是有了自己父亲的下落，已经匆匆赶往日光山去了。"

"什么？去了日光山？"

闻听此言，丹下左膳二话不说，领着阿藤扭身便尾随小安，朝着日光山方向疾步赶去。

丹下左膳前脚刚走,源三郎后脚便赶到了。源三郎从石金那里听说白衣武士赶往了日光山之后,便一刻不耽搁地紧随着丹下左膳,也朝着日光山疾驰而去了。

五

黎明时分,蒲生泰轩与小安二人离开了江户城。

紧随其后的是丹下左膳和阿藤。

阿藤不知什么时候已经把怀中的那些零碎东西扔掉,完全做好了长途跋涉的准备。秀发披肩、婀娜多姿的阿藤走在路上不断惹得路人回头观望。

迟到一步的伊贺柳生源三郎当从石金那里得知丹下左膳已经离开大杂院奔赴日光山这一消息之后,立刻马不停蹄地尾随而来。由于来得匆忙未能准备好长途的行装,于是柳生源三郎与三个随从一边赶路,一边在沿途顺便买了一些绑腿、草鞋、雨伞、布袋等物以作差旅之用。

从江户城出来,一路之上分别途经大约各自两里之隔的千住、草加、丁场、越之谷、粕壁……

就这样在通往日光山的道路上前后行进着三组人。

话说当那位似大人非大人、似孩童非孩童的小安居于大杂院之时一直被潜伏于大杂院附近的一名男子暗中监视着。

此人就是与吉。

前文说到这与吉尾随若党仪作，而后虽然将茶壶诱骗到手里了，但是之后却又被人夺走了。这与吉真是个百折不挠之人，虽然茶壶被人抢走了，但是他却并不气馁，在回到司马道场在峰丹波面前打了个幌子之后，随即便有了主意。

"接下来我要死死盯上那个小安小毛孩子。只要盯着这孩子，就不愁茶壶失而复得！"

与吉与峰丹波巧言周旋一番之后，便直接来到大杂院潜伏起来，暗中注意着小安的一举一动。

原来与吉与小安之间有着刻骨之恨。

当初与吉绞尽脑汁从品川的旅馆盗出了猴壶，不料在途中却被小安给偷走。这件事让与吉至今耿耿于怀。

"这次我一定要好好教训教训这个小子！"

与吉暗中虽然观察了一些时日，但是却一直不见有任何动静，正在纳闷之时，忽然见到一个看似颇有来头的蒙面之人到了大杂院里小安与泰轩所在的屋子。也不知他们说了什么，后来只听到大杂院的男女老少们口里喊着什么"日光山……"出来给这一老一少送行。

与吉正觉纳闷，却忽见丹下左膳与阿藤也出现在大杂院，而且不一会儿工夫也匆匆赶往了日光山。

让与吉更觉诧异的是，片刻之后伊贺狂徒柳生源三郎也随后急匆匆地离开江户城去了日光山。

如同走马观花般前前后后来到大杂院，而后又匆匆离去的各路人被与吉看在眼里，着实感到费解。

"啊！不妙！大事不妙！看来今夜晚间日光山要发生什么大事！一刻不可耽搁！"

与吉自感事情紧急，便一溜烟儿似的跑回妻恋坡司马道场，一头闯入峰丹波所在的房间。

"峰、峰丹波大人！快！快起来！"

六

待听与吉讲述完事情的前前后后之后，峰丹波说道："嗯！日光山那里必定是要发生一些什么惊天动地的大事！说不定是从日光山那里传出了一些关于猴壶的消息，所以这三组人才急匆匆地赶往那边去的！"

说着峰丹波一拍大腿，嘴角翘起一阵冷笑。

"与吉啊，看来不到日光山看看是不会知道事情的真相的。我们这就起程吧！"

"是！我愿一同前往！"

也不知峰丹波心里有什么盘算，听完与吉的报告后突然提出要见萩乃小姐。

"小姐在上，听我丹波一言。我峰丹波虽然此前与源三郎有些冲突，但是也确实并非本意。不过也实实在在给小姐您带来了很多麻烦。小姐也是知道的，如今莲夫人弃我而去，我峰丹波反复考虑，打算自此改头换面。"

"改头换面？这话从峰丹波口中说出来，听着让人将信将疑。

"我打算有机会向源三郎赔礼道歉。我想源三郎也是一位胸襟宽广之人，一定能够原谅我峰丹波的不敬的。"

峰丹波说起花言巧语来可谓是轻车熟路。

接下来峰丹波巧妙地编造了一段故事。

峰丹波告诉萩乃说源三郎昨夜突然接到报告便急匆匆地赶往日光山去了。源三郎去之前留话给自己让自己保护着萩乃随后赶来。

峰丹波说这些谎话时面不改色心不跳。

因为其兄长对马守正在日光山指挥日照宫大修，所以源三郎因为什么急事不辞而别前往日光山也是可以理解的。

眼前的此人乃是父亲十万斋所信任之人，所以萩乃相信峰丹波所谓的握手言和之事也无可厚非。

从巍峨的道场门楼下走出了三个人。峰丹波和与吉分左右将萩乃夹在中间。

在道场众弟子的目送之下，三人挥挥手离开了妻恋坡。一踏上旅途，与吉便立刻变得兴奋起来。

"我说峰丹波大人啊。俗话说得好，住要好邻、行要好伴，我们若是跟大老爷们走在一起可就实在太无趣了。可今天幸运的是有萩乃小姐相陪啊。你看看，你看看，过往之人无不回首张望呢！萩乃小姐实在是大美人一个啊！"

与吉乃是一个嘴里闲不住的人。

"呵呵呵。丹波大人,啊不,丹波师兄,该怎么称呼才好呢?啊哈哈哈。我们三人这么走在一起看起来是不是挺有派头的?在路人眼里我一定就是一个美男子,一个做大买卖的老板。萩乃小姐呢,瞅一眼就明白是我的未婚妻。而丹波先生呢,就是我们雇用的保镖。您说是不是啊?"

"哼!玩笑话也要注意分寸的!罢了罢了,旅途之上就不与你计较了。"

在通往日光山的笔直的道路上,二人带领着这弱女子虽然行进得不是很快,但是在第二天还是在不觉之间已经过了粕壁,来到了杉户。

再往前走不远,当来到幸手堤时,前方路上朦胧地出现了如豆粒大小的四个人影。

七

"是源三郎!"与吉用手指着前方嚷嚷道。萩乃闻声不由得加快了脚步。

对峰丹波所说的已经与源三郎握手言和一事深信不疑的萩乃抛下峰丹波和与吉不管径自往前赶去。峰丹波和与吉见拦不住,便也紧随其后追了过来。

源三郎正站在幸手堤上的树下一边回头张望着一边站定

等待着。不一会儿，峰丹波便来到了伊贺柳生源三郎的近前。

仇人见面，分外眼红。

就在二人对视之时，萩乃从中间一穿而过，一边喘着粗气一边靠近源三郎说道："……从江户城出来的一路之上真是叫人焦急难耐。我听丹波说你们二人已经握手言和了，真是太让人高兴了。这下司马道场就能恢复到往日的宁静了。"

峰丹波唯恐自己编造的谎言被戳穿，便立刻抢过话茬来说道："呵呵。说来话长，我丹波确实做了许多失礼之事。今日正是为了向源三郎表达歉意才随后追赶而来的。"

看着不断冲自己挤眉弄眼使眼色的峰丹波，源三郎立刻会意。

"呵呵，我已经料到你会随后赶来，所以放慢了脚步等着你呢。也好，如此路途之上就更加热闹了。事不宜迟，快快赶路吧！"

表面看起来风平浪静的源三郎内心只想立刻拔刀而出将峰丹波劈为两半。而峰丹波同样是笑里藏刀。

这一行七人结伴继续赶路。

一路上经过了栗桥、中田、古河……

过了古河之后不久便到了八万石，此时已经离开江户城有十六里路了。

接下来再从野本、继田往前不远处便是一片茂密的灌木丛。

忽然从这片灌木丛中传出来三弦琴伴奏的歌唱声：

尺蠖虫

尺蠖虫

从头至脚

取尺拿命……

是谁？

无须解释，您也一定明白这是阿藤的声音。

一路急行，疲惫不堪。阿藤一屁股坐在灌木丛边上，把脚往草丛里一横，伸手从怀中拿出自己贴身携带的三弦琴便弹唱了起来。

阿藤身边四脚朝天正躺在草地上呼呼大睡着的正是丹下左膳。

一阵阵秋风中，正烂漫开放着的秋天的各种花草摇曳不停。

突然从两三步之遥的道路上传来了急促的脚步声，同时听到有人嚷嚷道："嘿！听！听这个歌声！这不是尺蠖虫的歌声吗？！少主人！不用担心了。阿藤就在附近，丹下左膳那个怪人也一定在附近！"

与吉的这一声嚷嚷还未停下，只听源三郎朗声问道："什么？丹下左膳就在附近？！嘿！左膳！丹下左膳……"

源三郎一边呼喊着丹下左膳的名字，一边分开草丛往这边走了过来。

八

　　峰丹波直挺挺地站在路边等待着接下来的命运。

　　柳生源三郎刚看到从齐腰深的草丛中慢慢升起来的丹下左膳的上半身便高声说道："自从在三方子川渔翁六兵卫的住所分别以来就一直未曾见面啊。"

　　只见源三郎嘴里一边说着，右边肩膀却是猛然一抖，只见阳光下闪起了一道刺眼的白光。

　　"啊！"

　　只听一声惨叫，峰丹波跌倒在地上痛苦地呻吟着。

　　"这是做甚？！源三郎！你这是何意？！"

　　手上功夫的高低差别无须赘言。

　　未见脚下挪动半步，也未见身形晃动几分，源三郎在轻轻的弹指间便将峰丹波砍倒在地了。真是迅雷不及掩耳。

　　与吉见状撒腿便跑。

　　紧接着丹下左膳、阿藤也从草丛之中伸出了脑袋。

　　就在阿藤以及源三郎手下的三个武士被眼前的情景吓得目瞪口呆之时，源三郎接着朗声说道："终究我们是要分出个高低上下的。你峰丹波不是说一定要有个武功同时高出你我二人的仲裁之人在场才肯应战吗？眼前的丹下左膳正好是再合适不过的仲裁之人啦！"

　　"你！"

峰丹波疼痛之下呼呼喘着粗气，然后颤抖着伸手想去抽出腰间佩带的宝刀……然而抽了几抽却怎么也没能抽出来。

可怜的峰丹波在源三郎的刀下胸膛一起一伏地喘着粗气，却一句话也说不出来了。

如注的鲜血顷刻间染红了道边的沙石，连路边的野草上也摇曳着殷殷鲜血。

"虽如此说……"

源三郎一边打个哈欠，一边让身边的侍从擦干净刀上的血迹，然后继续说道：

"这个丹下左膳武功是不是真的在我之上还不一定呢。虽然是难分伯仲，但是今天我们之间的恩怨算是了结了啊。哼哼哼。"

"呵呵呵。这等鼠辈也值得你斩杀？还不如去地里切一根萝卜呢！你这是去日光山吗？"

"正是。老兄你不是也去吗？且说你去日光山何干？"

在源三郎的追问下，丹下左膳先深情地看了一眼站在一旁的那位自己剪不断理还乱的女子——萩乃。

"伊贺狂徒！做事可要有分寸的！还有丹下左膳、阿藤，我与你们还会在江户城里再见的！泰轩先生曰：危难之时君子不相近，哈哈哈……"众人回头一看，原来说这话的是即将消失在人们的视野中的正逃之夭夭的与吉。

三十六计走为上策。与吉在危难之时总会用到这个计策。

伊贺柳生源三郎与丹下左膳又再次相遇。

在武功上各自不服的二人一边在谈笑中叙着旧，一边在两名美女和众武士的簇拥之下从小山包上下来，一路经过小金井、下石桥，再途经大泽、今市，眼看着就快到了日光山。

永久的疑问

这时阿藤心疼般地拉起了小安的手。而丹下左膳则牵起了羞答答的阿藤的手与源三郎并肩同行。
只有泰轩居士孤独一人阔步前行。

一

先行赶到日光山的泰轩先生与小安二人向哨所提出申请想求见作阿弥，但是被拒绝了。无奈之下这一老一少二人只得四处乱逛。

在四下游逛之时，二人听说在雾降瀑布附近的山谷中有一个戒备森严的神秘小屋，还听说在这个小屋里有一位老人在日夜做工。

这个消息让二人兴奋不已。

正当二人在兴奋之际，却忽然又听说护摩堂的北墙里要活埋进去母女二人用来祭祀。而即将被活埋的这对母女正被幽禁在这大山中的一个秘密之所。

这个传言让泰轩先生与小安二人紧张不已。要知道无风不起浪，既然这事情都已经传遍了坊间，看来不像是假的。

这母女二人会不会就是莲夫人与小美夜呢？

这样一想，泰轩先生与小安不禁有些焦急难耐。

但是这母女二人究竟会被关押在何处呢？若不速速前去搭救，恐怕这母女二人是难保性命了。

首先还是要先找到作爷爷。

二人打定了主意后，便顺着险峻的雾降道来到了谷底。

"作爷爷！作爷爷！是我啊，我是小安！泰轩叔父也在这里！我们从江户城赶来找您来了！"

小安一边扯着嗓子呼喊着，一边和泰轩四下寻找。

工夫不负有心人，终于一座小房子出现在二人的眼前。

正在屋内忙碌的作阿弥闻声急忙开门望去："啊，是小安啊！泰轩先生也来了啊！"

"嘘寒问暖的话先放到一边。"泰轩居士此刻显得有些急不可待，"且说小美夜与其母亲莲夫人可曾来过此处？"

"嗯？莫非她们母女二人也来了日光山不成？……大事不好！"作阿弥大惊失色地击掌说道，"我突然想起一件事情来，我听说此次大修要捉来母女二人活埋以作祭祀之用。"

"现在已经容不得我们在此耽搁了，立刻去搭救她们母女二人！但问题是究竟她们被关在了什么地方呢？"

这时小安突然用手指着后山说道："不好啦！不好啦！山上起火了！"

泰轩与作阿弥二人闻声回首抬眼望去。果然，在日光山的后腰村庄处升起一团团烟雾，火光映红了大半边天空。

"村庄里一定乱作一团了！嗯，我们何不趁此大乱之际往四处找找看？说不准能碰到什么呢？"

"嗯！事不宜迟，马上出发！"

作大爷好像是想起来什么事情一样，回身一脚跨入了房间内。

"这足曳马和我朝夕相处这么长时间，可以说相互间已经是心气相通了。现在我那可怜的女儿和孙女眼看着就要被活活埋入墙壁中去了。在此千钧一发之际，我只能用你一用了，你可要好生听话啊。"

作阿弥说这话的口吻就如同和人说话一样。

言毕，作阿弥将足曳马拉了出来。

"嗯！即刻出发！"

泰轩居士飞身一跃上了马，作阿弥老人和小安分别坐在其前后。

就这样，三人骑着宝马良驹足曳朝着日光山后山的村镇，顺着山路绝尘而去。

二

"这附近好像有溪流流淌。"

源三郎透过浓墨般的夜色凝神说道。

经过一番跋涉，当一行人终于来到了日光山脚下时已经是半夜了。

眼前高高耸立着一座黑糊糊的断崖。断崖之上的杂木林中，一座小房屋里闪烁着一丝灯光。

这个断崖的下方流淌着一条清澈的小溪流，溪流往下汇入大谷川。溪流两侧堆满了厚厚的落叶。这虽然是一条一步就可以跨过来的小溪流，但是萩乃小姐还是让源三郎手下的一名武士给背了过去。

这时，一名武士在阿藤面前蹲了下来也背其过河。而阿藤伸出手指头在那人脊梁上戳了戳笑着说道："哼！开什么玩笑，我才不要你背呢！"

说着，阿藤便撩起裙子露出白皙的脚踝，一边笑着一边迈步趟过了小溪流。

这时，丹下左膳好像发现了什么一样，屈膝蹲在溪流边看着。

"嗯？这是什么东西？"

说着，左膳伸手从岸边的杂草中捡起一只雕花竹筒："还以为是什么呢，原来是……"

左膳捡起一看是只有些破旧的竹筒，便想随手扔掉。就在抬起手来的一瞬间，左膳瞟见这竹筒的筒口处有封蜡的痕迹。

这一下激起了丹下左膳的好奇心。左膳抬手在旁边的一棵树的树干上将竹筒筒口的封蜡打掉，然后往筒内看去。

"咦，里面竟然有张文书。"

"看来是从上游漂过来的啊。"

这时源三郎也凑了过来。

一名侍从急忙将灯笼提到丹下左膳眼前。

灯光照射下，丹下左膳的那张刀痕怪脸更显得阴森恐怖。

"啊！不好！"

左膳从竹筒中将文书取出来，刚刚读到一半便脸色大变。

  我们母女二人将被活埋为祭祀之用，现被软禁于此崖上小屋内。如能搭救我们母女二人性命，大恩大德永世不忘。莲、美夜。

"什么？莲夫人？这可真是有趣。真没想到这莲夫人竟然还有个女儿！呵呵，不能见死不救啊。"

说罢，源三郎便带领着众人顺着山崖上垂下来的藤蔓爬了上去。

就连萩乃与阿藤也撩起裙子爬了上来。

嗜血成性的丹下左膳自然不会放过这样的机会，也咬着濡燕刀爬到了崖上。

当一行人来到崖上的这座屋内的时候，却发现莲夫人与小美夜并不在此处。

只有那个哑巴侍女呆呆地坐在屋内一边干张着嘴巴嚷嚷着，一边用手冲着丹下左膳与源三郎二人指向日光山方向。

"对啦！文书上不是写着呢吗，我们这就速速前往护摩堂！"

恍然大悟的丹下左膳二话不说立刻转身带领着众人急速

赶往了哨所附近的护摩堂。

三

话说前文，虽然莲夫人让小美夜趁着暴风雨偷偷地将封有求救信的竹筒顺水投入了溪流，但是不知道什么时候又是谁能捡到。

就这样在周围衙役的看管下，莲夫人与小美夜母女俩儿提心吊胆地蜷缩在这个小屋子里过了一天又一天。

一天晚上房门被哗啦一声打开，几个彪形大汉闯了进来。

"美夜啊，看来我们是没救儿了，但是不管发生什么，我们母女二人都要永远在一起。即使是被活埋进墙壁内，只要能与美夜在一起，母亲就很欣慰了。明白吗？美夜。"

此刻莲夫人心中唯一的期待就是能与小美夜死在一起。

人一旦做好了奔赴九泉的准备，内心往往会变得极其豁达。

就这样，莲夫人与小美夜手牵着手被众衙役带往了护摩堂。

当众衙役刚刚赶到护摩堂，脚步还没有停稳的时候，只听见人群中有人惨叫了起来，随着便看到丹下左膳的濡燕刀在空中带着一道道寒光上下翻飞。

因为承担此次大修的是自己的兄长对马守，所以源三郎不好出手，一出手必然会伤了与兄长的和气。

但是一想到兄长竟然想出用活人祭祀的荒唐主意来，源三郎又感到有些生气。

源三郎回过头来对手下的三个人耳语道："装作阻拦左膳的样子，趁机给那母女二人留出一条退路来！"

说罢，源三郎领着手下三人抽刀而出，迎着丹下左膳假装着打斗了起来。一时间乱作一团。

虽然有源三郎等人阻拦着，但是伊贺武士们还是有十数人被丹下左膳飞舞的濡燕刀给伤到了。

如同一股白烟萦绕在人群中的丹下左膳冲着在墙壁前呆若木鸡的莲夫人与小美夜喊道："嘿！你们已经安全了！哼！居然想出以活埋良民百姓的手段来向德川幕府献媚！这日光东照宫岂不是变成了一座坟墓！有我丹下左膳在，你们的阴谋就休想得逞！"

说着，丹下左膳撇下伊贺众武士，夹起母女二人就走。刚迈出两步只见旁边的一座房子燃起了熊熊大火。

原来是源三郎为了使场面更加混乱一些，令人纵火所致。

远处雾降瀑布下的作阿弥与小安、泰轩居士三人看到通天的火光，急忙纵身骑上足曳马飞一般地赶到了已经乱作一团的护摩堂前，这时正迎面碰到从人群中杀出来的丹下左膳。

"父亲！"

小安一眼看到了左膳。

"啊，小美夜也安然无恙啊！"

说话间，小安眼里流出了激动的泪水。

"小安哥哥！作爷爷也来了啊！"

"嗯。真是千钧一发啊！阿莲，美夜，此处非讲话之所。"

说着，在火光映照下满脸通红的作阿弥伸手摘下了马橛子。

四

众人趁着混乱之际急忙下山而去。待行至半山腰时众人回头望去，只见天光见亮的晨空上已经基本看不见刚才的熊熊火光了。

片刻之后，秋日升空。

在通往今市方向的道路上一行人正匆匆赶路。

只见足曳马的马橛子上挂着一张纸，上书大大的几个字：宝马相送、谨致谢意。

作阿弥放任着足曳马信步在前面走着，两只手分别牵着小美夜与莲夫人。丹下左膳、源三郎、萩乃、阿藤、小安、泰轩居士围在左右。

泰轩先生突然止住脚步说道："我说小安啊，你要是就这么下山了的话，可就见不到你的生身父亲了啊。"

"哦？这么说小安的父亲有下落了？"

在作阿弥兴奋的追问下，小安答道："嗯。听说我父亲会在日光东照宫大修竣工之日身穿紫袍出现在仪式上。正是为了见到我的生身父亲我才赶到日光山来的。"

"什么？一个身穿紫袍的人？"作阿弥止步沉思，"身穿紫袍。不会，不会啊。伊贺之人……"

片刻思量之后，作阿弥很肯定地说道："小安啊。我虽然不知道那人是不是你父亲，但是我确信竣工之日身穿紫袍出现的只有一人，那就是……柳生对马守！"

"啊？！他就是我的生父？！"

小安嚅动着双唇，眼中已经噙满泪水。

一旁的源三郎更是吃惊非小，此事若是真的，那么眼前的小安就是自己的侄子。

"小安，难道说你是那个柳生对马守的私生子？这事情可闹大了啊！"

小安抽泣着冲一脸茫然的丹下左膳嚷嚷道："胡说些什么啊！我可不是喜极而泣！为什么我的父亲是大名！为什么？！要早知道是这样的话，我就不来了！我父亲就是你——丹下左膳！父亲，你能做我父亲到什么时候？菩萨啊！你告诉我为什么我是大名的儿子呢？！我只是大杂院的小安！"

众人闻听此言不禁哈哈大笑，而大笑之余内心里又有些许辛酸。

这时阿藤心疼般地拉起了小安的手。而丹下左膳则牵起了羞答答的阿藤的手与源三郎并肩同行。

只有泰轩居士孤独一人阔步前行。

作阿弥看着小美夜与小安，还有回归母性的阿莲，自然是喜上眉梢。

在一行人临近江户城时，丹下左膳一把甩开阿藤的手，在对萩乃与源三郎说了几句祝福之词后便绝尘而去。留下的是与伊贺柳生源三郎之间悬而未决的胜负之争。

那个藏有万两黄金秘密的猴壶依然下落不明，将成为一个永久的疑问。或许猴壶此刻正被当做破烂儿扔在不知何处的破屋子里。那位一风宗匠算是没有用武之地了。

据说那位愚乐老人在日光东照宫大修完工之际对大冈越前守说道：

"不管怎么说，结局可谓是皆大欢喜啊。此次大修可以说是因缘多多，能顺利完工，真是可喜可贺啊！"

越前守听后并不答话，只是微笑着点了点头。

全书　完